講談社文庫

京都四条

月岡サヨの板前茶屋

柏井 壽

講談社

目次

第一話　板前茶屋　7
第二話　土佐懐古　97
第三話　再会　185
第四話　氷《こおり》簞笥《たんす》　273
第五話　和魂洋才　357
解説　小梛治宣　448

主な登場人物

月岡《つきおか》サヨ ◆ 十五歳で故郷を離れ、清水寺境内の茶店で働きはじめる。子供のころから料理が好き。

肥後宗和《ひごそうわ》 ◆ 「清壽庵《せいじゅあん》」住職。サヨと同じ近江草津出身でサヨの父親代わり。生臭坊主で酒好き。

中村《なかむら》フジ ◆ 要人御用達・伏見「菊屋旅館」の女将。サヨに十二支妙見巡りの功徳を教える。

杉田源治《すぎたげんじ》 ◆ 錦《にしき》市場の魚介・乾物を商う店の大将。サヨに料理の助言をすることもあり、珍しい食材を仕入れてくる。

沖田圭介《おきたけいすけ》 ◆ 近江草津でのサヨの幼なじみ。友禅染職人の卵。生活費補塡のためかわら版屋を手伝う。

京都四条

月岡サヨの板前茶屋

第一話

板前茶屋

〈まくら〉

しばらくのご無沙汰でした。桂飯朝《かつらはんちょう》でございます。もうじき売れる落語家です。て言いはじめてぼちぼち三年になります。座布団の上にも三年、っちゅう言葉もあります。そろそろ爆発するころや思います。

古典もやりまっけど、創作落語を得意としとりまして、最近はもっぱら月岡《つきおか》サヨっちゅう、二十歳そこそこやろうと思われる、若い女性料理人の物語を作っとります。て言うてもタネ本がありましてな、寺町《てらまち》通にある『竹林洞書房《ちくりんどうしょぼう》』という古本屋で見つけた『小鍋茶屋の大福帳』がそれですねん。

本というより、帳面みたいな日記というたほうがよろしいやろな。ところどころに絵も描いてあって、お世辞にもじょうずやとは言えまへんけど、味のある絵です。わしもおんなじことをよう言われまっさかい好感持っとります。じょうずやとは言えんけど味がある。

ころは幕末。江戸から明治に変わる時代の話ですわ。近江草津《おうみくさつ》から京の街に出てきたサヨは、『佛光寺《ぶっこうじ》』という有名な寺の北に建っとった小さな寺、『清壽庵《せいじゅあん》』の境内で茶店を開きよるんですが、そこで出てくる料理も旨《うま》そうなら、食いにくる客もまたおもろいやつばっかりですねん。

わしねぇ四条堺町《しじようさかいまち》に住んでますねん。せやから『佛光寺』はんあたりは庭みたいなもんです。どこにどんな店があるかやとか、あの家の嫁はんはどっから嫁いできたとか、ようよう知ってます。

そんなわしでも、『清壽庵』てな寺は見たことも聞いたこともありまへん。なんやでたらめかいな、と最初は思うたんでっけどな、古地図っちゅうやつを見たら、ちゃんと載っとりますねん。『佛光寺』はんのすぐ北側、高倉通《たかくら》に面して建ってる寺の名が『清壽庵』やて書いてあるのは、文久二年に出版された〈新選京絵図〉っちゅう地図です。

この古地図、高《た》ぅおましたんやで。いつもの『竹林洞書房』で買《こ》うたんですけどね、回転寿司《ずし》やったら百皿ほど食えそうな値段でした。ところどころ破れとって、シミもようけ付いとるんでっけど、今の地図と見比べたら見飽きることがおへんさかい、まぁまぁ買うた値打ちはあった思うてます。

その古地図を持って現場検証してみましたがな。わしは実証主義者でっさかいな。この目でたしかめんことには納得できまへんのや。

『佛光寺』はんから、細い高倉通を北へ上がっていって、たぶんこのあたりに寺があったんやないかと思うとこはね、今は『洛央《らくおう》小学校』という学校になっとります。わしの想像でっけどな、おそらくはお寺が土地を売って、その跡地に学校が建ったんやないかと推測してます。

となると、そこそこ広い境内やったんやないかと思います。なんせ『洛央小学校』の敷地《しきち》は六千二百平米っちゅうんですんで、おおよそ千九百坪になりますがな。そんだけの広い境内やったら、茶屋の一軒や二軒あっても、不思議はありまへん。ということで、『清壽庵』の境内にサヨの茶屋があったことは間違いない、として話を進めさせてもらいます。

その『小鍋茶屋の大福帳』は十冊ありまして、わしがぜんぶ買い占めてきましたんや。こいつはあんた、古地図に比べたらえらい安かったんです。て言うても、そこそこはしますねんで。古地図はぺらぺらなんが一枚やさかい高ぅ感じますし、大福帳のほうは十冊でずっしり重いさかい、安ぅ感じたんでっしゃろな。一冊目はすでに創作落語で五話作りましたんで、もう元は取れた思うてます。

今は二冊目に取り掛かっとりますねんけど、ちょうど江戸から明治に時代が変わるころの話やさかい、ものすごおもしろおす。

時代の変化に合わせたわけやないと思うんでっけど、サヨはなんと店にカウンター席を作ろうとしとるんです。びっくりしまっしゃろ。

ここでちょっとウンチクを披露させてもらいますと、京の祇園に今の板前割烹《かっぽう》というスタイルができたんは昭和のはじめころで、森川栄《もりかわさかえ》はんっちゅう料理人が作らはったんです。それまでの料理屋は客の目に見えん厨房《ちゅうぼう》で料理を作っとったんですが、それを客の目の前で料理することを考えついたんですな。

たとえば鯛《たい》をさばくとこから、お造りに仕上げるまでを客に見せるわけですさかい、たちまち人気になりますわな。令和の時代になった今もその森川はんのお孫さんが『浜作《はまさく》』っちゅう板前割烹の店を継いではって、食通のあいだではえらい人気みたいです。

それよりはるか前、まだちょんまげ結うてる男がようけうろついとるころに、サヨは板前割烹のまね事をはじめる、っちゅうんですさかい、驚き桃の木山椒《さんしょ》の木でっしゃろ。

となると、小鍋茶屋やのうて、板前茶屋やと思うんでっけど、当時はまだ板前っちゅう言葉がなかったんでっしゃろな。大福帳はずっと小鍋茶屋のままです。小鍋も品書きに載ってたんやさかい、まんざら間違いでもおへんのですけど。

サヨの茶屋は、言うてみたら二毛作です。昼どきは誰でも買えるおにぎり屋、夜は予約制の居酒屋をやっとります。

一冊目の大福帳では、夜のほうは紹介制っちゅう感じで、誰でもが気軽に行ける店と違いましたんやが、二冊目の大福帳になってからは予約客だけやのうて、飛び込みの客もちょこっと受け入れとるようです。

とは言うても、なんせ寺の境内にあるんですさかい、通りがかりの客がぶらっと入ってくるようなことはめったにありまへん。予約のない飛び込み客はサヨの知り合いやとか寺の関係者ばっかりですわ。

基本はやっぱり予約制というわけで、話の内容から推測すると、相変わらず幕末から明治にかけて活躍した有名人が多いようです。今の時代もそうですやろ。タレントやとか文化人の食通と呼ばれるひとらは、知るひとぞ知る、っちゅう店に行きたがりますがな。顔が障《さ》さんというメリットもありますし。いわゆる隠れ家っちゅうやつですな。

有名人どうしで情報交換しとったんは、今もむかしも変わらんようで、あそこの寺の境内にこんな旨い店があるで、てな噂《うわさ》が流れとったんですやろ。

二冊目の最初の客は、一冊目にも出てきよったあの男ですわ。麟太郎《りんたろう》はん。幕末から明治にかけてえらい活躍しよったあの男。別の名前で言うたら、誰でも知ってる、あの男ですがな。たしか一冊目で、豆腐が好きやて言うて豆腐の鍋が食いたいとリクエストしとりました。サヨはできたてほやほやの板前割烹で、どんな豆腐料理を出しよるんか愉《たの》しみでんな。

ところで、サヨといえば妙見《みようけん》はん。サヨがここまで無事に過ごせたんも、京都の街なかのあちこちにおいやす妙見はんのおかげやていうことは、これまでわしの創作落語を聞いてもろてたら、ようご存じやと思います。へ？　飯朝の落語なんぞ聞いたことないさかい、そんな話は知らん、てでっか。なさけない話やなぁ。やっぱり売れんとあきまへんな。

かいつまんで説明しますとな、京の都のあちこちにおいやす妙見菩薩《ぼさつ》はんを、サヨはえらい信仰することになったんですわ。妙見菩薩はんっちゅうたらね、北極星やとか北斗七星を神さんに見立てた仏教の天部のひとつですねん。いっときその妙見菩薩はんが人気になって、妙見巡りっちゅうのが流行《はや》ったんやそうです。

しばらく廃《すた》れとったんが、洛陽《らくよう》十二支妙見巡り、というて復活したんです。つまり十二支それぞれに妙見菩薩はんがおいやして、自分の干支《えと》の妙見はんにお詣りしたらご利益がある、っちゅう話です。

幕末のころの妙見はんと今の妙見はんでは、ちょびっと違うところもあるんですけど、わしもサヨにあやかって妙見巡りをしとります。『清水寺《きよみずでら》』の近くにある『日體寺《にったいじ》』におわします、巳《み》の妙見はんは、サヨの守り神的存在ですねんけどね、その切っ掛けになったんは、なんと妙見はんがサヨの前に姿を現して、話をしたさかいやと書いたぁります。

最初それを読んだときはね、なんや、このサヨっちゅう子は頭がおかしいんと違うかいなと思いました。そうですやろ？　妙見はんていうても仏像でっせ。それがあんた、寺の前まで出てきてサヨと話をするやなんて、誰が信じまっかいな。ウソをついとるか、妄想か、そのどっちかしかないと、ふつうの人間はそう思いますわな。いや、ところがねぇ、どうやらほんまの話やないかと、思うようになったんです。いや、今でも全面的に信じてるわけやないんでっせ。半信半疑っちゅう感じです。その半信の根拠となったんが、麟太郎はんとサヨの出会いですねん。

麟太郎はんもね、妙見はんをえろう信仰してはって、『日體寺』はんの妙見はんにお詣りしてはったんです。そこへ現れたサヨが妙見はんと会話しとるのを見て、不審に思わはったんです。誰ぞが妙見を騙《かた》ってサヨをたぶらかしとる。けしからんやつや。こらしめたらんといかん、と思うてはったところが、姿は見えんのに妙見はんの声が聞こえてきてですな、麟太郎はんのことをよう知ってることが分かったんです。

そうなったら信じんとしょうがおへんわな。言うてもわしとおなじで半信半疑やった思いますけど、まんざらウソでも妄想でもない、と思わはるようになったんですな。それを読んで、わしも信じるようになったということですわ。

そんなわけで、この妙見はんへお詣りするのはサヨの日課になっとるようです。新年を迎えて、松の内が明けるか明けんか、というころにサヨが『日體寺』へお詣りに行くとこから話がはじまります。

1　妙見詣り

尊王攘夷《じょうい》の流れはやがて倒幕運動へとつながり、京の街は動乱の空気に満ちていたが、それでも新たな年を迎えるころは、ひとびとの表情も華やぎ、穏やかな雰囲気に包まれていた。

近江草津から京の街に出てきて七年が経《た》ち、ようやく都の空気にも慣れてきた月岡サヨは、毎朝の日課としている妙見詣りに出かけた。

サヨが住む『清壽庵』から『日體寺』まではおよそ十六町ほどで、往復の距離は一里弱になる。それをサヨは半刻《はんとき》と掛けることなく、ときには四半刻しか掛からなかったというのだから、そうとうな速足だったようだ。

草津に住んでいた子どものころ、サヨは毎日のように、草津川沿いに湖畔の矢橋《やばせ》まで歩いて遊びに行っていた。サヨの実家から矢橋まではおよそ一里。往復だと二里の道のりになる。そのころ身に付いた健脚なのだろう。

鴨川《かもがわ》の流れを横目にして松原橋《まつばらばし》を渡ると、松原通はゆるやかな上り坂となり、『清水寺』の参道へと連なる。

三が日には大いににぎわった参道も、松の内が明けるころにはふだんの静けさを取り戻している。サヨは息を切らすこともなく、下駄《げた》を鳴らしながら速足で『日體寺』を目指した。

店に立つときは小袖姿だが、外へ出るときは半纏《はんてん》とタチカケ、という身軽な装いになる。

鞍馬《くらま》をはじめとして、北山《きたやま》へ食材を仕入れに行くことが多いサヨは、そこで働く女性たちの仕事着を見て、それを真似《まね》るようになったのである。

絣《かすり》の半纏にたすきを掛け、三幅前垂《みはばまえだ》れという三枚の布地を接《つ》いだ、巻きスカートのようなタチカケを合わせて穿《は》く。三幅前垂れには幅広の紐《ひも》がついていて、そこに明るい色柄をもってくるのがサヨ流だ。

大股を開くことができない小袖と違って、どんなに歩幅を大きくとっても、裾を気に掛けなくてもいいタチカケは、サヨの動きをよりいっそう大胆にする。

小走りで東に向かうサヨは『六道珍皇寺《ろくどうちんこうじ》』の前で立ちどまり、手を合わせて頭を下げると、また駆けだした。

やがて『日體寺』までたどり着いたサヨは、荒くなった息を整え、半纏の襟元をあわせなおした。

「妙見はん、サヨです。いっつもおおきに、ありがとうございます。今日もこないして元気にここまでお詣りに来れたんも妙見はんのおかげです。いよいよお店の普請もできあがります。もうちょっとですさかい、あんじょう見守っておくれやす。大工の留蔵《とめぞう》はんも、左官の勘太《かんた》はんも、普請をしてくれてはるひとらがけがしたりせんよう、よろしゅうおたの申します」

山門の前で手を合わせ、目を閉じたサヨは一心に祈っている。

「そうかぁ、いよいよ普請ができあがるか。よかったなぁ」

山門の奥から、いつものくぐもった声が聞こえてきた。

「妙見はん、おおきに。お忙しいしてはるやろに、お出ましいただいてありがとうございます」

サヨは合わせる両手に力を込めた。

「わしはちょっとも忙しいことあらへん。忙しいのはサヨのほうやろ。松も明けて店も忙しいなっとるやろけど、ちょっとだけ待ってやってくれるか。今日はここに麟太郎が来とるんや。大仕事を無事に終えた礼やて言うて、ようけお布施を供えてくれとる。末長《すえなご》ぅ加持してやらんとあかんさかい、念入りに祈禱《きとう》しとるとこや」

「そうでしたか。そんなときにお邪魔して申しわけありまへん。すぐに退散しますよって、どうぞ麟太郎はんにゆっくり祈禱したげてください」

「帰らんでもええ。っちゅうか、帰ったらあかん。ちょうど今サヨの話をしとったとこや。なんでも麟太郎はサヨの店に行きたいらしいて、これから『清壽庵』へ向かうとこやそうな。入れ違いになったらあかんさかい、ちょっとだけそこで待ってたってくれ」

「へえ、承知しました。それやったらここでお待ち申します」

「急《せ》いてるやろに、すまんこっちゃな」

「なんのなんの。妙見はんの言わはることは、なんでもお聞きしますえ」

そう言って、サヨは築地塀《ついじべい》の前で座りこんだ。

麟太郎とはここで出会った。

最初は、サヨが妙見と言葉を交わしているのを怪訝《けげん》そうに見ていたが、やがてそれが事実だと思いはじめ、おにぎりを買うため茶屋を訪れるにいたったのである。

夜の料理を食べたいと言っていたが、まだその機会は訪れていない。おそらくはその話になるだろうと予測したサヨは、どんな料理を出そうかと思いを巡らせている。

豆腐料理を希望していたと記憶しているが、麟太郎はそう話していたことを憶《おぼ》えているのだろうか。

麟太郎のためにだけ、というわけではないが、さまざまな豆腐料理を習得したいと思ったサヨは、『清壽庵』の住職、肥後宗和《ひごそうわ》に相談してみた。精進料理で豆腐を使うことが多いと聞いていたからだ。宗和の話では〈豆腐百珍《とうふひゃくちん》〉なる料理本があるそうで、そこには百種の豆腐料理が紹介されていると聞いた。

今サヨが作れる豆腐料理はせいぜいが五種類ほどだ。百種もあればきっと客も喜ぶに違いない。

なんとかその本を入手できないものかと、あちこち伝手《つて》を頼ってみたものの、まだ叶《かな》わずにいる。

茶屋の普請も完成まであと少し。〈豆腐百珍〉を習得するまで麟太郎は待てるのだろうか。時間が足りないとばかり、サヨは苦虫を噛《か》み潰《つぶ》したような顔で冬空を見あげた。

「お待たせして申しわけありませんでしたね。お久しぶりです、サヨさん。麟太郎です。憶えておいでですか」

茶色い羽織《はおり》に黒い襟巻を巻いた麟太郎が、急ぎ足で山門から出てきた。

「もちろんですがな。いつお見えになるかと、鶴みたいに首を長ぅ伸ばしてお待ちしてたんどすえ」

立ちあがってサヨが腰を折った。

「さすが京のおかた、じょうずにおっしゃいますな。あれから江戸へ行ったりして、ちょっとバタバタしていたものですから、こちらへお詣りするのも遅くなってしまいました。わたしは亀が頭を上げるようにして、サヨさんのお店に伺うのを心待ちにしておりました」

麟太郎は襟巻をゆるめ、首を伸ばす所作をしてみせた。

「おおきに、ありがとうさんです。鶴と亀やったらめでたいことですやん。ご都合がつきましたらお越しくださいませ」

サヨは上目遣いに麟太郎の顔色をうかがっている。

「お言葉に甘えて早速伺いたいところなのですが、片づけねばならないことが、少しばかり江戸で残っておりまして、半月ほどしたらまた京に戻りますので、そのころにぜひと思っております」

「ちょうどようおした。茶屋のほうを普請してましてな、半月ほど先にできあがる予定ですねん。今日とか明日とかて言われたら、どないしよかしらん、て案じてたとこです」

サヨはホッとしたような顔つきで、風にほつれた髪を指でかきあげた。

「そいつは好都合だ。どんな普請をしておられるのかは存じませぬが、新しい茶屋に伺えるのは二重の喜びです。そのころにまたあらためて連絡を差しあげますので、なにとぞよろしく願います」

「お豆腐の料理をたんとお作りしてお待ちしてます」

「わたしが豆腐好きだということを、ちゃんと憶えていてくれたんですね。愉しみにしてます」

「京もですけど、お江戸はえらい騒がしおすみたいやさかい、どうぞお気を付けて」

会釈を交わして、鱗太郎は松原通を東に向かって歩いていった。

その背中を見送って、サヨは急ぎ足で元来た道を戻る。

なにもかもがうまくいく。それも妙見はんのおかげだとサヨは自分に言い聞かせ、松原通を西へ向かい、松原橋を渡るころには駆け足になっていた。


この鱗太郎でっけどな、わしが想像するに、たぶんあの男やと思います。日付が書いてありまへんさかい、断定はできまへんのやけど、お江戸で西郷《さいごう》はんと会談をして、江戸城を明け渡すことを決めはった、あのひとと違いますやろか。

そう考えたらつじつまが合いますねん。

それにしても、サヨはほんまに〈持って〉ますな。最初の出会いもそうでしたけど、『日體寺』の妙見はんが仲立ちをしはって、麟太郎と会《お》うて連絡を付けるやなんて、よっぽどタイミングが合わんとできんことでっせ。

もうすぐ普請ができあがる、っちゅう話でっけど、どんな店になっとるんですやろな。たしか大工の留蔵はんと左官の勘太が施工しとるはずです。

松の内が明けて半月のち、となると、おおかた節分のころですやろ。今もむかしも、お江戸のひとらは気が短いさかい、松の内というと七日までとしとるようですが、京の都はみなのんびりしとるのか、長いこと正月休みを愉しみたいのか、よう分かりまへんが、十五日までを松の内としとります。

わしの家でも玄関の松飾りは十五日まで外しまへん。ということは、大工はんやら職人はんらはまだ正月気分が抜けてへんと思います。工事も滞っとるんやないやろかと案じてましたが、順調に進んどるみたいで、完成を間近に控えたこの日の見取り図のような、間取り図のようなイラストっぽい絵をサヨが描いとります。

それをちょっと解説してみまひょか。

あいにく寸法が書いてありまへんので、実際にどの程度の広さがあるのかは分かりまへんけど、なんとのう見当はつきます。

ざっくりでっけど、ぜんたいで十坪あるかないか、ぐらいやと思います。そのうちの半分ほどを厨房にしとるみたいでっさかい、かなり広いですな。残りの五坪が客席部分になります。つまりは十畳ほどですやろ。これもそこその広さです。

入口の引き戸は上半分が格子になっとって、障子紙が貼ってあるように見えます。時代劇に出てくる居酒屋やとか蕎麦屋《そばや》は、たいていがこんな造りですな。どっちかというと横長のスペースみたいで、入口を入って左手前の壁側が、二畳ほどの小上がりになってます。座布団が四枚敷いてありますんで四人席ですやろ。ほんで正面が今でいうカウンター席になってます。椅子が五脚並んでます。横に長い板があって、その奥が厨房です。突き当たりの壁に沿って、大きな竈《かまど》がふたつ並んどって、その続きに今でいうバーベキュー焜炉《こんろ》みたいな石組みがあるようです。その横がどうやら洗い場みたいで、いわゆる二槽式っちゅうやつですな。

こうして見てみると、典型的な今の時代の居酒屋っちゅうか、割烹屋はんみたいな造りですわ。けど、当時は画期的な造作やったんでしょうな。今でこそあたり前ですけど、調理してるとこを客がじっと見てるやなんて、あり得なんだんやと思います。

鱗太郎はんやとか、客がどんな反応をしよったんか愉しみですな。

2　昼の茶屋

一年のうちで一番寒いのは節分のころ。むかしから京都ではそう言われている。

夜が明けてすぐ『吉田神社《よしだじんじゃ》』へ節分詣でに出かけたサヨは、急いで茶屋へ戻ろうときびすを返した。昼の客に向けておにぎりを作るためである。

松の内が明け、世間が動き出すとどうじに忙しくなり、一月の終わりごろからは半刻と経たずに売り切れる日が続いている。

二個ひと組のおにぎりは十文と、相場に比べていくらか高いが、その味が評判を呼び、昼前から長い行列ができるほどだ。

おにぎりの具は日替わりで、今日は鰻《うなぎ》のしぐれ煮と鶏肉《とりにく》の味噌和《みそあ》えである。具は前夜に仕込んでおくので、当日は飯を炊いてにぎるだけだ。とはいえ今は一日五十組と決めているが、それでも百個をにぎらねばならない。すべての作業をサヨひとりでこなすので、一刻半では足りないぐらいだ。

駆け足で茶屋に戻ったサヨは、すぐさま竈に火を入れた。二升炊きの大きな羽釜で二回炊くのが日課となっている。

大工の留蔵と左官の勘太が中心になって造りあげた厨房は、以前のものよりはるかに使い勝手がいい。

サヨが積み重ねてきた経験から、あれこれとふたりに注文を付けたおかげもあって、しごく円滑に調理が進む。段取りがうまくいくせいで、おなじ料理を作るにもかなり時間を短縮できるようになった。

二ヵ所の竈は大きな羽釜を掛けることができ、一度にたくさんのご飯を炊けるのもありがたい。錦《にしき》市場の器屋『三浦屋《みうらや》』で誂《あつら》えた陶の羽釜もいい按配《あんばい》でご飯が炊ける。加えて、勘太の提案もあって、炭焼き用の炉を設《しつら》えたのは大正解だった。

長崎で作られているコンニャク煉瓦《れんが》というものを、勘太が手に入れてきてくれ、それを組んで作った炉はなんでもよく焼ける。紀州備長炭《きしゆうびんちようたん》と呼ばれる炭は高価だが、魚をじっくりと焼くには最適の炭だ。これは留蔵が紀伊田辺《きいたなべ》の仕事仲間を通じて仕入れてくれるので、ほかより安価で入手できるのもありがたい。

これでも充分だとサヨは思っているのだが、勘太はまだ満足できないようで、火の回りをよくするために内側にもう一層煉瓦を積みたいと言っている。

留蔵は留蔵で、厨房と客席に段差を付けて、厨房に立つサヨと腰掛けに座る客の視線をおなじ高さにしたいと言う。サヨが客を見下ろすような今の形はよくないというのだ。

勘太も留蔵も、ただの請負仕事ではなく、サヨや客の立場に立ち、親身になって普請をしてくれている。

こうしたまわりの助けがあってはじめて、思いどおりの料理が作れるのだと、サヨは感謝の気持ちを絶やしたことがない。

それに報いるためにも、よりいっそう茶屋の名を広めたい。それはなにも名声を博すことだけが目的ではなく、多くの客に喜んでもらいたいという気持ちからだ。

やれ倒幕だ、攘夷だと、なにかと騒がしい世のなかで、美味《おい》しいものを食べることで、都人や旅人たちが、ひとときの心の安らぎを得られるように、との願いをサヨはずっと持ち続けている。それにはもっと料理の腕を上げなければならないし、客の居心地をよくしなければならない。

持ち帰って食べてもらうおにぎりも、もちろんおろそかにはできないが、茶屋を訪れてサヨの前で料理を食べてくれる客をたいせつにしたい。普請の完成を間近に控え、サヨはその思いを強くしているのだ。

以前は百組ほども作っていたが、それだと夜の仕込みに差しさわりが出る。これからは夜の客に力を入れようと決め、昼のおにぎりを半分に制限したのである。

客の心理とは不思議なもので、数が少なくなるとそれを欲しがる客が増える。希少性に価値を見出《みいだ》すのだろう。四ツ半にもなればもう行列ができはじめ、店を開く正午には五十人近くが長い列を作る。

ありがたいことだと思いながらも、サヨはもう少しのんびりとした商いをしたいと、ぜいたくな悩みも持っている。

二倍の料金を払うからすべて買い占めさせてくれ、だとか、並ばずともいいように予約をさせてほしいといった要望をする客も少なくないが、すべて丁重に断っているのは、教えを守っているからだ。

サヨには中村《なかむら》フジという後見人がいる。

伏見《ふしみ》の老舗『菊屋《きくや》旅館』の女将《おかみ》で、育ての親ともいえる存在だが、そのフジからいつも聞かされているのが、すべての客を平等に扱うということである。

「よろしいか、サヨ。客商売で絶対にやったらアカンことはな、特別扱いすることや。どんなお客さんもみな平等に扱わんとあきませんで。そうせんと、かならず文句が出る。特別扱いされた客はな、あちこちに言いふらすもんですねん。自慢やさかいな。それを聞いたほかの客が言うてきます。あの客だけはええんか、とか、わしも特別に頼むわ、とか。そうなったらごちゃごちゃになります」

フジの言いつけをサヨはかたくなに守っている。

木戸を開けなくても、気配で客が集まってきているのが分かる。サヨはおにぎりをにぎる指に思いのたけを込めた。

鰻のしぐれ煮のほうは海苔《のり》を巻き、鶏の味噌和えのほうは海苔を巻かない。これも時折り両方とも海苔を巻いてほしいという客がいるが、丁重に断っている。いったん決めたことはかならず守りとおす。それは宗和の教えである。

サヨはにぎり終えたおにぎりの数を目で数え、急いで竹の皮に包んだ。

毎日おなじ作業をしていると手際がよくなる。竹の皮におにぎりを載せ、皮の端を指で裂いてそれを紐にしてくる。五十の包みができ上がるのにさほどの時間は掛からない。

正午まではまだ少し時間があるが、寒いなかを長時間待たせるのも気の毒だと思い、サヨは玄関の木戸を開けて白い暖簾《のれん》をあげた。

「おまたせしてすんまへんどした」

サヨは行列に向かって頭を下げた。

「早めに開けてくれたんやな。ありがたいこっちゃ」

一番乗りはいつものとおり、大工の留蔵だ。

「おおきに留蔵はん。あんじょう普請してくれはったおかげで、段取りよう事が運びます」

おにぎりを手わたす。

「うれしいことを言うてくれるやないか。大工冥利に尽きるっちゅうもんや」

受け取って留蔵は用意しておいた十文をサヨにわたす。

「おおきに」

サヨは手早くそれをきんちゃく袋に入れた。

「ひと仕事済んだら勘太と一緒に来るわな」

「今日はご一緒やないんどすな」

いつもは留蔵のうしろに控えている勘太の姿が見えない。

「煉瓦を仕入れに行っとるんや」

「ありがたいことで。よろしゅう言うといてください」

サヨが一礼すると留蔵は列を離れた。

「お次のかたどうぞ」

留蔵の背中を目で見送って、サヨはおにぎりの包みを手に取った。

「ええ匂いがしてること。今日はひょっとして鰻やないやろか」

腰を曲げた老女が相好《そうごう》をくずした。

「おばあちゃん、ええ鼻してはるわ。当たり。今日は琵琶湖《びわこ》の鰻と大原《おおはら》の鶏です。よう噛んで食べてくださいね」

「鰻やなんていつから食べてへんやろ。ありがたいこっちゃ」

おにぎりの包みを捧《ささ》げもって、老女は頭を下げた。

「ちょこっとだけでもお仏壇《ぶつだん》に供えたげてな」

「じいさんが生きとったらどない喜ぶやろなぁ。サヨちゃん、じいさんが鰻好きやったこと、よう覚えててくれたなぁ」

老女は目をうるませた。

「おじいちゃん、ようおやつくれはった」

サヨも涙目になっている。

「ちゃんとお供えしとくわな」

目頭を押さえながら小さく頭を下げ、老女が去っていく。

ほとんどが顔なじみとあって、ふた言み言、言葉を交わしておにぎりを買っていくのもこの店の恒例となっている。

なかにはおにぎりよりもサヨと話すことを主たる目的にしている客もいるのだが、

あとに並ぶ者を気遣ってか、誰もがけっして長話をしない。そのあたりに都人らしさがあると、サヨは常々感心している。

以前と違ってひとりひと組限定なので、五十を超えて客が並ぶことはない。以前の習慣からひとりでふた組買おうとする客もたまにいるのだが、サヨが説明するとすぐに納得する。行列の客を数えて、すんなりあきらめる者も少なくない。店をはじめた当初は客どうしの諍《いさか》いもあったが、今ではそれもない。残り少なくなったおにぎりの包みを横目にしながら、サヨは列の人数を目で数えている。

最後尾に近いあたりに麟太郎の顔が見え、サヨは胸をどきりとさせた。

普請が終わってから、まだ夜の客は取っていない。お初は麟太郎にしようと決めていたからだ。いよいよそのときが来たのか。胸を昂《たかぶ》らせながら、サヨは麟太郎の番が来るのを待った。

「間に合ってよかったです。あと少しで食いはぐれるところでした」

振り返った麟太郎のうしろに並んでいるのはふたりだけだった。

「よろしおした。長いこと待ってもろてすんまへんどしたなぁ」

サヨがおにぎりの包みをわたすと、麟太郎が代金を払いながら訊《き》いた。

「三日後の夜にサヨさんの料理をいただきたいと思っておるのですが、ご都合はいか

「もちろんです。普請して最初のお客さんは麟太郎はん、て決めてましたさかいうれしおす」

「ありがたいお言葉。愉しみにしてまいります。わたしひとりだけですがご迷惑ではありませんか？」

「とんでもおへん。江戸で美味しいもんをたんと食べてはるやろさかい、うちの料理で喜んでもらえるか心配ですけど、精いっぱいやらせてもらいます」

「このおにぎりを食べただけで、サヨさんの料理の腕前はよーく分かっております。それはそうと、ひとつサヨさんに言っておかねばならないことがあるのだが」

麟太郎が声を落とした。

「なんですやろ？」

「実はわたしは酒が飲めんのだ。何度か試してみたのだが、身体《からだ》が受けつけん。きっとサヨさんの料理は酒を飲むのに合わせているのだろうと思うが、その点だけを踏まえておいていただきたい。不調法《ぶちょうほう》なことでまことにすまん」

「なんや、そんなことでしたんかいな。なんにも問題おへん。お酒がのうても愉しんでもらえるような料理を作らしてもらいますよって、安心しとってください」

「それを聞いてホッとした。それでは三日後に」

鱗太郎が小さくうなずいた。

「そうそう、鱗太郎はん。たしか干支は未《ひつじ》どしたな」

「よく覚えておいてくれましたね。たしかに未年の生まれです。『法華寺《ほっけじ》』さまへお詣りくださるのでしょうか」

「へえ、なんぞええ知恵を授けてくれはるやろ思いますんで」

「『法華寺』の妙見さまには、しばらくご無沙汰しております。なにとぞよろしくお伝えください。お先に失礼つかまつる」

鱗太郎はうしろに並んでいる若い女性に一礼して去っていく。

客の干支を聞き、その干支の妙見に参拝すると、料理作りに役立つヒントを教えてくれる。『日體寺』の妙見にそう教わったサヨは、忠実にそれを守っている。鱗太郎がやってくる三日後までに『法華寺』へ参拝に行かねば。そう思いながら五十組のおにぎりを売り切ったサヨは、急ぎ足で店のなかに戻った。

いよいよだ。いよいよこの店で夜の客を迎えることになるのだ。サヨはあらためて店のなかをゆっくりと見まわし、自分が料理を作っているところや、客が食べるところを想像し、胸を熱くした。

当初は小上がり席をそのまま座席にする予定だったが、留蔵の提案もあって、高椅子を作ることになった。加えて厨房の床をいくらか低くすることで、高椅子に腰かけた客はサヨの手元を見下ろすことになる。

「サヨちゃんの手際がええとこをお客さんに見てもらわんとな」

留蔵の提案はうれしく思いながらも、怖さもなくはない。料理の一部始終を客に見せるわけだから、いっさいのごまかしが利かない。ましてや出来合いの惣菜《そうざい》を使ったりはできようはずがない。

近ごろの料理屋で流行るもの。それは出来合いの料理だ。料理屋用に惣菜を作り、それを卸す業者が江戸にあるという話は聞いていたが、最近では京の街でもそんな業者が増えている。

サヨは時折り、高瀬川界隈《たかせがわかいわい》や祇園町《ぎおんまち》近辺の料理屋へ勉強をかねて、食事に行くことがあるが、そこそこ名の知れた店でも、出来合いとおぼしき料理を出してくる。ふつうの客には分からないだろうが、料理人ならたいていその不自然さに気づく。

ニシンの煮物などがその典型だろう。みがきニシンを水で戻すところからはじめると、かなりの手間が掛かる。出来合いのそれを使えば、なんの手間も掛からない。そのうえ手作りするよりも原価が安くあがるから一石二鳥だ。どういうからくりで安くできるのかは分からないが、きっと大量に作ることでみがきニシンなども安く仕入れているのだろう。

驚くことに最近は出汁《だし》巻《ま》き玉子も出来合いのものを使う店があるという。

「料理屋の風上にも置けまへん。よもやサヨがそんなことをするとは思いまへんけど、絶対にその手のもんを使《つこ》うたらあきまへんで。近ごろは八坂《やさか》の料理屋はんでも、漬けもんを家で漬けんと、漬物屋で買うたもんを平気でお客に出してるそうやけど、そうなったら暖簾をおろしたほうがよろしい」

フジから聞かされたことは、いつも胸にしまってある。

どんなものでも、客に出すものはかならず一から手作りする。そのために客席よりも広い厨房をあつらえてもらったのだ。

それにしてもいまだに夢を見ているような心地が抜けない。

いつかはきっと、と思っていたものの、それは何年も先のことだと。数年どころか十年以上も先にならないと理想とする店を作ることなどできはしない。そう肚《はら》をくっていたのは、ほんの数ヵ月前のことだ。

この厨房ならどんな料理だって作れる。〈豆腐百珍〉に載っている料理もきっとここなら作れそうな気がする。とはいえ、八方手を尽くしてみたものの、まだサヨの手に入ってはいない。はたして三日のうちに入手できるだろうか。

望みは捨ててはいないが、無理なような気もする。そんな本に頼らずとも自分で考えればいい。これだけの厨房があるのだから。

とりあえずは豆腐以外の料理を考えてみよう。

高椅子に腰をおろしたサヨは墨を磨《す》ってから、半紙を広げた。

伊勢《いせ》から魚を届けてくれるかつぎ屋『六八《ろくはち》』にはカキを頼むとして、それをどう料理しようか。

麟太郎は下戸だと言っていたから、腹持ちのいいものにしたほうがいいだろう。天ぷらにするのも悪くない。

錦市場の『杉源《すぎげん》』に甘鯛《あまだい》を頼むのはどうだろう。新鮮なものが手に入れば刺身で出してもいいが、ひと塩して焼くのもいい。小鍋立てにしてポンスで食べてもらうのもいい。

しかし、せっかく目の前で料理するのだから、見ていて愉しいものにしたい。料理ができあがっていく様を間近で見て愉しんでもらう。それにはどんな料理がいいのか。

思いは広がるいっぽうで、なかなか書き留めるには至らない。

長いため息をついて、高椅子から立ちあがったサヨは通い徳利《とっくり》を取り、大猪口《おおちょこ》に酒を注《つ》いだ。

「お昼の仕事を済ませたごほうびやし、堪忍しとぉくれやっしゃ」

厨房のなかに設《しつら》えられた神棚に手を合わせ、サヨは言い訳をしながら大猪口に口をつけた。

サヨの実家は近江草津で四代続く旅籠《はたご》『月岡屋』である。旅籠と酒は切っても切れない関係にある。少しばかりおおげさに言えば、少し手を伸ばすだけで酒が手に入るほど、そこいらじゅうに酒があった。

最初は興味本位であったが、徐々にその味に魅《ひ》かれるようになり、いつしか晩酌を愉しむまでになっていた。子どもだからととがめられたのも十歳過ぎまでのことで、サヨが草津を離れるころには、父親が注いでくれるようにさえなっていた。

いずれ客商売をするようになるから、酒を避けてとおるわけにはいかない。どうせなら早くから酒に慣れておいたほうがいい。親もそう判断していたに違いない。

親の判断が正しかったと思うのに、さほど時間は掛からなかった。

夜に訪れる客は、そのほとんどが酒を美味しく飲める料理を所望する。もしも酒を飲めなかったなら、酒に合うのがどんな料理なのか理解できなかったかもしれない。

あるいは料理の分量。

酒を飲む客はたいてい少量多種類を好む。一品ずつの量は少なくていいから、いろんなものを食べたいと希望する。そして味付けもいくらか薄めにしないといけない。そんな料理を作れるのも酒の味が分かっているからだ。

酒の効用はそれだけではない。

今のように仕事に行き詰まったとき、酒を口にすることで気持ちが安らぐとともに、妙案を思いつくこともあれば、道が開けるような気がすることもあり、落ち込まなくても済むのだ。

さて、どんな料理を出そうか。夢はふくらむいっぽうだが、具体的にどうするか、となるとあれこれ迷ってしまう。

普請する前は夜の客を小上がり席に案内していたこともあり、料理を三回に分けて出していた。最初は前菜の盛り合わせ、二度目は魚料理、そして三度目は小鍋立てである。

実家の旅籠では一度にすべての料理を客の前に並べていたが、それだとせっかく温かい料理を出しても、客が手を付けなければ冷めてしまう。それを嫌ってのことでもあったが、今の店の造りなら、そんなことは考えなくてもいい。できた料理を順番に出していけばいいのだから。

何品ぐらい出すのがいいのか。どういう料理をどんな順番で出すのか、いろいろできるだけに、かえって迷ってしまう。

磨った墨が乾きはじめたが、まだ一文字も書いていない。

しかめっ面をして、サヨは空になった大猪口に酒を注いだ。

火鉢の炭が音を立ててはぜ、暖かい空気が漂ってくる。急に眠気に襲われたサヨは横長の板につっぷして目を閉じた。

すべてはあの日からはじまった。押し込みが入ったときのことを思いだすうち、深い眠りに落ちた。

怖ろしさに震えながらも、平然とした対応ができたのも、ひょっとすると妙見さまのおかげかもしれない。

いざとなればきっと妙見さまが助けてくれる。そう思った瞬間から寺方に救いを求めればいい、という案が浮かんだ。

押し込みを親戚の者として、寺からの借金という形で金子をわたした。

結果としてそれでうまく事が収まり、無事に押し込みを退散させることに成功しただけでなく、のちにその押し込みが多額の利子を付けて借金を返してくれるという僥《ぎょう》倖《こう》に恵まれたのだ。

もちろん寺からの借金なので、多額の利子も寺方に納めたのだが、住職宗和の配慮で店の普請資金に充ててくれたのである。

なんとありがたいことだろう。自らの幸運に感謝するうち、閉じた目尻から涙が流れていき、心は冬空高く昇っていくように感じた。

木戸を叩《たた》く音に気づき、おそるおそるではあるものの、思い切って開けたのも今から思えば不思議なことだ。押し込みを招き入れることになったのだから。

遠のく意識のなかで、あのときとおなじ音が聞こえるが、きっと気のせいだろう。夢のなかにいるのか、現実なのか。どちらともつかないまま、うとうととするのは、なんとも心地がいい。もうしばらくこのままでいよう。

コンコンと聞こえていた音は、ドンドンに変わってきた。

最初は小さかった音もだんだん大きくなる。それにつれて、夢うつつから少しずつさめていく。誰か来ている。ひょっとしてまた押し込みだろうか。

眠い目をこすりながら、サヨはそろりと高椅子から立ちあがり、表の様子をうかがう。

音が止まった。

やっぱり夢だったのか。そう思った瞬間、木戸を叩く大きな音がサヨの耳に響き、あぶなく尻餅をつきそうになった。

「サヨちゃん、いますか?」

聞き覚えのある声は源治《げんじ》のものだ。

急いで錠前をはずし、音を立てて木戸を開けた。

「すんまへん、ちょっとうとうとしてたもんでっさかい、気が付きまへんで」

サヨはほつれ髪を整えた。

「昼間から酒盛りしてたんかいな。そんなことやないかと思うてた」

源治が苦笑いすると、サヨはあわてて口を押さえた。

「お酒の匂いがしますか? かなんわぁ。献立を考えてたんどすけど、ええ案が浮かばへんかったんで、つい」

ほんのりと頬を桜色に染めて、サヨが恥じらっている。

「もうちょっと早《はよ》ぅ持ってきてたら、昼酒せんと済んだかもしれんな。ようやく手に入ったんや」

源治が懐から一冊の本を取りだした。

「〈豆腐百珍〉やないですか」

サヨはきらきらと目を輝かせている。

「いっつも魚を買うてもろてるお礼や。取っといて」

源治が〈豆腐百珍〉をサヨに手わたした。

「ええんですか？　ほんまに？　高い本と違うんですか？」

サヨは早速なかを開いている。

「ほかならんサヨちゃんのこっちゃさかいな。普請のお祝いも兼ねとくわ」

「うれしい。源さんおおきに、おおきに」

本を手にしたまま、サヨが源治に抱きついた。

「そ、そない喜んでくれたら、う、うれしいけど」

目をしばたたかせて、たじろぎながら源治が照れ笑いを浮かべた。

「これさえあったら百人力です。ちょうど三日後に夜のお客さんがおいでになるので、参考にさせてもらいます」

酒が入っていたせいもあって、大胆な行動に出てしまった。サヨはそろりと源治から離れ、〈豆腐百珍〉を胸に抱いた。

「わしもざっと目をとおしたんやが、なかなかおもしろい本や。けど、豆腐ばっかりやのうて、魚も使うてや」

「もちろんですやんか。なんやかや言うても、お豆腐はわき役ですさかいに。主役はお魚です。三日後ぐらいやったら、どんなお魚がありそうです?」

「そうやなぁ。越中《えっちゅう》のほうからええブリが入っとるし、泉州《せんしゅう》の鯛もええ感じや。今日明日にでも欲しいもんを言うてくれたら入れとくさかい、なんでも言うてや」

「おおきに。ブリに鯛、どんなふうに料理するか、思いついたら頼みますわ。どうぞよろしゅうに」

「あんまり飲みすぎんようにな」

「はい。せいだい気ぃつけます」

サヨがぺろりと舌を出すと、源治は微笑《ほほえ》みを浮かべて去っていった。

「おおきに。いっつもありがとうさんどす」

その背中に深く一礼すると、サヨは急ぎ足で店のなかに戻って木戸に錠前を掛けた。

「ほんまにありがたいことやなぁ」

高椅子に腰かけて長板に〈豆腐百珍〉を置く。少しばかり酒の残った大猪口を手の届かないところへ押しやった。

パラパラと丁を繰って目をとおすと、百珍の名にふさわしく、次から次へと豆腐を使った料理が紹介されている。

背筋を伸ばして、サヨは表紙をあらためて見ている。

「醒狂道人何必醇《せいきょうどうじんかひつじゅん》。変わった名前のひとが書かはったんやな。ほんまの名前なんやろか。ひょっとしたら、有名な料理人はんなんかもしれん」

最初の丁を開き、本の綴《と》じ目《め》を手のひらで押さえながら、ゆっくりと目で字を追っていく。

「凡例、てなんのことやったかいな」

サヨが首をかしげて、次の丁をめくる。

「絵が描いたぁるんや。これやったらよう分かる」

サヨはひとりごちて挿絵に目を細めた。

丁をめくる度、次々と現れる豆腐料理に、サヨはときにため息をつき、ときに鼻息を荒くして、ひとときも目を離すことがない。

と、また木戸を叩く音が聞こえてきた。

「源さんやろか。忘れもんもないし、なんやろ」

高椅子から立ちあがって、サヨは木戸の錠前に手を添えて声を掛けた。

「源さんどすか？」

「違う。わしや。宗和や。開けてくれるか。ちょっと頼みたいことがある」

「お住《じゅ》すさんでしたか。今すぐ開けますよって、ちょっと待ってください」

サヨが急いで錠前をはずした。

「こら。また昼から飲んどるな」

木戸を開けるなり、宗和は顔をしかめて小言を言った。

「すんまへん。献立を考えてたら行き詰まってしもたもんで、つい」

サヨが両肩をちぢめた。

「くれぐれも飲みすぎんようにな。特に昼酒はいかん。ようまわるんや」

「へえ、気ぃつけます。ところでお住すさん、頼みごとてなんです？」

分が悪いとみて、サヨはすぐに話の向きを変えた。

「夜のご飯を頼みたいんやが、いつから始めるんや？　わしも大家として、茶屋の普請がどないなったんかをたしかめとかんと、と思うて」

「さすがお住すさん。ええ勘してはるわ。実は三日後に初めてのお客さんを迎えることになったんです。麟太郎はんていうて、江戸からお越しになってますねん」

「ほお。麟太郎。聞いたことがあるような名前やな。そしたらその次の日でもええか。宗海《そうかい》も連れてふたりでどないやろ」

「ありがとうございます。おふたりにはひとかたならんお世話になってますさかい、お招きしようと思うてたとこです。どうぞお越しになっとぉくれやす」

「サヨもじょうずに言うようになったな。気持ちはうれしいけんど、大家が店子《たなこ》のとこで夕ダ飯を食うてたてなことはみっともない話や。ちゃんと代金は払うさかいに旨いもんを食わせてくれるか」

「そんな水臭いこと言わんといとぉくれやす。立派な普請をしてもろたうえに、代金までもろたらバチが当たります。どうぞお気楽にお越しになってくださいな」

「まぁ、その話は置いといて。酒はな、丹波《たんば》の寺からええ酒が届いとるさかい、それを持ってくる。サヨにも飲ませてやらんと、と思うとったんや」

「ありがたいこってす。そや、お住すさん、ちょっと教えてほしいことがあるんどすけど、ちょっとなかへ入ってもらえますか」

サヨが敷居《しきい》をまたいで宗和を招いた。

「なんや知らんけど、わしゃむずかしいことは分からんで」

茶屋に入って宗和がぐるりとなかを見まわした。

「本をぎょうさん読んではるお住すさんやったら、きっと簡単なことやと思うんでっけど」

サヨが〈豆腐百珍〉を開いて見せた。

「ほう。豆腐料理の本かいな。料理のことやったらサヨのほうが詳しいやろ」

「違いますねん。この最初に書いたぁる凡例て、なんのことです？」

「なんや、そんなことかいな。凡例《はんれい》っちゅうのはな、どない言うたらええか、その、あれや。その本を書いたひとがやな、どういうことを想うて書いたか、とかやな、どういうふうに読んだらええか、やとか、を最初に書いとくもんを言うんや」

「分かったような、分からへんような、やな」

サヨが首をかしげている。

「ほれ。ここを読んでみ。なんて書いたぁる？」

宗和が指さすと、サヨは目を近づけ、声に出して読んだ。

「尋常品」

「その次も続けて読んでみ」

「通品、佳品、奇品、妙品、絶品、て読むんですやろか」

「よう読めたやないか。たいしたもんや」

「おおきに。ほめてもろてうれしおすけど、どういう意味どす？」

「読んで字のとおりや。尋常品っちゅうのは、言うてみたら、ありきたり、ということや。その次の通品も似たようなもんやな。その次の佳品になると、ちょっとその上をいく品やという意味やな。奇品てな言葉は聞いたことがないさかい、この本の作者が作りよったんやろ。おそらく珍しいもん、という意味やと思う。妙品は妙という字が付いとるから、きわめてすぐれた品という意味やろな。絶品は、これ以上はない、というもんやさかい、そういうふうに分けて書いてまっせ。ということを凡例に書いたということっちゃ」

「なるほど。そういう意味でしたんか。よう分かりました。そのつもりで豆腐料理を作りますけど、これは豆腐だけやのうて、ほかの料理にも当てはまる話どすな」

「そういうことや。けどな、尋常品やからアカンということやないで。ありきたりにもええもんはある。まぁ人間もおんなじやな。天才より凡人のほうが付き合いやすいっちゅうこともある。そこは勘違いせんように」

宗和が言葉を加えた。

「おおきに。お住すさんのお言葉を、ここによう叩きこんどきます」

サヨが胸を押さえた。

「四日のちを愉しみにしとるわ」

宗和は軽い足取りで茶屋を出た。

「尋常品から絶品までかぁ。なるほどなぁ。尋常品ばっかりやったらつまらんし、かと言うて絶品だらけていうのも、食べてて疲れるかもしれん。あんじょう取り合わせるのが一番や。ええこと教えてもろた。〈豆腐百珍〉さん、おおきに。いや、お礼を言わんならんのは源さんのほうやな。おおきに」

サヨは錦市場の方向に向かって手を合わせた。

ほんまにサヨはひとに恵まれてますな。錦市場の源さん。ええひとですがな。サヨが欲しがっとった〈豆腐百珍〉という料理本をどこぞで手に入れてきて、さらっとプレゼントしよる。やっぱり源さんはサヨに惚《ほ》れとりまっせ。いくつぐらいなんやろ。奥さんはいてはるんやろか。あれこれ気になるんでっけど、今読んでるとこまでには、そういう話はいっさい出てきぃしまへん。

ほんでまた、その本の分からんとこを、ちゃあんと大家でもある住職が教えてくれる、っちゅうんでっさかい、どこまでしあわせもんなんや。

それにしても〈豆腐百珍〉っちゅう本はおもろそうですな。今でも手に入るんやろか。今度『竹林洞書房』はんで訊いてみよ。うまいこと言うてますな。絶品っちゅうのは今でもよう使う言葉ですけど、尋常品やとか通品てな言葉は初めて聞きました。これ流行らせたろ思うてます。品やのうて、店にこの言葉付けたらおもしろおっせ。

わしねぇ、店に星を付けたり、格付けするのん嫌いですねん。三ツ星付いたさかい、どやっちゅうねん、て思うとります。三ツ星どころか一ツ星の店でもわしらは縁がおへんけど、世間のひとらはみな、星の数で店のええ悪いを判断するらしおすな。そんなんと違《ちご》うて、この〈豆腐百珍〉を見習うたらどうですやろ。わしらがよう行く店は尋常店ですわ。たまにぜいたくするときは通店。お祝い事があるときは佳店にも足運んでみまひょ。まぁ、絶店に行くことはないやろ思いまっけど、奇店あたりは怖いもん見たさで、いっぺんぐらいは行ってみたい気がしますな。

てなこと言うてるうちに三日が経ちました。

左官の勘太はんが炉に煉瓦を張り足してくれはったんで、火の回りもようなったみたいです。

いよいよ茶屋で晩ご飯の客を迎える夕暮れどきになりました。そろそろ麟太郎はんが来るころですな。

時折り表の様子をうかがいながら、支度に落ち度がないかをたしかめたりして、サヨは落ち着かんみたいです。

3　夜の茶屋

冬の日暮れは早い。

七ツ刻を過ぎたばかりだというのに、あたりはもう暗くなりはじめている。陽《ひ》が当たらなくなると寒さもいっそう厳しくなる。サヨは火鉢の炭を足し、竈の炭を入れ替えた。火鉢こそ前とおなじだが、ほかはすべてと言っていいほど、新しくなった。

昼のおにぎりを作りながら、いろいろ試してみたが、厨房の使い勝手が格段に良くなった。

頭のなかで料理を順に作ってみる。あれをこうして、これをこうして、手抜かりはないか。

そうだ。麟太郎は下戸だと言っていたから、茶の用意もしておかねば。

サヨはふたつの茶筒を竈の横の棚に並べた。

小ぶりの鉄瓶に水を張り、網を載せた竈に掛ける。錦市場の器屋『三浦屋』で手に入れた鉄瓶はずっしりと重い。少し油断をすると錆《さび》が出て鉄っぽい味がしてしまう。

沸きあがる前に味を見ておかねばいけない。味見用の欠け茶碗《ちゃわん》を手にして、サヨは木戸に目をやった。物音が聞こえたような気がしたからだ。

「気のせいやったんか」

止めていた手をふたたび動かして、仕込みを続ける。

コツコツ。やはり木戸を叩く音だ。サヨは急いで木戸の傍《そば》に立ち、声をあげた。

「どちらさんどす？」

「こんばんは。麟太郎です」

サヨは息を整えてから錠前をはずした。

「ようこそ、おこしやす。お待ちしとりました」

「ようやく来れました。なんだか、もういい匂いがしていますね」

麟太郎が茶屋のなかを覗《のぞ》きこんだ。

「どうぞお入りやしとぉくれやす」

「失礼します」

サヨに招かれて、麟太郎が敷居をまたいだ。

「寒おしたやろ。今夜はことのほかよう冷えます」

「お店のなかは暖かくてホッとしますな」

鱗太郎は襟巻を外しながら店のなかをぐるりと見まわした。

「寒かったら言うてくださいね。火鉢の炭を足しますさかいに」

「…………」

鱗太郎は襟巻を手に持ったまま、目を白黒させて立ちすくんでいる。

「どないかしはりました？」

サヨが心配そうに鱗太郎の顔色をうかがった。

「驚きました。こんな造りのお店は初めてです」

「そうですやろな。大工の留蔵はんも普請しながら戸惑うてはりましたさかい」

「ひょっとしてこれはサヨさんが設計なさったのですか？」

「設計てなおおげさなことやないです。ここをこんなふうに、て絵を描いて留蔵はんに見せて、造ってもろうたんです」

「いやぁ、なんとも不思議な店だ」

鱗太郎が長板を撫《な》でている。

「立ち話もなんどすさかい、どうぞお掛けになってください。ちょっと高ぅて座りにくいかもしれまへんけど」

六脚並ぶ高椅子の中ほどの席をサヨが奨《すす》める。

「客はこれに腰かけて飯を食うのですね」

　麟太郎が足を伸ばして高椅子に座った。

「椅子が高いさかいに、足がぶらつきますやろ。そこに足掛け用の竹筒がありますさかい、そこに足を載せとぉくれやす」

「この竹筒に足をですか。なるほど。これで落ち着く。失礼して草履を脱がせてもらいましょう」

　草履を床に落として、麟太郎は黒足袋を竹筒に載せた。

「慣れへんうちは落ち着かへんかもしれんけど、しばらく辛抱してくださいね」

　そう言いながら、サヨは長板の向こうに回りこんだ。

「サヨさんはメリケンへ行かれたことがあるのですか？」

　麟太郎は手を広げて長板の奥行きを測るような仕種《しぐさ》をした。

「メリケン？　そんなとこへ行きますかいな。海の向こうの遠い遠いとこやて聞いてますし、言葉も通じひんのでしょ。自慢やないんですけど、うちは近江と京以外は行ったことおへん。メリケンやなんてとんでもない。なんでそう思わはったんです？」

「実はわたしは、その遠い遠いメリケンへ行ったことがあるのですよ。船に乗ってね」

「ほ、ほんまですか？　あのメリケンへ、船に乗って。信じられまへん。ようご無事で」

「無事と言っていいかどうか、分かりませんが。まぁ、なんとか命だけはこうして」

「お話に夢中でうっかりしとりました。お酒をお飲みにならへんて言うてはったんで、お茶を用意させてもろてますけど、それでよろしいやろか」

「不調法で申しわけありませんが、お茶をお願いいたします」

「話だけはいろいろ聞いてますけど、メリケンに行ったていうお方は初めてどす。お聞きしたいことはようけあります。そうそう、お料理は順番に見つくろうてお出しします。苦手なもんがあったら遠慮のう言うてくださいね」

サヨは鉄瓶の湯を信楽焼《しがらきやき》の急須に注ぎ、京焼の湯呑《ゆのみ》を長板の上に置いた。

「なぜサヨさんがメリケンへ行かれたのではないかと思ったかと言いますとね」

「そうそう。そのお話を聞いとかんと」

サヨは急須の茶を茶托《ちゃたく》に載せた湯呑に注いだ。

「メリケンにはこういう店がたくさんあったのですよ」

麟太郎が長板の両端に目をやった。

「ほんまどすか？　うちみたいなお料理屋はんどしたか？」

サヨは湯呑を麟太郎の前に置いた。

「いや。酒場です。メリケンはバーと呼んでましたが」

麟太郎が茶をすすった。

「バー？　メリケンでは酒場をバーて呼ぶんどすか。おもしろい言い方するんどすな」

受け答えをしながら、サヨは菜箸を取り、料理を盛り付けている。

「そのバーは、これとよく似た造りなんですよ。もう少し板が高かったかな。店によっては椅子がなくて、立ったままで酒を飲むんです」

「へえー、立ったまま飲むんどすか。メリケンさんは行儀が悪おすんやね。立ったまま飲み食いしたら親に怒られましたわ。そんな行儀の悪いことするんやない、て」

「わたしも最初見たときはそう思いましたが、見慣れてくるとね、なんだか粋に見えてくるんですよ。洋服を着た男たちが葉巻タバコを吸いながら、ビールやウィスキーを飲んでる姿には憧れましたね。下戸だから余計にそう思ったのかもしれませんが」

「お国が違うと、いろいろ違うもんですな。最初はお味噌で漬けたお豆腐です。ほんまはお酒のアテどすけど、渋茶にもよう合うと思います」

サヨが染付《そめつけ》の小鉢を出した。

「わたしは下戸のくせに、こういうものが好きなんですよ。いただきます」

麟太郎は黒の塗り箸で豆腐の味噌漬けをつまみ上げた。

「お恥ずかしい話ですけど、うちはお酒が大好きなもんで、ついついお酒に合う料理ばっかり作ってしまうんどすね。堪忍しとぅくれやすな」

「とんでもない。わがままを言っているのはこちらのほうですから。どうぞお気になさらず」

麟太郎は目を細めて豆腐の味噌漬けを味わっている。

早速〈豆腐百珍〉が役に立った。作り方は少し変えたが、こんな豆腐の使い方があるのかと感心したのだった。この本がなければ豆腐を味噌に漬けようなどとは思わなかったに違いない。

ふた品目に取り掛かったが、これもまた〈豆腐百珍〉に載っていた料理だ。

鉄鍋でごま油を熱し、水切りしてくだいておいた豆腐をネギと一緒に炒《いた》めると、派手な音が鉄鍋に渦巻いた。醬油《しょうゆ》と酒、味醂《みりん》を掛ければでき上がり。小鉢に盛って大根おろしと海苔を上から掛けて出す。

「お豆腐がお好きやて聞いてましたさかい、次もお豆腐のお料理です」

「ほお。これはまた芳《こう》ばしい香りがして旨そうだ」

麟太郎は唐津焼《からつやき》の小鉢に鼻を近づけた。

「よかったら粉山椒を振って召しあがってみてください」

サヨは粉山椒を豆皿に載せて出した。

「やってみます。悪いがお茶を注ぎ足してもらえますか」

麟太郎が茶托ごとサヨに近づけた。

「すんまへん。気が付かんと。あきまへんなぁ、料理ばっかりに気が行ってしもうて。そのためにこの長板を作ったのに」

後ろを振り向いたサヨは鉄瓶の湯を急須に注いでいる。

「どういう意味です？」

口を動かしながら麟太郎が訊いた。

「前はあの小上がり席でご飯を食べてもろてたんですけど、調理するとこと離れてたんで、お客さんの様子がよう分からへんかったんです。お酒がどれぐらい進んでるんやら、料理が残ってるかどうかやらが、さっぱり分からしまへん。お客さんのすぐ傍で料理できたらええのになぁ、と思うて、この長板を作ってもろたんです。これやったら料理を作りながら、お客さんの様子がよう分かりますやろ。て言いながら、お茶がなくなってるのに、ちっとも気が付かへんかったんやさかい、なんにもなってしまへんのですけど」

サヨは苦笑いしながら湯呑に茶を注いでいる。

「なるほど、それでこの長板を」

麟太郎が大きくうなずいた。

「メリケンさんもおんなじこと考えてはったんですね」

「いや、そこは少し違うと思います。なぜならバーというところは酒は出しても、料理は出さないのですから」

「へ？　お料理はないんどすか。お酒だけ？」

「木の実だとか焼き菓子のようなものは出てきますが、この長板の向こう側にいるのは料理人ではありませんから、料理を作ったりはしません。もっぱら酒を出すだけです」

「ほな、なんのためにそのひとはおいやすんです？」

「話し相手になるためだろうと思います。バーに来る客はたいていがひとりなんです。ひとりで黙って酒を飲んでいても愉しくないでしょ？　それでその店のひとが相手をしてくれるというわけです。ちょうどわたしとサヨさんがこうして話しているようにね」

「そういうことやったんですか。けど、それでお商売が成り立っていうのも不思議なことですね」

「街のあちこちにバーがありましたから、けっこういい商いになるのでしょう」

「やっぱりその長板をはさんで向かい合《お》うてはるのは、きれいなおなごはんですか」

サヨは小さな土鍋を七輪に載せた。

「いいえ、みんな男でしたね。バーテンダーと名乗ってましたが」

「お客はんは男のかたどすやろ？」

「ええ。たまに男女の組もいましたが、たいていは男ひとりでした」

「ますます不思議な話どすな」

サヨは首をかしげながら、昆布と湯を張った土鍋に豆腐をそっと沈めた。

「最初の味噌漬けも旨かったが、この焼いた豆腐はまた格別ですな。芳ばしい味わいで、粉山椒がよく合う。都のひとは山椒がお好きですね。江戸だと鰻ぐらいにしか使わないが、こちらではいろんなものに山椒の粉を振りかけるんだ」

「おおきに。ちょっとズルをさせてもろたんです」

「ズル？」

麟太郎が箸を止めた。

「この本に書いてある料理を真似させてもろたんです」

サヨは〈豆腐百珍〉を麟太郎の前に置いた。

「〈豆腐百珍〉。こんな本があるのですね。でも、ちっともズルなんかじゃない。先達の料理法を学んでそれを真似るのは当たり前のことです。食だけでなく、文化というものはそうやって伝わることで、やがて伝統になるのです。それより、そのことをちゃんと正直にお話しなさったことのほうが尊いことです」

さっと目をとおしてから、麟太郎は本をもとに戻した。

「そない言われたら、入る穴を探さんとあきませんやん」

「この焼いた豆腐には料理名があるのですか？」

「この本には〈雷豆腐《かみなりとうふ》〉て書いてあります。さいぜんお豆腐を炒めてるときに、バチバチて派手な音がしてましたやろ。あの音が雷によう似てるさかいやて書いてありました」

サヨは網杓子《あみじゃくし》で豆腐を掬《すく》いとり、朱塗りの椀《わん》にそっと盛った。

「うまいこと言うもんだ。雷は怖いが、雷豆腐なら大歓迎だ。メリケンへ向かう船に雷が落ちやしないかと、ハラハラしっぱなしでした」

麟太郎は箸を置き、茶をすすった。

「ずっと海の上を行くんどすか。ものすご遠いんですやろ」

〈雷豆腐〉の器を下げて、サヨは朱塗り椀を出した。

「三十八日だったかなぁ。海ばっかり見ていた。船酔いした思い出しかありませんね」

「うちは絶対無理どす。駕籠《かご》に乗るだけでも酔うてしまいますさかい」

サヨは頭をまわして酔う仕種を真似た。

「湯豆腐ですか。大好物です」

麟太郎が椀のふたを取ると、ほんのり湯気が上がった。

「〈湯やっこ〉て言うんどすけど、ふつうのお湯やのうて、葛湯《くずゆ》ですねん」

「それで少し濁っているんですね」

「葛は身体をあたためますし、ショウガの搾り汁も入れてますさかい、お酒飲まいでも、じきにぽかぽかしてきまっせ」

「ほんとですね。なんだか胃《い》の腑《ふ》が温泉に浸《つ》かっているようだ」

「うまいこと言わはりますなぁ。お豆腐はこれぐらいにして、あとはお魚をお出しします」

「そいつはありがたい。わたしは魚が大好きなもので。特に白身が好きなのだが、江戸ではなかなか旨い白身がなくてね」

鱗太郎は椀から豆腐を掬いとっている。

「これで豆腐料理が三品続きましたね。豆腐百珍ならぬ、豆腐三珍だ」

箸を持ったまま鱗太郎が笑った。

「ほんまに鱗太郎さんは、うまいこと言わはるわ。豆腐三珍のおあとは鯛にします。明石《あかし》のええ鯛が入りましたんで、お造りで召しあがってもらいますね」

サヨはまな板に一匹の鯛を載せた。

「小ぶりだが見るからに新鮮そうだ」

鱗太郎が相好をくずした。

「腹の身をお造りにして、あとは塩焼きにします」

サヨが鯛をさばきはじめた。

「さすが鮮やかな手つきだ。わたしなんぞがさばいたら、ぐずぐずに崩れてしまう。あ、そうか。こういうところを客に見せるために、こんな造りの店にしたのか」

「さっきからそうやて言うてますやんか」

サヨが苦笑いした。

「たしかに聞いてはいたのだが、こうして目の当たりにすると、なるほどそういうことかと、あらためて納得するんだよ。百聞は一見に如《し》かず、とはまさにこのことだ。いやはや、これは愉しい。芝居小屋を覗いているのとおなじだ。しかもそれをすぐに食えるというのだから」

麟太郎は身を乗りだして、サヨの包丁さばきを見つめている。

「おおきに。そない言うてもろたら、こないして店を普請してもろた甲斐《かい》があるいうもんです。お金を出してくれはった大家のお住すさんにも、普請してくれはった大工さんやら左官さんにも報告せんと。ほんまによかった。ほんまに……」

サヨが目をうるませている。

「おなじカウンターでも、メリケンと違ってこういうふうに役立てるとは。やはりわが日本国の発想はすばらしい。ほこらしい限りだ」

腕組みをして、麟太郎は胸を張った。

「今、なんておっしゃいました？　かうん、なんとか」

包丁の手を止めたサヨが訊いた。

「メリケンではこのように、客と応対するための、仕切りを兼ねた長い台のことをカウンターと呼んでいたんだ。銀行や商店にもあった」

「カウンター、どすか。メリケンの言葉かぁ。この長板をなんて呼ぼうかしらん、て思うてたんどすけど、メリケン嫌いのひともようけおいやすさかい、メリケンの言葉を使うわけにはいきまへんし」

「たしかに。無用な誤解を生んで、諍《いさか》いのもとになってはいけませんからな」

「このお店の名前も決めんとあかんなぁ、て思うてるんです。お昼はみんなが、おにぎり茶屋て呼んでくれてはるので、そのままでええんですけど、夜はおにぎり違いますしね」

鯛の腹の身を薄く引いて、サヨは染付の丸皿に盛り付けている。

「サヨさん、墨と紙はありませんか。筆も」

鱗太郎が文字を書く仕種をした。

「ありますけど。あんまり上等やおへんで」

包丁を置いて、サヨが水屋箪笥《たんす》の扉を開けた。

「なんでもいい。字さえ書ければ」

気ぜわしげに鱗太郎が腰を浮かせた。

「こんなんしかありまへんけど」

サヨが鱗太郎の前に書き道具をそろえた。

「これでいい。充分だ。ちょっと失礼して」

鱗太郎が墨を磨りはじめた。

「にわかになんですのん。お仕事を思いださはったんやったら、しばらくお料理を止めときまひょか」

「かまわん。仕事じゃないから、料理は続けてください」

鱗太郎は一心に墨を磨っている。

「鱗太郎はんて意外といらちなんですね」

サヨがくすりと笑った。

鯛の造りを盛り終えたサヨは、細いネギを切りそろえている。

「これじゃいかんな」

ひとりごちて、鱗太郎は書き損じた半紙を丸めた。

「そろそろお造りができ上がりますけど……」

サヨが遠慮がちに鱗太郎の顔色をうかがっている。

「おお。出してくれ」

鱗太郎は墨を磨る手を止めた。

「鯛は薄いお造りにしてます。このおネギを巻いてポンスをつけて食べてください」

染付の丸皿の横に、ポンスの入った小さな猪口を添えた。

「ポンスで鯛を食べるのか。それにしても、よくここまで薄く切ったものだな。皿の柄が透けて見えているじゃないか」

麟太郎は墨を磨りながら、横目で造りの皿を見ている。

「マグロみたいな赤身のお魚はぶ厚ぅ切ったほうがおいしいけど、白身のお魚は薄ぅ切ったほうが上品でおいしい思います」

「サヨさんの言葉には説得力があるな。なんだかそんな気がした」

麟太郎は書き道具を横へ追いやって、造りの皿と猪口を前に置いた。

「麟太郎はんは字がおじょうずなんですね」

はっきりとは読めないが、書き損じた半紙の字が透けて見えている。

「わたしはなにもかも我流だから、じょうずかどうかは自信がない。ただ、どんなことも全力で当たるから、そう見えるのかもしれません」

麟太郎がネギを巻いた造りをポンスにつけて口に運んだ。

「墨ひとつ磨るのも力こめてはりましたね。うちも見習わんとあきまへんな」

「なにをおっしゃる。サヨさんこそ、包丁を持った瞬間から目つきが鋭くなってました。まるで侍が刀を抜いたときのように」

「そうどしたか。ちっとも気がつきまへんでした。お客さんの前でそない怖い顔したらあきまへんなぁ」

「いやいや、それでいいと思いますよ。このカウンターをはさんで、料理人と客が果たし合うようなものですから」

「果たし合いはいけまへんやろ。なごんでもらう場にしたい思うてますさかいに」

「それもそうだな。こうしてサヨさんが目の前で作ってくれた料理を食べると、心がなごみ、なんだか運を引き寄せられるような気がするのだから」

　麟太郎は満足そうに鯛の造りを味わっている。

「そうです。うちの料理をここで食べてもろて、しあわせな気分になってもらいたい。そんな願いをこの長板に込めさせてもろてるんどす」

「その思いをなんとか表さんと」

　箸を手にしたまま、麟太郎は考えをめぐらせている。

「お造りの次は焼きもんをお出しします。骨ごと焼きますさかい、ちょっと時間が掛かります。ゆっくりお造りを召しあがっててください」

　サヨは二枚におろした鯛の中骨つきの身に金串を刺し、高く上げた手で振り塩をした。

「このカウンターが客に佳《よ》き運を……。そうか、その字があったな」

鱗太郎は半分ほど造りが残った皿を横に置き、また書き道具を正面に置いた。

サヨは金串に刺した鯛の中骨を炭火であぶりはじめる。この時季にしてはよく脂ののった鯛だ。炭火にしたたり落ちた脂がパチパチと音を立て、白い煙を上げる。焼き加減をたしかめながら、サヨは金串を上げ下げする。香ばしい香りが漂うなか、鱗太郎が半紙に筆を走らせる。

意にそぐわないのか。書き終えた半紙を腕組みして眺めていた鱗太郎は、くしゃくしゃと半紙を丸め、また墨を磨りはじめた。

しんと静まった茶屋のなかに、炭がはぜる音と、半紙の上を筆が走る音だけが響く。

サヨは時折り振り返って、鱗太郎の様子をうかがっているが、金串はひとときも手から離すことがない。さくら色の皮にところどころ焦げ目がつきはじめ、その度にサヨは火から遠ざけている。

まったく焦げ目がつかないと、おいしそうに見えないが、かといって焦げ目が強すぎると、苦みが身に移ってしまう。ちょうどいい按配に焼き上げるまで、少しも目を離すことができない。

「よし。これならいいだろう」

麟太郎が大きな声を上げ、驚いたサヨは背中をぴくりとさせた。

「どないしはったんですか。びっくりしますがな」

サヨは焼き上げた鯛から金串を抜いている。

「これでどうですか」

麟太郎が両手に持った半紙を掲げた。

「佳、運、多。なんて読むんどす」

鯛を長皿に盛り付けながら、サヨは首をかしげている。

「カウンタだ。この長板のことだよ」

麟太郎が半紙を手にしたまま中腰になった。

「なんのことやら、よう分かりまへんけど、とにかく鯛の塩焼きを熱いうちに召しあがってください。説明はそのあとでよろしいさかいに」

サヨが鯛の塩焼きを麟太郎の前に置いた。

「やっぱり鯛は上方に限るな。焼いてもまだ生きているようじゃないか。新鮮な証拠だ」

箸を手にして、麟太郎が目を輝かせている。

「小骨に気ぃつけとぉくれやすな。よかったら柚子《ゆう》を搾ってください。お味がさっぱりする思います」

サヨは櫛《くし》切りにした柚子《ゆず》を長皿の隅に置いた。

「うむ。美味の極み。なんとも品のいい味ですね」

麟太郎は指で口のなかの小骨をつまみだした。

「錦市場の魚屋はんが、明石のええ鯛を仕入れてきてくれはったんです。料理してても おいしい魚やていうのがよう分かります。こういうええお魚は、ごちゃごちゃ余計な手を加えんと、切るだけやとか焼くだけみたいに、素直に料理するのが一番どすな」

「たしかに」

麟太郎は中骨を手づかみし、骨のまわりの身をしゃぶっている。

「麟太郎はんはカキお好きどすか？」

「好物なのだが、生は苦手だ。一度当たってひどい目に遭ったことがあるんです」

「天ぷらにしよう思うてるんですけど」

「それなら大丈夫。カキの天ぷらはまだ食ったことがないので愉しみです」

麟太郎はしゃぶり尽くした鯛の中骨を長皿に戻した。

「よかったらこれを使うてください」

湯を張った椀が麟太郎の前に置かれた。

「これは白湯《さゆ》ですか」

「このお湯で指を洗《あろ》うてもらおと思うて」

「やっぱりサヨさんはメリケンに行かれたんだ」

「行ってへんて言うてますやんか。なんでそう思わはりますのん」

「これとおなじものがメリケンでも出てきたのです。メリケン人はたしかフィンガーボウルと呼んでましたね。最初は飲むものだと思ったのですが、給仕長が笑いながら教えてくれたんです。こうして指を洗えと」

「へえ、メリケンさんとうちはおんなじこと考えてるんですね。洗うた指はこれで拭いとぉくれやす」

サヨは折りたたんだ茶巾を出した。

「ありがとう。これもいい考えだ。箸を使わず手づかみで食ったほうがうまいものがあるから、そういうときにこれを出してくれるとありがたい」

麟太郎は白い茶巾で指先をぬぐった。

「ところで麟太郎はん。この字はなにですのん?」

半紙には黒々とした墨痕で三文字が書かれている。

「さっきも申したとおり、このカウンターのことです。佳き運を多く得る。サヨさんのそんな思いを文字にしてみました。これからこの長板のことは佳運多と呼んでください」

麟太郎が半紙をサヨに手わたした。

「佳き運を、多く得る。かうんた。字もええし、字の意味もうちが思うてるとおりやし、最高です。今日からこの長板を佳運多と呼ばせてもらいます。麟太郎はん、おおきに。ありがとうございます」

サヨは佳運多に三つ指を突いて、頭をさげた。

「ここに今日の日付と署名をしておく。裏から厚紙をあててそのあたりに貼っておくといい」

「ついで、ていうたら失礼ですけど、この店の名前も付けてもらえまへんやろか。えらい厚かましいお願いですんまへん」

「大儀ではないが、はてどんな名前がいいか。サヨさんはどういう名前を望んでいるのだね？」

「正式に名乗ってるわけやおへんけど、今は鍋茶屋と呼んでますねん。昼はみんながおにぎり茶屋て言うてくれてはるので、そのままでええと思うてます。これまで夜の料理は小鍋立てが売りもんやったんで鍋茶屋にしてました。けど、これからはこの長板、いや佳運多でお出しするのを売りもんにしたいんどすね」

「なるほど。鍋茶屋というのは、なかなかいい名前ですね。ナントカ茶屋がいいでしょう。食べながら考えさせてください」

「別に今日やのうてもええんです。思いつかはったら教えてください」

サヨは鍋にごま油を張って竈に掛けた。

「しかし、よくこの佳運多を思いついたもんだ。調理の動きに無駄がないうえに、メリケンのバーみたいに、こうして話をしながら酒を飲んだりできるのだから、実に愉しい」

「おおきに。こんな店はほかに絶対ないやろと思うてたのに、メリケンさんに先を越されてしまいました」

サヨはつぼめた唇をとがらせた。

「いや、あっちは酒を飲ませるだけで、料理を作るところは見えんのだから、サヨさんのほうが先だ」

麟太郎が茶をすすった。

「お鯛さんのほうはもうよろしいか？」

長皿に残った鯛を見ながらサヨが訊いた。

「あらかた食べつくした。ごちそうさま」

麟太郎は長皿を佳運多の端に置いた。

「ぼちぼちカキの天ぷらが揚がります」

サヨは菜箸で油のなかを探っている。

「どんな味になるのか愉しみだ」

麟太郎は首を伸ばして、サヨの手元に目をやった。

「お待たせしました」

サヨが小さな竹籠を佳運多に置いた。

「これが天ぷら？　このトゲトゲは何ですか？」

麟太郎が口をあんぐりと開けている。

天ぷらと言いながら、懐紙を敷いた竹籠の中には串が五本盛られていて、カキとおぼしきそれは、まるでハリネズミのような姿をしている。

「うどん粉におそうめんを細こぅしたんを混ぜてコロモにして、カキを串に刺して揚げてます」

「そうめんだったのか。こんな天ぷらは江戸でも見たことがない」

「そらそうですやろ。どこにもない思います。うちが一昨日《おとつい》思いついたんですさかい」

「これをつけて食べる天つゆは？」

「お塩を振ってますんで、そのまま食べてください。味が足らんようやったらお醤油を掛けますけど」

「天ぷらを塩で……。サヨさんはいろんなことを思いつくんですね」

串を手にした鱗太郎がカキの天ぷらにかぶりつくと、パリパリと小気味のいい音がした。

「どないです？」

「まことこれも美味なり。揚げ立ての熱々がなんとも言えんな」

口に空気を含ませて天ぷらを冷ましながら、鱗太郎は目尻を下げている。

「よかったぁ。今夜のお料理で一番案じてたんがこれなんですわ」

「案じるより食うが易し、だな」

鱗太郎が声を上げて笑うと、サヨもそれに続いた。

鱗太郎は串に刺したカキの天ぷらを、あっという間に五本とも平らげた。

「ゆっくり食べてもらわんと次のお料理が追い付きませんやんか」

サヨは苦笑いしながら、次の料理に取り掛かっている。

「申しわけない。下戸はつい早食いになってしまうようです」

麟太郎が空になった竹籠を佳運多の奥に寄せた。

「お煮物を温めなおしてますんで、もうちょっと待っててくださいね」

サヨは雪平鍋をゆすっている。

「何度も言うようだが、ほんとうにこの佳運多はよくできている。料理を食べ終えても手持ち無沙汰になることがない。これが座敷席《ざしきせき》だったら、なにもすることがなくなって、ただじっと次の料理を待つしかない、というヒマができる。その点この佳運多席なら、こうして調理場を覗いて鼻を鳴らしながら待つことができる。この佳運多の前は特等席だ」

腕組みをして麟太郎は何度もうなずいている。

「麟太郎はんにそう言うてもらうと、ほんまにホッとしますわ。最初はずいぶん迷うたんでっせ。どうしても料理するとこで汚れてしまいますやろ。お客さんにそんな舞台裏をお見せしてもええんやろか、て」

「たしかに手際の悪い料理人だと、そんなふうに思うかもしれんな。だが、サヨさんみたいに手際がいいと芝居を見ているような愉しさが先に立つから、多少は楽屋が見えても気にならないでしょう」

「それやったらええんですけど」

　サヨは雪平鍋を火からおろし、染付の平鉢に料理を盛り付けている。

「佳運多という一枚の長板の前で、長板の向こうで料理するさまを見る。これはいいぞ。江戸でも流行るんじゃないかな。そうか。板の前と向こう。これだ、サヨさん」

　腰を浮かせて、麟太郎が書き道具を手前に引き寄せた。

「これ、がなんや知りまへんけど、あったかいうちにお煮物を食べとぉくれやすな。冷めたら味が落ちますさかい」

「そうだな。先にいただいてからにしよう」

「それがよろしおす。お煮物は鯛の子と長いもです。刻んだショウガと塩漬けにした木の芽を載せてますさかい、一緒に召しあがってください」

　サヨが染付の平皿を麟太郎の前に置いた。

「鯛の子ですか。これも旨そうだ」

　麟太郎はごくりと生唾《の》を呑み込んだ。

「これでおおかたのお料理はお出ししました。おあとは鯛のお茶漬けを召しあがっていただこう思うてますけど、お腹《なか》の具合はどないです？　足らんようやったらなんぞお作りしますけど」

「いや、もうこれで充分だ。それに鯛の茶漬けの分、腹を空けておかないといけませんから」

「よろしおした。ゆっくりお煮物を召しあがってください。お茶漬けのご用意をしときますさかい」

サヨは羽釜を横目で見た。

「旨い」

鯛の子を食べて麟太郎が叫んだ。

「びっくりしたぁ。麟太郎はんはときどきひとを驚かせはるんどすな。心の臓が止まるかと思いましたがな」

サヨが胸元を押さえた。

「こう言ってはなんですが、江戸などで煮物を食べると醤油辛くて、酒を飲まないわたしなどは、すぐにご飯が欲しくなるのですが、この煮物はあっさりした味付けで、すっと喉をとおっていきます。鯛の子のぷちっと弾《はじ》ける食感もいいが、むっちりした長いもも捨てがたい」

「おおきに。今夜はたくさんほめてもろてうれしおす」

サヨは羽釜を竈からおろした。

「行儀が悪いが、忘れんうちに書いておかねば」

口を動かしながら麟太郎は書き道具を手前に引き寄せた。

「しっかり嚙んで食べてもらわんと、喉に詰まりますえ」

サヨが顔だけで笑った。

麟太郎は茶で喉に流しこみ、力を込めて墨を磨っている。

サヨはそれを横目にしながら、流しにたまった器を洗いはじめた。

麟太郎が食べ終えた器を、ひとつひとつ洗いながら、それぞれの料理を思いだし、それを食べた麟太郎の感想や表情を頭に浮かべている。あの分量でよかっただろうか。味付けはあれでよかったか。料理を出す順番は変えなくてもよかったか。思い返しつつ自分で自分の料理を採点する。

満点とまではいかないものの、それに準じた点数を付けられるのではないか。晴れやかな表情を浮かべて、鯛の背身を取りだし、包丁を握った。

あとは鯛茶漬けを出すだけだが、これに不安はない。自分でも好物に入るぐらい気に入っている料理だ。もとはと言えば、余った鯛の刺身を白飯の上に載せて出汁を掛けて食べた、いわゆるまかない料理だったのだが、晩ご飯の〆は茶漬けにしようと決めたときから、鯛茶漬けを第一候補に挙げていたのだ。すり鉢に用意しておいた練りゴマに出汁と酒、醤油を混ぜ込んで、もう一度すりこ木で音を立てて擂《す》る。ほどよく混ざったらそこに鯛の造りを入れる。

雪平鍋に出汁を張って火にかけ、鉄瓶の湯を沸かす。土瓶にほうじ茶の茶葉を入れれば茶漬けの支度は整う。あとは麟太郎が煮物を食べ終えるのを待つだけだ。

麟太郎はまだ墨を磨っている。サヨは麟太郎から身を隠すようにして、隅のほうで通い徳利から猪口に酒を注いだ。

墨を磨るのに熱心な麟太郎には気づかれていないだろう。水を飲むようなふりをして、サヨは猪口をかたむけた。

舌の上をすべった酒は一気に喉をとおり抜け、胃の腑にじんわりと染み込んでいく。

おいしい。

思わず声を出しそうになった。

ようやく墨を磨り終えた麟太郎は背筋を伸ばし、半紙に筆を滑らせる。猪口をまな板の横に置いて、サヨはその様子を覗きこんでいる。

「板、前、茶屋、と、これでどうだ。少しゆがんだかな。もう一度だ」

くしゃくしゃと半紙を丸めた麟太郎は、すっくと立ちあがった。

「ひょっとして……」

サヨが目を輝かせた。

「そう。この店の名だ。どうです。いい名前でしょう。客が佳運多という長板の前に座って、料理の様子を見ながら味わう店」

麟太郎は立ったままで筆を走らせた。

「おおきに。おおきに」

サヨは仏像を拝むかのようにして、麟太郎のほうを向いて手を合わせる。

「サヨさんの苗字《みょうじ》はなんて言いましたっけ？」

麟太郎が訊いた。

「月岡です。月岡サヨ」

「月岡サヨの板前茶屋。よし、これでいこう」

二行に分け、一気に書き上げて麟太郎は大きくうなずいた。

「ほんまにうれしおす。一生の宝もんです。最初のお客さんを麟太郎はんにして、ほんまによかったです」

サヨが目をうるませた。

「さ、茶漬けをいただこうか」

麟太郎は書き道具を佳運多の隅に追いやった。

「承知しました。すぐにご用意します」

麟太郎に背中を向けたサヨが木蓋をはずし、しゃもじで白飯をすくうと羽釜からは勢いよく湯気が上がった。

芳ばしい香りは佳運多にまで漂い、麟太郎の鼻をくすぐった。

「この匂いからすると、おこげができているようですね」

「おこげはお好きどすか？」

「好物のひとつです」

麟太郎は破顔一笑した。

サヨはすり鉢に漬け込んでおいた鯛の身を、茶碗に盛った白飯の上に載せ、その上から茶をまわし掛けた。

「なんともぜいたくな茶漬けですね」

ごくりと生唾を呑み込んだ麟太郎は、茶で喉をうるおした。

「熱いうちに食べてください。もみ海苔とわさびはお好みでどうぞ」

サヨは大ぶりの飯茶碗と小皿を麟太郎の前に出した。

「いただきます」

　麟太郎は思わず両手を合わせた。

　茶の熱で薄《う》っすらと白く色を付けた鯛の刺身が載る白飯は、美しさを越えて神々しささえ漂わせているのである。

「鯛茶漬けのときは、あえてお漬けもんをお出ししてまへんのですけど、お要り用やったら遠慮のう言うてください。白菜の浅漬けをご用意してますんで」

　サヨが湯呑を差し替えた。

「おっしゃるとおり。この茶漬けにはお新香《しんこ》など要りませんな。こんな旨い茶漬けを食ったのははじめてだ」

　麟太郎は目を閉じて鯛茶漬けを味わっている。

「お代わりもできますさかい」

　茶葉を替えた急須から、サヨは湯呑にゆっくりと茶を注ぐ。

「わさびを入れるとまた味が引きしまっていいですね。鯛が一段とおいしく感じられる」

　わさびが利いたのか、麟太郎は鼻をゆがめ、目をしばたたかせている。

「気に入ってもろてうれしおす。このあとはお菓子を用意してますんで」

「甘いものには目がないので、その分の腹を空けておかないといけませんね。お代わりもしたいところだが、なんとも悩ましい」

言いながら鱗太郎は箸を止めることなく鯛茶漬けをかき込んでいる。

「うちもときどき思いますねんよ。胃の腑がふたつあったらええのに、て」

「たしかに」

目を合わせてふたりが笑った。

迷ったあげくに鱗太郎は鯛茶漬けのお代わりをし、腹をさすりながら茶をすすっている。

サヨは焼網の上で白餅を焼き、小鍋で煮小豆を温めている。

「しかし、よく練り上げられた献立でしたね。今夜いただいたものを思い返すと、もう一度食べたくなる」

「ほんまですか。そない言うてもろたら、苦労して考えた甲斐があるいうもんです」

サヨは小さな杯で煮小豆の味見をした。

「夜はいつもこんなふうですか」

鱗太郎が訊いた。

「いつも、もなにも、この普請にしてから、夜のお客さんは今夜が初めてやて言うてますやん。前は小上がり席で小鍋を名物にしてましたけど、これからはこんな感じで続けていこう思うてます」

朱の小さな塗り椀に焼餅を入れ、その上から煮小豆をこんもりと盛った。

「ぜんざいですか。これもわたしの大好物なんですよ」

相好をくずして、麟太郎が箸を取った。

「すんまへん。うっかりしてました。お箸を替えますんで、ちょっと待ってくださ い」

水屋の引き出しから取りだした竹箸を、サヨは麟太郎に差しだした。

「これはまたご丁寧に。おなじ箸でもいいのに」

「そうはいきまへん。生臭い匂いも残ってるかもしれまへんし、せっかくのおぜんざいがおいしなくなったら哀しおす」

「そういう気遣いができるのも、この佳運多のおかげですね」

竹箸を手に取った麟太郎は煮小豆をからめて、ほどよく焦げ目の付いた餅を口に運んだ。

「こないええ普請をしてくれはった大家のお住すさんやら、大工の留蔵はんやら、みんなに感謝ですわ。ほんまにありがたいことで」

「ひとに恵まれるというのは、一種の才能だとわたしは思っているんです。それはどういうことかというと、サヨさんのようにひとに恵まれるのは、ひとを惹《ひ》きつける力を持っているからです。そしてそれは、これまでサヨさんが歩んでこられた人生のなかで、築いてこられたものが立派だからです」

麟太郎は手に持った椀をかたむけ、煮小豆を舌の上に載せた。

「ありがたいお言葉ですけど、うちは妙見はんのおかげでもあるて思うてます。お詣りするたんびに、妙見はんがいろんな知恵を授けてくれはりますし、うちが知らんことをようけ教えてくれはります。そのおかげもあって、こないしてみんながうちのことを助けてくれはるんや思います」

「そうでしたね。サヨさんが妙見さまとお友だちだということを、うっかり忘れていました。初めてお会いしたときには、妙見さまを騙《かた》る悪党を許すことはできん、と思ったものです。今もって不思議ですし、なぜ妙見さまがサヨさんと言葉を交わせるのか、分からないことはたくさんあるのですが」

「なんでなんかは、うちにも分からへんのやから、麟太郎はんが分からへんかっても当然です。正直言うて、妙見はんて言うてはるけど、ほんまは誰なんやろて思うこともときどきあります。けど、キツネかタヌキに化かされてるとも思えへんし、人間に騙《だま》されてるとも思えへん。やっぱり妙見はんしかないやろ、て思うてるんです」

サヨは鍋を洗いながら苦笑いした。

「世のなかには誰にも分からない不思議なことがあるものですね。だからこそおもしろいのだが。ごちそうさまでした」

麟太郎が竹箸を置いて手を合わせた。

「おそまつさまどした。最後まできれいにさらえてもろてホッとしました。ありがとうございます」

手ぬぐいで手を拭いてから、サヨが麟太郎に頭を下げた。

「お勘定はいかほど……」

財布を取りだして麟太郎が訊く。

「五百文いただいてるんですけど」

遠慮がちにサヨが答えた。

「申しわけないような値段ですね。これだけの料理だと江戸なら一貫は下りますまい。向島《むこうじま》あたりの店だと一貫五百文くらい出さないと、これほどの料理は食えんでしょう」

財布から五百文を出して、麟太郎は佳運多の上に並べた。

「おおきに。ありがとうございます。気に入ってもろて、ほんまによかったです。またお越しくださいね」

代金を受け取って、サヨが深く腰を折った。

「そのことだがね。とてもおいしい料理だったし、愉しい時間を過ごさせてもらいました。だが、今とおなじ料理なら、また来ようとは思えません」

麟太郎がゆっくりと立ちあがった。

「え？　もうお越しいただけへんのですか。なんぞお気に召さんことが……。あ、もちろんこの次お越しになったときは違う料理をお出ししますよ」

思いがけない言葉にサヨが顔をひきつらせた。

「そういう意味ではありません。料理の出し方のことを申しておるのです」

今夜麟太郎が店にやってきてから、これほど険しい顔をサヨに向けるのは初めてだ。

「料理の出し方は、気に入ってもろてたんやないんですか」

サヨは半べそをかいている。

なにもかもがうまくいっている。ずっとそう思い続けていただけに、最後の最後になって、まさか麟太郎からこんな言葉を聞くことになるとは。サヨが受けた衝撃は計り知れないものがある。

「サヨさんにひとつ訊きたいのだが、今あなたが食べたいものはなんですか？」

　座りなおして麟太郎が訊いた。

「今ですか？　そうやなぁ。マグロのお寿司か、海老《えび》の天ぷら」

　サヨは麟太郎の質問の意図が分からず、戸惑いながら無難な答えを返した。

「人間というのはわがままなもので、空腹であってもなくても食べたいものがあるのです。ほかの動物は腹が減っていれば、そこにあるものを迷わず食べるでしょう。動物にとって食べるということは、空腹を満たし、命を長らえるためですから。でも人間は違う。人類というのはきわめて厄介な生きもので、たとえ空腹であっても、意にそぐわないものには食指が動かない。逆に満腹であっても食べたいものなら喜んで口に入れる。さっきのぜんざいのように」

「それはそうやけど。それとうちの料理の出し方とどうつながるのかが、よう分かりません。うちに学がないせいですやろか」

　サヨは涙目をまな板に伏せている。

「学のあるなしは関係ない。わたしが言いたいことはただひとつ。サヨさんは客に食べさせたいものを出す、というやり方をしている。だが、客の立場として考えればそれでいいのか、ということです。客というものは、あれが食べたい、これが食べたいと思って店に行くものですよ。蕎麦が食べたいから蕎麦屋へ行く。そこで、店は勝手に蕎麦を出したりしますか？　しませんでしょう。どんな蕎麦が食べたいかを客に訊《たず》ねる。すると客は答える。せいろ蕎麦が食べたい、だとか、天ぷら蕎麦が食べたい、とかね。つまり店というものは、客の求めに応じて料理を作るのが本筋だということ。店側が勝手に決めた料理だけを出すのではなく、客が食べたいと思うものを作って出す。そうではありませんか？　今夜わたしは一度たりとも、自分が食べたいものをサヨさんに伝えることがなかった。そんな料理屋にはたして客は通いつめるでしょうか。おおいに疑問です」

麟太郎は一気に思いを吐きだした。

「…………」

黙りこくっているサヨの頬をひと筋の涙が伝った。

「気を悪くなさったでしょう。おいしい料理を食べさせてもらっておいて、こんなことを言うとは、なんて冷たい人間だと思われてもしかたがありません。でも、ほんとうに惜しいと思ったのです。佳運多という発想もすばらしいし、料理もそれに見合う傑出したものだった。だが、なにか腑《ふ》に落ちない。なぜだろうとずっと考えていて、思い当たったのは、サヨさんのひとり芝居を観《み》ているような時間だったからです。今夜の料理を料亭の座敷で食べていたら、きっとまた来たいと思ったでしょう。しかしそう思えなかったのは、この佳運多のせいでしょう。この佳運多はある意味で舞台の役割を果たしている。じゃあその舞台の主役は誰か。今夜のような料理の出し方だと、主役はサヨさんだ。でもここは料理屋です。ということは、主役は客のほうでなければならない。そうでしょ？」

麟太郎が語気を強めると、サヨは大きくうなずいた。

「うちは自分が主役やなんて思うたことは一度もありまへん。主役はお客さんに決まってるやないですか。ずっとそう思い続けてきたつもりやのに」

サヨが悔しげに唇を嚙んだ。

「わたしは政《まつりごと》の世界に身を置いているのでよく分かるのですよ。民のためにと思っていたはずなのに、いつの間にか政をする側が主役になってしまって、民をしたがわせてしまっている。それをして本末転倒というのです」

「大きい勘違いをしてしもうてました。一から出なおさんと」

サヨは小指で目尻を拭った。

「余計なことを言ってしまうのは、わたしの悪いクセです。許してください」

麟太郎が立ちあがった。

「おおきに。あらためてお礼申しあげます」

サヨが深く頭を垂れた。

「がんばってください」

麟太郎はしずかに木戸を開けた。

「ありがとうございました」

敷居をまたいでサヨが送りに出てきた。

「ごちそうさまでした。とてもおいしかったですよ」

一礼すると、麟太郎は足早に『清壽庵』の参道を山門に向かった。

サヨは麟太郎が山門を出たあとも、ずっと頭を下げつづけた。

〈さげ〉

ええ気持ちで昼寝しとったら、突然金づちで頭どつかれた。そんな感じですわ。ずっと気持ちよう来て、最後の最後にどすんと落としよる。麟太郎はんは罪な人ですな。まぁ、たしかに言わんとすることは分かりまっせ。わしもおんなじようなこと思うたことありますんで。

貧乏性でっさかい、めったに高級割烹てな店には行かへんのですけどな、友だちが一緒に行ってくれ言うんで、しょうことなしに祇園の有名な料理屋はんへ行ったんですわ。

評判どおり料理は旨かったんですけど、二度と行きとうない思いましたな。なんでか言うたらね、食事の始まりから終わりまで、カウンターに並んでる八人の客がみなおんなじペースで食べんならんのですわ。給食やないんやからと思いましたで。

夜の六時きっかりにスタートしますねん。主人が口上を述べますんやが、まるで落語のまくらみたいに、冗談を交えたりして慣れたもんですわ。そっから料理がはじまるんでっけど、店の主人が八人分の料理をいっぺんに作って、それを助手が順番に配ってきよる。ずっとその繰り返しですねんで。酒飲まん客はさっさと食べますやろ。わしらみたいな飲んべえは、ちびちび飲みながら、ゆっくり食べとぉすがな。けど、なんや急《せ》かされてる気がしますねん。無言の圧力っちゅうやつです。ほんで、たんびたんび、料理の説明を聞かされるんですわ。

二度とこんな店来るかい、て思いましたさかい、麟太郎はんの言い分はようよう分かります。けどね、あんな言い方せんでもええんと違います？　あれではサヨが可哀《かわい》そうですがな。それまで機嫌よう食べとってでっせ、最後になって、二度と来んぞ、て。

どんな人間でも、しばらくはショックで立ち直れまへんで。

せっかく作った佳運多を潰してもとに戻すわけにもいきまへんし、さぁ、サヨはどないしよるんやろ、て気になりますやろ？

っちゅうとこで、ちょうど時間になりました。おあとがよろしいようで。

第二話

土佐懐古

〈まくら〉

大福帳を読んどってね、こないショックを受けたんは、押し込みが入ったとき以来ですわ。なんともつらい話でしたなぁ。

うまいこと歯車が回っとるうちは、安心して読んでられます。ええなぁ、よかったなぁ、てサヨの身になってるさかい気持ちも安らぎますし、読みながら飲む酒も旨い。

押し込みのときもそうでしたけど、あんじょう回っとった歯車が急に止まりよると、読んでても、なんや胸のあたりが苦しいなります。しかも今回は歯車が止まるだけやのうて、逆回転しだしよった感じですさかい、余計につらいんですわ。さんざんほめといて、最後になってすとんと落としよる。麟太郎はんは罪なやつでっせ。

もうこの先読まんといたろかしらん、て思うたほどわしはショックを受けました。三日三晩寝込んだ、っちゅうのはおおげさでっけどな。酒も苦いうえに、メシも喉をとおらん。激やせしてるん違うかいなと思うて、さっき体重計乗ったら二キロも増えてますねん。人間の身体っちゅうのは不思議なもんですな。

　わしでさえ、こない落ち込むんやさかい、サヨはどない落ち込んだやろと思うて、おそるおそる続きを読んでびっくりしました。落ち込むどころか、意気軒昂《いきけんこう》て言うてもええほど元気ですねん。

　女のひとは強いんですな。男はあきまへんわ。女のひとは立ち直りが早い。うちのヨメはん見とってもそう思います。

　サヨは麟太郎はんに名付けてもろた板前茶屋の佳運多《かうんた》を、どう利用したら常連客になってもらえるか、を真剣に考えはじめよるんです。えらいですなぁ、まだあんた二十歳過ぎでっせ。落ち込むわけやなし、麟太郎はんを恨むわけやなし。ほめてもろたことも頭に残して、名付けてもろたことを生かそうとしよる。ただただ感心するばっかりです。

　そのサヨの様子にホッとして、よう考えてみたら、ほんまに麟太郎はんはええ名前付けはりましたな。板前茶屋てカッコよろしいがな。おまけに佳運多やなんて。令和の時代でも充分通用するやろし、人気も出る思いますわ。

　これ読んどってあらためて思うたんですけど、今は当たり前みたいにして、カウンター席で飯食うてますけど、むかしはそんなんなかったんですな。

そういうたらテレビや映画の時代劇でもそんなシーンは観たことない。座敷で飯食いながら酒飲んでるのは、よう見かけますけど、カウンターのある居酒屋てありまへんわな。座敷と違うたら、今でいうテーブル席です。ドラマでも居酒屋にカウンター席が出てくるのは昭和になってからやろ思います。つまりそれまで、カウンター席で飯を食うたり、酒を飲むっちゅうことはなかったんです。

それをはじめよったんは、どうやらこのサヨみたいでっせ。前にも言うた思いますけど、板前割烹っちゅうもんが初めてできたんは昭和のはじめやとされてます。それがあんた、幕末のころにはすでに佳運多っちゅう名前で板前料理を出す店があった、っちゅうんでっさかい、世紀の大発見と違いますやろか。

日本初のカウンター料理店発見、ですわ。

メリケンていうたら今のアメリカですやろ。そのアメリカまで行ってきた麟太郎はんの話では、カウンターはあっても料理は出してなんだんやから、世界初、っちゅうことになりますがな。いや、宇宙初かもしれんな。そんなすごい新発見を落語にしとるのに、売れんはずがない。いずれは映画になるんと違いますやろか。そうなったら、わしは一躍時の人ですがな。サイン欲しいんやったら今のうちでっせ。

てなこと言うてるさかいいつまでも売れへんのや、て？　ほっときなはれ。

それにしても、ほんまにサヨは持ってますな。実はわしも〈豆腐百珍〉を探しとるんでっけど、いまだに手に入りまへん。『竹林洞書房』にも頼んでますんやが、なかなか見つからんそうです。しょうことなしに、復刻版っちゅうか、今ふうに解釈して焼きなおした本を買うてきました。

江戸時代にこんな料理本が出版されて、人気が出てたやなんて、ちょっと驚きですわ。今の時代にも充分使えまっせ。その当時から豆腐をうまいこと使いこなして、料理のバリエーションを増やそうと工夫しとったんですわ。いつの時代でも庶民はたくましいですな。

わしねぇ、このサヨの大福帳に出会うまでは、江戸時代て遠いむかしの話で、今の世のなかとは全然違うもんや思うてましたんや。

ところが読めば読むほど、なんや、今の時代とあんまり変わらんやないか、て思うようになったんです。

〈豆腐百珍〉みたいな料理本もでっけど、今の時代でいうグルメガイドみたいな本も出とったんですな。

フランスのタイヤ屋はんが出さはった格付け本がありますやろ？　あれとよう似た本もあったみたいでっせ。けど、三ツ星とか二ツ星やとかの評価やのうて、相撲の番付表みたいになっとります。東の横綱はどこそこの店、西の大関はこれこれこういう店、みたいに。日本はこうやないとあきまへん。粋ですがな。

今の時代もそうでっけど、江戸時代も二匹目のどじょうを狙うのは、ようあることやったみたいです。〈卵百珍〉てな本も出版されて、ベストセラーになったらしおす。当然のようにサヨもその〈卵百珍〉を手に入れて、夜の客に卵料理を出しとりますんやが、これがまた旨そうですねん。早速わしも真似して作ってみました。

そんな卵料理を、どこのどんな客に出しよるのか。麟太郎はんから出された宿題にどんな答えを出すのか、そんなお話です。

節分もとうに過ぎて、そろそろ三月も近《ちこ》ぅなってきたある日。サヨがいつものように妙見はんを訪ねるとこから話がはじまります。

1　妙見めぐり

寝ても覚めても。まさしくそんなふうに、サヨはいつも麟太郎から突き付けられた宿題に頭を悩ませていた。

何度も通ってもらうためには、なにをどうすればいいのか。

それには、食べるものを決めるのは店ではなく客のほうだ、という大前提にしたがわなくてはいけない。

それはよく分かっている。そしてその答えも承知している。さほどむずかしいことではない。品書きを客に見せて、そこから選ばせればいいのだ。

だが、はたしてそれでいいのか。たしかにそうすれば、麟太郎の言うように、店側から押し付けるのではなく、客の側からの希望に沿って料理を出したことになる。しかしながらサヨがひとりで料理をするのに、そんなにたくさんの品を作ることはできない。となると、結局はおなじになるのではないか。

客は選ぶ愉しみを得られるかもしれないが、それだと板前の意味が薄れてしまうようにも思う。

注文した料理が目の前で作られるか、見えない厨房で作られて出てくるか、その違いだけになってしまう。

サヨが麟太郎が名付けた佳運多という長板を設えたのは、作る側と食べる側が、長板一枚はさんで、おなじ場にいたいと思ったからなのである。

サヨが好んで通う、居酒《いざけ》のできる酒屋のような雰囲気でありながら、きちんとした料理を出せる店。長板を使うことによってそれを実現したかったのだ。

いろんな案が浮かんでは消え、を繰り返す日が続く。

それが決まるまでは、ということで、宗和の予約も丁重に断り、日延べしてもらっているが、それにも限度がある。せっかく普請を急いでもらったのに、いつまでも休んでいたのでは、留蔵や勘太にも申しわけが立たない。

困ったときの妙見頼みとばかりに、サヨは清水の妙見に伺いを立てようと、夜が明けてすぐ『日體寺』を訪ねた。

暦の上では春になったとは言え、夜が明けたばかりの東山《ひがしやま》界隈は凍《い》てつくような寒さに、明烏《あけがらす》でさえ身を震わせているようだ。

さすがにこの時間にはまだ参拝客の姿は見当たらない。安心してサヨは門前で呼びかけてみた。

「妙見はん、おはようございます。もう起きといやすか？」

手を合わせ閉じていた薄目をそっと開けた。

しんとしずまり返った寺からは物音ひとつしない。

「まだ寝てはるんかなぁ。ちょっと早ぅ来すぎたんかもしれんな」

合掌したまま、サヨは身体を斜めにして境内を覗きこんだ。

やや間があって、がさがさと音がし、くぐもった声が聞こえてきた。

「えらい早起きやな。なんぞ急用でもできたんか」

ふらふらと左右に揺れながら妙見が姿を現した。

「まだお休みどしたか。えらい早ぅからお邪魔してすんまへん。ちょっとご相談したいことがありましたんで」

サヨが上目遣いに妙見を見上げた。

「昨日の昼に来たときは、なんにも言わんと帰ったがな。なんぞ急な話か？」

「昨日はほかに大勢のおひとがやはったさかい、遠慮したんです」

「そうやったんか。そない気ぃ遣わんでもええんやが。で、相談てなんや？」

「実は……」

サヨは麟太郎から与えられた宿題のことを、かいつまんで話した。

「ふむ。それはなかなか難題やな」

「そうですやろ。うちもずっと考えてますねんけど、なかなかええ案が出てきいしません。困ったら妙見はんや。そう思うてまいりました」

「頼りにしてくれるのはありがたいんやが、わしにも分からんことがある。こういうことに通じとるのは丑《うし》の妙見や。そっちで訊ねてみてくれるか」

「丑の妙見はんていうたら、『本満寺《ほんまんじ》』はんの妙見はんでしたかいな」

「そや。よう覚えとったな。あの丑の妙見は酒飲みで大飯食らいやさかい、なんぞええ知恵を授けてくれよると思う。せっかく朝早ぅから来てくれたのに、役に立てんとすまんこっちゃったな。眠いさかい、もういっぺん寝させてもらうわ」

妙見はまた身体を揺らせながら戻っていった。

「まだ寝ぼけてはるんや。しゃあないな。丑の妙見はん、起きてはるやろか。酒飲みやて言うてはったから、二日酔いしてはったらかなんな」

ぼやきながらサヨは元来た道を戻り、松原橋から鴨川の河原へ下りて北へと向かった。

松原橋から『本満寺』近くに架かる葵橋《あおいばし》までは一里近くあるが、幼いころ近江草津で駆けまわっていたサヨにとっては、たいした距離ではない。四半刻と掛からず、

『本満寺』へたどり着いた。

『本満寺』の山門が見えてきた。たしかその手前左側に妙見宮があるはずだ。サヨは山門に向かって頭を下げてから、石の鳥居をくぐった。

「妙見はん、ご無沙汰してます。月岡サヨです。いっつも見守ってもろてありがとうございます。今日はちょっとお願いしたいことがあってまいりました」

妙見宮の前で目を閉じたサヨは、両手のひらをぴたりと合わせた。

「えらい早かったやないか。さっき清水の妙見から知らせがあったとこやで。大まかな話は聞いとる。わしが酒飲みやさかい相談に乗ってやってくれ、っちゅう失礼な話やが、ほかならんサヨのことやで、承知しといた」

「そうでしたか。ほんまに失礼なことでえらいすんまへん。そういうことなんですけど、どないですやろ。なんぞええ案がありますやろか」

「そのことなんやが、わしが思うに、なにもかもあてがいぶち、っちゅうのもかなわんが、かと言うて、素人の客には、どんな調理をしたら旨いもんができるのか分からん。せやから、食材を品書きに並べといて、調理法をサヨが提案するのがええと思うで。たとえばや、お鯛さんがあったら、品書きには鯛て書いとく。ほんで鯛を食いたいっちゅう客がおったら、お造りがよろしいか、それとも塩焼きにしまひょか。煮付けもできまっせ。というふうにや」

「なるほど。それやったら、食べたいもんを食べてるてお客さんに思うてもらえるし、ちょうどよろしいな。それ、いただきます。おおきに。助かりました。お賽銭《さいせん》はずませてもらいますよって、これからもよろしゅうに」

「もうひとつ言うとかんとあかんのやが」

妙見の声が低くなった。

「なんですやろ」

サヨがそれに合わせて声を落とした。

「客をじょうずに誘導せんとあかん」

「誘導？　どういう意味です？」

「客が自分で選んだ、と思わせといて、実はサヨが選んどる。そういうふうに持っていかんとあかんということや」

「分かったような、分からんような」

サヨは二度、三度首をかしげた。

「サヨは料理の玄人《くろうと》やさかい、一匹の鯛を前にしたら、この魚はどう料理するのが一番ええのか、見ただけで分かるやろ？」

「へえ。それはもう。これはお造りがええやろな、とか、この骨のまわりは煮物にしたら美味しいやろな、とかすぐに分かります」

「そやろ。そこが玄人と素人の違いや。客にはそれが分からんさかい、自分の好みだけで注文してしまいよる。刺身にしたらええ魚を煮付けてしもうたら台無しや。それをじょうずに誘導したれ、て言うてるんや」

「それやったら最初からそう言うたげたほうがええんと違います？　鯛はお造りでどうぞ、て」

「そこが違うんや。人間の心理っちゅうのは、わしらと違うて複雑にできとる。ほかから押し付けられたと思うたら、その結果は押し付けたほうの責任やと思いこみよる。それが、自分で選んだもんやったら、失敗しても、しゃあないなぁ、となる。この心理をじょうずに利用せい、て言うとるんや」

「なるほど。ほんまはこっちで決めてるんやけど、それをお客さんが自分で決めはった、て思うてもろたらええていうことですね」

「かいつまんで言うたら、そういうこっちゃな」

「妙見はんが言うてはることは分かりましたけど、ほな実際にどないしたらええんです？」

「それはおまはんが考えることやがな。サヨやったら按配ようできるやろ」

「分かりました。ついつい甘えてしもうて」

「要は客の立場に立って考えなはれ、ていうことや。サヨは〈仏作って魂入れず〉という言葉を知っとるか?」

「無学やさかい知りまへん」

「なんぼじょうずに御仏《みほとけ》の像を作っても、そこに仏の魂が入っとらなんだら、肝心のもんが欠けた、ただの像でしかない。なんでも物事は最後の仕上げまできちんとせなあかん。そういう教えや。サヨの茶屋もなんぼええ普請してもろても、客を喜ばせる気持ちが入っとらんなんだらなんの意味もない。さよう心得て精進するようにな」

「ありがたいお言葉に感謝します。妙見はんに教わったとおり精進します」

サヨが深く頭を垂れ、しばしの間を置いて顔をあげると、妙見の姿は消え去っていた。

「ええこと教えてもろたんはありがたいけど、はてどないしたもんやろ」

ひとりごちてサヨは来た道を戻りはじめた。

妙見の言葉は、サヨの胸に深く刺さった。

たしかに佳運多を作ったことで満足しきっていた。この設えさえあればきっと客は喜んでくれる。そう思いこんでいたが、最後の詰めが甘かったことは否めない。

麟太郎が言い残したのは、おそらくそういうことなのだろう。茶屋の設えは作ったものの、魂が入っていなかったのだ。メリケンにおなじようなものがあると聞いただけで鼻を高くしてしまっていた。だがそれは、ただの形にしか過ぎないのだ。佳運多をどう使えば客が喜ぶか、まで考えが及んでいなかった。

比叡颪《ひえいおろし》が吹く鴨川の河原を下りながら、サヨは品書きに思いをめぐらせた。

妙見の言っていたことは理解したものの、どう現実化すればいいのかまでは至っていない。

早足で河原を南に下っていくサヨは荒神橋《こうじんばし》の下でうずくまる女性に目を留め、歩みをゆるめた。

「どないかしはりました？」

藤色の小袖を着た女性に声を掛けたが、なにも反応がない。いぶかしんだサヨは傍らに座って顔を覗きこんだ。

「大丈夫どすか？」

サヨの声に女性は閉じていた目をゆっくりと開いた。

「こんな寒い朝に居眠りしてはったら風邪ひきますえ」

サヨは女性の肩にそっと手を置いた。

「すみません。眠ってしまっていたんですね」

サヨに向かって小さく頭を下げた女性の息からは酒の匂いがする。

「最近は追いはぎとかもよう出るみたいやし、早ぅお家にお帰りやすな」

「ありがとう」

女性は立ちあがろうとして、左右にふらついた。

「気ぃ付けとぉくれやすな」

サヨは女性のひじを支えた。

「みっともないとこお見せしてしもて」

女性はほつれた髪を指で梳《す》いた。

「お近くに住んではるんですか」

サヨが遠慮がちに訊いた。

「生まれも育ちも京なんやけど、今はわけあって離れてます」

「旅のお方やったんですか。なんやったら宿までお送りしまひょか」

「鴨川をずーっと下っていったとこですし、迷わんと帰れる思います。お気に掛けてもろておおきに」

よろめきながら女性は河原を南に向かって歩いていく。

「うちは四条河原まで行きますさかい、途中までご一緒しますわ」

サヨがすぐそのあとを追った。

歩きはじめこそふらついていた女性だが、丸太《まるた》町橋《まちばし》あたりまで来ると、しっかりとした足取りになり、歩みも徐々に速くなっていった。

話しかけてはみるものの、返ってくる言葉は素っ気ないものばかりなので、あきらめてサヨは無言で女性の傍らを歩いていく。

「朝早ぅから、どちらへ行ってはったん？」

「妙見はんにお詣りしてきたんです」

思いがけず女性が訊ねてきた。

「妙見詣り……どすか。ご利益はありますのん？」

歩みを止めることなく答えた。

「へえ。いっつも妙見はんに助けてもろてます」

「そら、よろしおしたな」

「おねえさんはどちらへ行ってはったんです？」

サヨが切りかえした。

「お墓参りに」

女性が短く答えた。

どなたのお墓へ？　と訊こうとしてサヨは言葉を呑みこんだ。きっと答えは返ってこないだろうと確信したからだ。

酒の匂いをまといながら河原で眠りこむという、一見したところだらしない女性に見えながら、その顔つきは凜《りん》としていて、どこか気高ささえ感じさせる。思いもつかない壮絶な経験をしてきたのに違いない。サヨは女性の横顔を見ながらその人生に思いを馳《は》せた。

やがて四条河原までたどり着いたふたりは四条橋の畔《ほとり》で別れた。

「お気を付けて」

河原を下る女性の背中にサヨが声を掛けると、女性は振り向いて斜めに腰を折った。

急いで茶屋に戻ったサヨは、おにぎりの支度をはじめた。

具材は昨夜のうちに仕込んでおいた。昆布ちりめんと塩鮭《しおざけ》である。

味見をしながら、先刻の女性を思い浮かべる。

初めて会ったのは間違いないのだが、見知った顔のような気もする。名前ぐらい訊いておけばよかったと思いながら、おそらく答えなかっただろうとも思う。ただ通りすがっただけなのに、なぜこれほど気に掛かるのだろう。

妙見詣り、とつぶやいたときの顔に哀《かな》しみの色が映っていたのはなぜだったのか。

気掛かりが支度の手を止める。

思いなおしてサヨは米櫃《こめびつ》のふたを開けた。

2　お品書き

いつもどおり、今日もおにぎりは早々に売りきれた。片づけを終えたサヨは、茶漬けをかきこんでいる。

大ぶりの飯碗に白飯を盛り、残しておいた鮭のほぐし身と昆布ちりめんを、その上に載せて茶を掛けただけだが、これがめっぽう旨い。サヨは少しためらってのち、お代わりをした。

朝からの疲れが出てきたところへ、腹が満たされたのだから眠気を催して当然だ。サヨは佳運多につっぷすと、すぐに寝息を立てはじめた。

夢に出てきたのは、幼なじみの南浅子《みなみあさこ》だ。

近江草津の老舗菓子屋『めのと餅』の次女浅子とは、三歳のころから一緒に遊んでいた。サヨとはひとつ違いで、浅子はサヨを姉のように慕い、ほとんどの時間を一緒に過ごしていた。

お神酒《みき》徳利《どっくり》と呼ばれるほど仲のいいふたりだったが、こと沖田《おきた》圭介《けいすけ》の話になると、子どもながらに激しい火花を散らす間柄だった。

圭介の家は青花紙《あおばながみ》を作っていて、『めのと餅』の三軒隣にあった。浅子は五歳上の圭介に好意を持っていたが、圭介はサヨに恋心を抱いていたようで、三人が集うといつもぎこちない空気が流れていたものだ。

圭介が自分に思いを寄せていることに気づいてはいたが、サヨはそれを厭《いと》うこともなく、かと言って深く受けとめることもなかった。今にして思えば、歳《とし》は上なのに浅子よりおぼこかったのかもしれない。

圭介がからまなければ、サヨと浅子はケンカひとつしたこともなく、ふたりとも笑顔を絶やすことがなかった。

月岡家と南家は遠戚にあたることもあり、互いの家に泊まりがけで遊びに行くこともしばしばだった。

布団を並べたふたりは、かならずと言っていいほど、眠りに就く前に将来を語り合った。

――浅子は絶対お菓子屋にはならへん。しんどい仕事やもん。サヨちゃんはどうなん？　やっぱり旅籠を続けるん？――

――サヨはなぁ、どうするか分からへん。早いことお嫁に行って、お母さんになり

たいねん

――分かった。圭介にいちゃんのお嫁さんになるんやろ――

――そんなことあらへん。圭ちゃんはすぐうちのことをいじめるんやから、サヨのことを嫌いなんやと思うえ――

――いーや、違う。圭介にいちゃんは絶対サヨちゃんのことを好いてはる。浅子にはよう分かるんよ――

――うちなぁ、京の都に行くかもしれんねん。お父ちゃんとお母ちゃんがそんな話をしてはったんや――

――うそやろ。そんなん絶対うそや。サヨちゃんが京へ行くんやったら浅子も行く。連れていってな。約束やで。指切りげんまんウソついたら針千本飲ぉます――

サヨが草津を離れる日。浅子はサヨにしがみついて泣きじゃくっていた。

サヨは浅子を抱きしめて別れを惜しんだ。

浅子はその手をふりほどき、サヨの柳行李《やなぎごうり》を何度もこぶしで叩く。地べたにひざまずいて、泣きながら叩く音はサヨの耳のなかでずっと響きつづけた。

ドンドン。ドンドン。

夢を見ている。あの日の夢を見ている。もうろうとした意識のなかで、サヨは浅子の名を呼んだ。浅子はそれが聞こえないかのように、ずっと柳行李を叩きつづけている。ドンドン。ドンドン。ドンドンドン。

夢ではない。現実に誰かが木戸を叩いているのだ。

サヨは眠い目をこすりながら立ちあがった。

この場所を知らないはずだから浅子ではない。誰だろう。

「どちらさんです?」

サヨは用心深く木戸に耳を当てた。

「サヨちゃん、いてるんやろ。僕や。宗海や。ちょっと開けてくれるか?」

声に聞き覚えがある。間違いなく宗海だ。

ホッとしてサヨは木戸の錠前をはずした。

「ごめんな。お昼寝の邪魔してしもて」

御所染色をした淡い紅の作務衣《さむえ》の上から、本紫色の茶羽織を着た宗海がにこりと笑った。

「なんでお昼寝してたて分かったんどす?」

外に出てサヨは乱れ髪を指で整えた。

「僕が千里眼やていうことを、サヨちゃんは知らんかったん？」

宗海は右目の前で指を丸め、遠めがねを真似た。

「ちっとも知りまへんどした」

ぶっきらぼうに言って、サヨはあきれた顔をした。

「ていうのは真っ赤なウソやもん。ほんまはな、なかからイビキが聞こえてきたから。サヨちゃんはイビキまで可愛《かわい》いんやね」

宗海はねっとりとしなを作った。

「うそですやろ。そんな大きいイビキをかいてました？　恥ずかしいわぁ」

「そないして恥ずかしがってるとこも、たまらん可愛いわ」

宗海は上半身をねじって身もだえた。

「ほんで、なんのご用どしたん？」

サヨが冷たくあしらった。

「そんな邪険にしてええんかなぁ。こんなんサヨちゃんにあげよと思うてるんやけど、要らんのかなぁ」

宗海はふところから本を取りだして、ちらっとサヨに見せた。

「なんですの？」

首を曲げてサヨが宗海の手元を覗きこんだ。

「サヨちゃんのために一生懸命探して、やっと見つけた本なんえ」

宗海はもったいぶって、表紙の上半分を隠して見せた。

「うちのために、どすか？　なんの本やろ」

宗海の手元を見つめたまま、サヨが左右に首をかしげた。

「これさえあったら百人力ですやろ」

宗海が両手を伸ばして本の表紙を見せた。

「〈卵百珍〉。そんな本があったんですか」

目をぱちくりさせて、サヨが素っ頓狂な声を上げた。

「〈豆腐百珍〉ていう本を持ってるやろ？　あれの姉妹書みたいなもんや。卵を使うた料理をようけ紹介したぁる。これをサヨちゃんにあげよ思うて。読んでるだけでよだれが出てきますえ」

宗海が鼻を高くした。

「この本をうちにくれはるんどすか？　ほんまに？」

サヨは声を鼻にかけ、上目遣いに宗海を見た。

「当たり前やんか。サヨちゃんのために手に入れたんやさかい」

宗海が流し目を送った。

「ありがとういただいときます。そのうちなんぞお返ししますよって」

サヨが意味ありげな視線を向けると、宗海は身体をくねらせて鼻息を荒くした。

「どんなお返しをもらえるんやろなぁ。愉しみに待ってますえ」

「いつになるや分かりまへんけど、気長に待ってとぉくれやっしゃ」

「そんなイケズ言わんと、早いことお返ししてや」

「へえ。せいだい気張らせてもらいます」

サヨは〈卵百珍〉から目を離さず、気もそぞろといったふうに言葉を返した。

「サヨちゃんは料理にしか興味がないんやさかい」

宗海は小鼻を膨らませながら、〈卵百珍〉をサヨに手わたした。

「おおきに。ほんまにおおきに」

受け取ってサヨは何度も頭を下げた。

「せいだい美味しい卵料理を作ってくださいや」

不満げな表情を見せながら、宗海はしぶしぶといったふうな足取りで去っていった。

サヨはそそくさと茶屋に戻り、佳運多の上で〈卵百珍〉を広げた。

「花卵かぁ。ええ名前付けてはるやん。どんな料理なんやろ。――是《これ》も紅煎貫《べにぬき》たまごのごとくに、かわを取《とり》て、ずいぶん熱湯へしばらく漬《つけ》、取出し、紙にまき、箸にても、竹にても、かたを入レ、はさみ、上をくりおき、能《よく》さまして切へし――か。茹《ゆ》で卵《たまご》をお花の形にするんやな。なるほど、こないしたらただの茹で卵もごちそうになるんや。うまいこと考えはったな」

サヨは目を輝かせて丁を繰る。

「湯卵。どんな料理なんやろ。そうか、天ぷらにするねんな。卵を油で揚げるやなんて、ぜんぜん思いつかへんかったわ。けど、卵を揚げたら油のなかではねるんと違うやろか」

ひとりごちながら、サヨは夢中で読み進めていく。

〈豆腐百珍〉に続いて〈卵百珍〉も手に入った。どちらも自力ではなく、好意に頼ったものだ。

宗海がサヨに好意を寄せていることは早くから気づいていた。ときに好色とさえ思えるような目つきでサヨを見ていることも承知している。身なりはかなり歌舞《かぶ》いているが、曲がりなりにも僧侶という立場だから、それ以上の行動に出ることもなく、なにかを要求されたこともない。

源治はどうなのだろう。

宗海とは対照的に気持ちを表に出すことがほとんどない。そもそも歳も離れているし、おそらく所帯持ちだろうから、サヨのことは妹のようにしか思っていないはずだ。

源治に比べればはるかに歳は近いが、接し方としては四つ年上の圭介も似たような感じだった。

青花紙を使って花飾りを作り、サヨの首に掛けてくれたこともあったたし、手を取ってそろばんの使い方を教えてくれることもあった。

長く忘れていた圭介のことを今になって思いだすのはなぜなのだろう。ふるさとを懐かしむことなどほとんどなかったのに。

そうか。浅子の夢を見たからか。

〈卵百珍〉の丁を繰りながらも、サヨはふいに思いだした圭介の消息を気に掛けている。

コンコンコン。また木戸を叩く音が聞こえた。宗海が戻ってきたのだろうか。それとも誰か別のひとが訪ねてきたのか。

〈卵百珍〉を佳運多に伏せたサヨは木戸に向かった。

「どちらさんです？」

サヨは木戸に耳を当てた。

「『菊屋』の藤吉《とうきち》や。女将のフジさんも一緒やさかい開けてくれるか」

サヨの恩人とも言えるフジが一緒だと聞いて、サヨは急いで錠前をはずした。

「えらいご無沙汰しとります。こちらからお伺いせんならんと思うてたとこですねん。どうぞお入りになってください」

「突然すまんことやな。急な頼みごとができたもんやさかい」

紫色の小袖に浅葱《あさぎ》色《いろ》の道行《みちゆき》を着たフジが、ゆっくりと敷居をまたいで茶屋に入った。

「ほう。こういう造りにしたんか」

上田縞《うえだじま》の着物を着た大番頭の藤吉は、茶屋に入るなり佳運多に目を留めた。

「おふたりをお招きしようと思うてたんですけど、普請はできたもんの、まだ茶屋の形が整わへんので」

「そうみたいやな。こないだお越しになった麟太郎はんから、あらかたの話は聞いとります。急ぐことやないさかい、よう考えなはれ。なんぼええ仏はんを作っても、魂が入らんかったら、無用の長物になってしまいまっせ」

「フジはんも妙見さんとおんなじこと言わはるんですな」

「似たもんどうしやさかいな」

そう言ってから、フジににらまれた藤吉は、あわてて口を押さえた。

「お茶なとお出ししますさかい、お掛けになっとぅくれやす」

サヨがふたりに高椅子を奨めた。

「今夜はようけのお客さんが入ってるさかい、ゆっくりはできんのやが、それにしてもええ木を使うとるな」

藤吉が佳運多を撫でている。

「そないつれないこと言うもんやない。なんぼ急いでても茶の一杯や二杯よばれんと、サヨに失礼やないか」

フジがたしなめると、藤吉は神妙な顔つきをして頭を下げた。

サヨは手早く湯を沸かし、急須に茶葉を入れて茶の用意をしている。

藤吉は〈卵百珍〉に目を留め、手に取って丁を繰った。

「ようこんな本を手に入れたな。江戸でも評判やそうやないか」

「おかげさんで宗海はんが持ってきてくれはったんです。こんな本もあるんどすえ」

手ぬぐいで手を拭ってから、サヨは〈豆腐百珍〉を藤吉に手わたした。

「ええ本を手に入れたやないの。せいだい勉強しなはれや」

横目で見てフジが言った。

「これは源治はんが持ってきてくれはったんどす。みなさんのおかげでええ勉強させてもろとります。ありがたいことですわ」

サヨは鉄瓶の湯を急須に注いでいる。

「けど、ええ普請ができたやないの。ここでごっつぉをよばれるのが愉しみやわ」

高椅子に腰かけてフジが茶屋のなかをぐるりと見まわした。

「おおきに。みなさんのおかげでほんまにええ茶屋を造ってもらいました。準備が整うたら真っ先にフジはんと藤吉はんをお招きしますさかい、しばらく待ってとぉくれやすな」

急須の茶を湯呑に注ぎ、サヨがふたりの前に出した。

「おおきに。急に来て悪かったなぁ」

フジが茶托を引き寄せ、湯呑を手に取った。

「とんでもない。お越しいただいてうれしおす」

サヨはまな板の横に茶を淹《い》れた欠け茶碗を置いた。

「ええ湯呑を使うてる。道八《どうはち》はんか？」

フジは手に取って湯呑をしげしげと見つめた。

「さすが女将さん、ようご存じで。半吉《はんきち》はんとこからいただいてきました」

錦市場にある器屋『三浦屋』の主人半吉は、目利きとしても知られている。その商品の多くは京焼を中心とする高級品で、名だたる料亭におさめているのだ。半吉はサヨに肩入れをしていて、半端品などを格安で卸してくれている。

その半吉が紹介してくれた四代目道八という陶芸家の作品をいたく気に入ったサヨは、無理を言って何品かを安価でわけてもらった。そのうちのひとつがこの湯呑なのである。

白磁に朱色で竹林の模様が描かれ、いくらか小ぶりの煎茶茶碗だ。五客あるうち一客だけわずかに欠けていたせいで通常の半値以下で仕入れることができた。その欠け茶碗はサヨ専用の湯呑になっていて、ときにはそれで酒を飲むこともある。

「前にも言うたかしれんけど、ええ料理には、ええ器が欠かせまへん。どんなええ料理を作っても器がようなかったら台無しや。少々背伸びしてでもええ器を使いなはれ。こういう上手《じょうて》もんを使うてたら間違いない」

フジはゆっくりと湯呑をかたむけた。

「女将さんにそない言うてもろたら無理した甲斐があったいうもんですわ。最初は身の丈に合わんのと違うやろか、てずいぶん悩んだんですけど、どうしても欲しいなって」

サヨは手のひらに載せた欠け茶碗をまじまじと見た。

「女将さん、ぼちぼち……」

茶を飲みながら藤吉が急かした。

「そうそう、肝心の話をせんと」

フジが湯呑を茶托に置いた。

「なんですやろ」

サヨが居住まいをただした。

「ここの準備が整い次第でええんやけど、ひとりのおなごはんにサヨの料理を食べさせてあげたい思うてるんや。うちでしばらくあずかってるひとなんやが、ここんとこ悪い運気に遭うてはってな。サヨのええ気を分けたげてほしいんやわ」

「うちの気ぃをどすか？　お分けできるほどええ気ぃがあるやどうや分かりまへんけど、うちでよかったらいつでも」

「おおきに。サヨの、ていうよりサヨを守ってくれたはる妙見はんの気ぃやけどな」

「それやったら大丈夫や思います。今日も出町《でまち》の妙見はんにええ知恵授けてもらいましたし。そのお方の分までええ運気をようけもろときます。女将さんがもしご存じやったら、そのお方の干支を教えてもらえますやろか」

「干支なぁ。なにやったかいなぁ。忘れてしもうたわ」

「女将さん、辛丑《かのとうし》です。間違いおへん」

藤吉がフジの耳元で語気を強めた。

「リョウさんは、辛丑の生まれやそうや」

フジがサヨに言った。

「ほんまですか？　それやったら安心してください。今朝お詣りした『本満寺』はんの妙見はんが丑年《うしどし》のひとの守り神ですさかい。その方はリョウさんて言わはるんですね。しっかり覚えときます」

「そうやったんかいな。やっぱりサヨはええ運気を持ってるわ。こないしてぴったりと符合するんやさかい。安心しました。よろしゅう頼みましたえ」

フジが腰を浮かすと藤吉がそれに続いた。

「承知しました。ええときに来てくれはりました。出町の妙見はんにええ知恵を授けてもらいましたさかい、今日明日にでも整う思います。そないお待たせせんとご案内させてもらいますんで」

サヨが佳運多のなかから出てきた。

「聞いた話やと、サヨはこの長板の向こうで調理をして、客はこっち側に座ってその様子を見る、っちゅう仕掛けらしいけど、そないなことして大丈夫なんかいな」

藤吉が心配そうに佳運多を横目で見た。

「大丈夫かて、どういう意味どす？　なんぞ不都合がありますやろか」

サヨが問い返した。

「魚をさばいたり、野菜を切ったりは、荒《あら》けないことやけど、それを客に見せてもええのか、て藤吉は案じてますのや。ふつうは裏方でやることを客の間近でやるんやさかい、よほど手際がようなかったらあかんし、調理場はいっつもきれいにしとかんならん。それができるんか、ていうことやな？　藤吉」

フジが藤吉の思いを代弁した。

「女将さんにはかないまへんな。なんでもお見通しや」

照れ笑いを浮かべながら藤吉が頭をかいた。

「たしかにそれはうちも気にしとります。けど、苦労してここまで普請してもろたんですさかい、もう後には戻れまへん。どこまでお客さんに喜んでもらえるや分かりまへんけど、覚悟はできてます。せいだい気張らせてもらいます」

サヨが胸を張った。

「サヨのやることに間違いはない。清水の妙見はんもそない言うてはったさかい、わたしはなんにも心配してしまへんえ。しっかりお気張りやす」

フジはサヨの目をまっすぐ見すえた。

「おおきに、ありがとうございます。準備が整うたらすぐに連絡させてもらいます」

サヨが深く腰を折ると、フジは藤吉をしたがえて表に出た。

ふたりを見送ったサヨは高椅子に腰かけ、短いため息をついた。

「いろんなひとが待ってくれてはるんやから、いつまでも考えてたらあかんな。早いこと整えんと」

サヨは書き道具を佳運多に並べ、墨を磨りはじめた。

小鍋茶屋として営業していたとき、夜の料理はすべてサヨが決めて作り、客側が注文を付けることも、選ぶこともなかったが、それで特段の問題はなかった。

それが当たり前だと思っていたから、小上がり席から、佳運多席へと設えが変わっても、料理については以前とおなじ様式にした。

だが、それでは佳運多席にした意味がない、という麟太郎の指摘は至極真っ当で、まさに金づちで頭を殴られたような衝撃だった。

せっかく目の前で調理するのだから、その場で臨機応変に対応しないと。つまりは料理をする側からのお仕着せになってしまっていることを、改善しなければならないということだ。

そうか。自分も客になってみればいいのか。

ひらめいたサヨは書き道具を片づけ、佳運多を拭いて、客を迎えるような支度をした。

折敷《おしき》を置き、箸を並べ、酒の用意をした。

「うちは料理をするんやのうて、食べるほうなんや」

自らにそう言い聞かせ、サヨは手酌酒をはじめた。

目を閉じて料理人が目の前にいるところを想像する。一匹の鯛をさばきはじめた。見るからに新鮮そうな鯛だ。やっぱり最初は造りがいい。脂ののった腹の身にするか、あっさりした背の身にするか。迷うところだ。

――お造りは背か腹かどちらにしましょう。旨みが濃いのは腹の身、あっさりがよければ背の身がお奨《すす》めです――

料理人が訊ねてくる。

そうだ。こういうふうに訊けばいいのだ。選択肢を提示して、客が選ぶ余地を与えておく。そうすれば、客は自分で選んだ料理だと自覚できる。

麟太郎が言っていたのは、こういうことではなかろうか。ひと筋の光明が見えてきたような気がして、サヨは胸を弾ませた。

やっぱり客の身になって考えることが一番たいせつなのだ。

サヨは何度もうなずいた。

客になりきっているサヨは、そのあとを考える。最初に造りを食べるとして、どんな味で食べたいか。サヨの茶屋では造りは醬油とポンスの二種類を用意しているが、それでいいのか。

腕組みをしてサヨは思いをめぐらせている。

腹か背か、どちらかを選ぶだけではなく、両方を奨めるのもいいかもしれない。そして、あっさりした背の身には醬油、脂の乗った腹の身にはポンスを奨めるのだ。

「よかったら両方ちょこっとずつお出ししまひょか。背のほうは醬油が合うと思いますけど、腹のほうにはポンスを付けて食べたらよろしおっせ」

サヨが声に出してみた。

「うん。これやな。これがええわ」

確信を持ったサヨは、急いで書き道具を前に並べ、墨を磨り足した。

「いろんなもんをようけ選べるほど、お客さんはよろこんでくれはるやろけど、うちがひとりで料理するんやさかい、手はひとつしかあらへん。いっぺんにいろんなことはできひんし、そこをどないするか、が問題やな」

墨を磨る手を止めて、サヨははたと考えこんだ。

「あれもできます、これもできます、てお品書きに書いたはええけど、料理ができるまで長いこと待たせたらあかんわなぁ。問題はそれだけやない」

サヨはもうひとつの問題点に気づいた。食材に無駄が出ないか、ということだ。

「鯛の腹の身を注文しはって、背の身が売れ残ったら腐らしてしまうやん。もっと言うたら、鯛は要らん、ていうお客さんが続いたら、丸々無駄になってしまうわ。そうならんためには、なにをどないしたらええんやろ」

顔をしかめてサヨは頭を抱えた。

メリケンにもおなじような長板があると聞いたが、そこでは酒が出されるだけで、料理を供するわけではない。ましてや日本にはこの佳運多のような設えを施した料理屋などどこにもない。つまり今サヨがやろうとしているのは、世界中で誰もやったことがないのだから、いくつもの問題があって当然なのだ。それをひとつひとつ辛抱強く解決していかなければ、力を合わせてくれたひとたちに報いることができないのだ。

初めてこの佳運多を使って料理を出した麟太郎は、食事中ずっとほめていてくれたのだが、最後の最後になって宿題を出していった。その答えさえ出せばいいのだ。あらためてそう思いなおしたサヨは、唇を一文字に結び、背筋を伸ばして筆をとった。

「できそうな料理をずらっと並べといて、そのなかで特に売りたいもん、もとい、お奨めしたいもんに◎を付けとく、と。こうしたらええんやな。それに乗ってくれはったらええけど、天邪鬼《あまのじやく》なお客さんもやはるかもしれん。そのときはそのときか。とにかくやってみよ。それでまた問題が出てきたら考えたらええんや。こないしてじっと考えてても前に進まへんわ」

仮の品書きを書き終えて、サヨは高椅子から立ちあがった。

サヨが言うとるように、なんせ世界初のカウンター割烹ですさかい、そない簡単にことは運びまへんわな。あっちを立てたらこっちが立たず、やないけど、ひとつうまいこといったら、その反動が来よる。それをどないして解決していきますんやろ。

妙見はんが付いてはるとは言うもんの、なんせ人間とは違いまっさかいな。微妙なとこは分かりまへんやろ。大まかなアドバイスはできても、最後はやっぱりサヨが自分で決めなあきまへん。

けど、ここが踏ん張りどころですな。割烹屋のカウンター席に座って飯を食うとなったら、わしはあれこれ自分で選びたいほうですわ。

最近京都でえらい人気を呼んどる割烹は、たいていがおまかせコースしかおへんねん。それもあんた、決められた時間に一斉スタートてな方式ですがな。知ってるもんどうしならまだしも、見ず知らずの赤の他人と一緒に並んで、おんなじ料理をおんなじペースで食わんとあきまへんねんで。給食やないんやから、てわしなんかは思うんでっけど、みな素直なひとばっかりですんやろな。何ヵ月も前から予約して喜んで食べに行かはるて言うんやさかい、ひとっちゅうのは分からんもんです。

けど、サヨはえらいですな。いつまでもぐずぐず考えてんと、とにかく前に進みよる。

わしらはあきまへん。なかなかまとまらんでも、ずっと考えっぱなしで、行動に移れまへんねん。あーでもない、こーでもない、て考えとるだけでは一歩も前に進めへん、て頭では分かっとるんやけど、身体が付いていかんのです。

そこへいくと、サヨはほんまにえらい。ある程度のとこで見切り付けて行動に移しよる。それやからこそ、次々いろんなことができるんですわ。わしもちょっとは見習わんとあかん思うてます。

麟太郎はんが残していった宿題の答えは正解やどうや分からんけど、とりあえず答えを出してみる。それが間違うとったら、また違う答えを出したらええ。そういうことですわ。

フジはんが紹介しはった、リョウっちゅうおなごはん。このひとが麟太郎はんのリベンジ第一弾になるんやろか。それともずっと待ってはる大家の宗和はんが先か。どないなるんか愉しみですな。

3　板前茶屋

フジから依頼を受けて三日目の昼過ぎ。サヨはリョウを迎えることを決め、藤吉にその旨を伝えた。するとすぐさま返事が届き、翌日の夜にリョウがやってくることになった。

当日の朝一番にサヨは出町の妙見を参詣した。

「妙見はん、おはようさんどす。先日はありがとうございました。ええお知恵を授けていただいたおかげで、どうにかこうにか前に進むことができました」

「そらよかった。これでわしも清水の妙見に顔向けできるというもんや」

あくびをしながら妙見が姿を見せた。

「ついてはお願いがあります。今夜リョウというおなごはんを茶屋にお迎えするんどすけど、どないしたらよろしいやろ。大まかなことは決めてますねんけど、これはしたらあかん、とか注意せんならんことがあったら教えとぉくれやすか」

「その、リョウというおなごは丑年の生まれなんやな？」

「へえ。辛丑の生まれやそうです」

「どこのおなごや」

「藤吉さんに訊いたら、京のおなごはんやて言うてはりました」

「そうか。京のおなごか。丑やさかいに五行は土や。方角は北。まん中の土を使うたらええ」

「北の土、どすか。なんのことやろ」

サヨが天を仰いだ。

「それを考えるのはサヨの仕事や。しっかり気張りや。ゆんべ遅かったさかいに眠たい。わしは二度寝してくるで」

妙見はまたあくびをしながらお堂に戻っていった。

「おおきに、妙見はん。ちょっと考えてみます」

その後ろ姿に手を合わせ、サヨはきびすを返した。

「北の土かぁ。さっぱり思いつかんな」

『本満寺』をあとにして、サヨは鴨川の河原をひたすら南に向かって歩いていく。目指すは錦市場にある魚屋『杉源』だ。

『杉源』の杉田源治には〈豆腐百珍〉をもらった恩があるのだが、まだ恩を返すことができていない。それなのにまた知恵を借りようとしているのだから厚かましい女だ。そう思いながらも自然と足が向くのは、ひとえに『杉源』には上質の魚介類がそろっているからである。

伊勢からやってくる、かつぎの魚屋『六八』に負けず劣らず新鮮な魚介をおろしてくれる。源治が気に掛けてくれているおかげで、ほかより安く仕入れることができるのもありがたい。『六八』もそうだが、老舗『大村屋《おおむらや》』へ卸す価格とは比べられないほど安価なようだ。

それに甘えてばかりではいけないと思いつつ、ほかの店に比べれば格安ともいえる価格で料理を提供することで、客に還元するのが最善の策だとサヨは思っている。

「おはようさんです。源治さんのお店はいっつもよう賑《にぎ》おうてますな」

サヨは店の外から声を掛けた。

「おはようさん。いよいよ板前茶屋が復活か？」

甘鯛を三枚におろしながら源治が訊いた。

「そうですねん。やっと宿題の答えが見つかったように思いますんで、今夜からぼちぼちやっていきます」

「そらよかった。うちへ寄ってくれたいうことは、豆腐料理だけやないんやな」

さほど広くない『杉源』のなかには、多くの客がいて、なかの数人はトロ箱を囲んで談笑している。

「こないだはええ本いただいておおきに。おかげさんでお豆腐の料理はしっかり勉強させてもらいましたけど、やっぱりお魚がないとあきまへん。ご相談がありますさかい、落ち着かはるまで表で待たしてもらいます」

サヨは遠巻きにして、源治の仕事ぶりをうかがっている。

「すぐに片づくさかい、ちょっとだけ待っててや」

背伸びして源治が目くばせした。

朝早い錦市場の客は玄人の料理人ばかりだ。食材選びひとつで店の成否が決まるのだから、みな真剣そのものだ。

『杉源』で品定めをしている客たちは殺気立っている。うっかり近づいて肩でも当たろうものなら、怒鳴りつけられるに違いない。

店が空《す》くのをサヨは辛抱強く待った。

「えらい長いこと待たせてしもうたな」

源治が笑顔で手招きした。

「忙しいときに来てすんまへんなぁ」

ようやくサヨが店に入ると、売り場はがらんとしていて、目ぼしい魚はほとんど見当たらなかった。

「あらかた売れてしもうたように見えるけど、まだ奥にあるさかい心配せんでええ」

サヨの胸の内を見透かしたように、源治はサヨの肩を二度ほど軽く叩いた。

「よかったぁ。どないしよかと思うてました」

サヨはホッとしたように頬をゆるめた。

「どんなもんが欲しいんや？」

腰手ぬぐいを使いながら源治が訊いた。

「どない言うたらええか……。けったいなこと言うてもよろしいやろか」

サヨが遠慮がちに訊いた。

「けったいなこと？　サヨちゃんらしいなぁ。かまへんで。なんでも言うてみ」

源治が苦笑いした。

「北のほうの土を探してるんですけど」

ためらいながらも、サヨは妙見から聞いた話をかいつまんで話した。

「妙見はんがそない言うてはったんか。なかなかの難題やな」

腕組みをして、源治が首をひねった。

「すんまへんなぁ、いっつもけったいなことばっかりお願いして」

サヨは両肩を狭め、上目遣いに源治の顔を見上げた。

「北のほう、てうちの店にあるもんで言うたら、若狭《わかさ》から来てるもんやな。甘鯛、わしらは『グジ』と簡単に呼んだりするけどな、それもええのがあるし、今日はカニも入っとる。それはええんやが、土っちゅうのがなぁ、思いつかんわ」

両腕を組んだまま、源治は店の天井を仰いだ。

「カニがあるんですか？」

サヨは売り場を見まわした。

「雄と雌と両方入っとる。奥に生かしてあるんやが、土は付いとらんで」

源治が冗談めかして答えた。

「高いんですやろな」

サヨが声を落とした。

「そやな。けっして安うはないさかい、さっきの連中も値段だけ聞いて、買わんと帰りよった」

「やっぱりな。それやったらうちみたいな店には絶対無理やな。さっきいてはったんは大きい料亭のひとばっかりやったもん。あんなお店のひとらが手ぇ出せへんかったもんを、うちが買えるわけがおまへん。甘鯛を貰《もろ》ときまひょか」

「甘鯛も土は付いとらんけど、それでもええんか」

「へえ。お魚に土が付いてるわけないと思うてます。土鍋で煮るか蒸すかして、土を足すことにします」

「前にもそんなこと言うてたな、たしか」

空のトロ箱を手にした源治は、店の奥にある木戸の錠前をはずし、引き戸を開けた。

サヨはまだ見たことがないが、『杉源』の奥には大きな生簀《いけす》と氷室《ひむろ》があって、そこにはたくさんの魚介類が保管されているらしい。その装置のおかげか、『杉源』が商う魚介の鮮度はほかの店を圧倒するといわれているが、秘密保持のためもあり、実際にそれを見たものは誰もいないという。

ほとんど料理屋専門といってもいいほど、高級魚しか扱わない『杉源』から魚を仕入れられているのはありがたいことだと、常々サヨは感謝している。

『六八』もいいものを持ってきてくれるが、商いの日にちが限られているので、こういうときには『杉源』頼りになる。ほかの料亭並みに、もう少し仕入れにお金を掛けられるようになればいいのだが。

そう思いながらも、夜の料理の代金を上げることなどサヨは毛頭考えていない。昼のおにぎりが二個ひと組で十文という、いくらか高い値付けをしているおかげで、茶屋を続けていけるだけの利益はちゃんと出ているから、夜の料理については原価に加えて、サヨの手間賃がわずかでも出ればそれで充分だと思っている。

なぜなら夜の営業は料理の勉強をも目的としているからで、客に喜んでもらうにはどうすればいいかを学ぶ機会なのである。

「お待ちどおさん」

奥から出てきた源治の持つトロ箱をひと目見て、サヨは大きく目を見開いた。

「源治はん、うちがお願いしたんは甘鯛どすえ。カニは頼んでしまへん」

「ちゃんと甘鯛は底に入っとる。このカニはおまけや。代金は要らん」

源治がトロ箱の底から甘鯛を取りだして見せた。

「おまけ、て、そんな高価なもんをもらうわけにはいきまへん」

ただでさえ源治には〈豆腐百珍〉をもらった借りがある。この上さらに借りを作るわけにはいかない。名のある店の料理人たちが、あまりの高値に引き下がったというカニを無料でもらえば、どれほどの借りを作ることになるか。

「そない気にせんでもええ。雌のカニは雄に比べたらただみたいなもんや。小そうて見栄えがせんうえに、さばくのが面倒やさかいみんな買いよらんのよ。遠慮せんと持って帰り。ただし今言うたようにさばくのに時間掛かるさかい、それだけは頭に入れときや」

カニの足がはみ出ているトロ箱を、源治がサヨの胸元に差しだした。

「ほんまにええんですか」

受け取ってサヨはカニを見つめている。

「サヨちゃんはカニをさばいたことがあるんか？」

源治の問いかけに、サヨは素早く顔を左右に振った。

「ほな一匹だけさばいといたるわ。よう見ときや」

言うが早いか、源治は一匹のカニを手に取って、傍らのまな板に載せた。

包丁を手にした源治は手際よく小さな雌カニをさばいていき、サヨはその様子を食い入るように見つめている。

あっという間にさばき終えた源治は、舟形のへぎにさばいたカニを載せてトロ箱の隅に入れた。

「なんや手づまを見てるみたいでしたわ。なんとかやってみます」

サヨは目を白黒させながら、ちょこんと頭を下げた。

「こういうもんは慣れやさかいに、何匹もさばかんと上手になれん。サヨちゃんは勘がええさかい、二、三匹もさばいたらコツをつかめるやろ。せいだい気張りや」

源治がトロ箱の上に半紙を並べてかぶせた。

「おおきに。気張ってやらせてもらいます」

満面に笑みを浮かべて、サヨは『杉源』をあとにした。

両手でトロ箱を抱えるサヨは、鼻歌を歌いながら小走りで茶屋に向かう。

トロ箱からカニの匂いが漂ってくると、自然と笑みがこぼれる。

「ありがたいことやなぁ。きっとリョウさんも喜んでくれはるやろ。どんなひとなんやろなぁ。フジはんの紹介やさかいええひとなんやろけど」

ひとりごちながら戻ってきたサヨは茶屋の敷居をまたいだ。

調理台の上にトロ箱を置いて、サヨはにんまりと笑った。

「若狭で揚がったカニて、どんな味がするんやろ」

へぎの船に載ったカニを手でつかんだサヨは匂いを嗅いだ。

「ええ匂いやけど生では食べられへんやろな」

サヨは雪平鍋に水を張り竈に掛けた。

湯が沸くまでのあいだに甘鯛をさばいておこう。

トロ箱から甘鯛を取りだしたサヨは、勢いよくまな板の上に載せた。

カニと違って魚をさばくのはお手のものだ。慣れた手つきで甘鯛を三枚におろしてざるに載せた。

「鯛と違うてえらい荒いうろこやな。ひょっとしたらこれも食べられるんと違うやろか。焼くか揚げるかしたら、このうろこはパリパリになりそうや」

いつもならすぐに取ってしまううろこをそのままにして、サヨは濡《ぬ》れ布巾を三枚におろした甘鯛の上にかぶせた。

あらかたの仕込みを終えて、サヨはおにぎりの支度をする。今日の具は梅干しの紫《し》蘇《そ》の葉包みと、鶏肉のそぼろだ。昨夜のうちに仕込んでおいた具でおにぎりを作っていく。

出来あがったおにぎりを並べながら、サヨは夜の茶屋に思いを馳せた。

今もそうでっけど、カニはむかしから高級品やったんですな。料亭やったら儲《もう》かってるんやさかい、パッパッと仕入れたらええのに、易々《やすやす》とは買わんのですな。上品に言うたら香箱《こうばこ》カニ、わしらはセコカニて言うてますけど、やっぱり雌は雄に比べたらうんと安かったんですな。安いて言うても、それをタダでくれてやるて言うんやさかい、やっぱり源治はんはサヨに惚れてる思います。

タダほど高いもんはない。サヨもそのへんはよう分かっとるんですやろ。ちょっと警戒しとりますな。

まぁ、カニはわりと足が早いさかい、腐らすぐらいやったらサヨにやろ、そう源治はんは思うたんですやろな。

たしかに雌カニはさばくのが面倒ですやろな。さばいたんを食うのですら面倒くさいんでっさかい。あの小さい足の身を、どこまでほじくって食うたらえんやろて、いっつも思います。わしはセコカニは内子《うちこ》と外子《そとこ》さえ食えたらええ思うてますねん。足の身ぃはおまけみたいなもんです。

サヨはどない料理して客に食わせるんやろ。愉しみですな。

いっぽうで甘鯛のほうは、だいたい予想がつきますな。おおかた塩焼きにしよるんですやろ。けど、うろこを付けたままにするあたりは、さすがですな。教わらんでも気づきよる。たいしたもんや。甘鯛はあのうろこがあってこそです。皮目をよう焼いたら、あのうろこが立って、パリパリになりよる。あれ、ええアテになりますねん。あれだけ食いたいぐらいですわ。

フジはんが紹介しはったリョウ、っちゅうのはどんなひとなんか気になりますな。お住すさんは、またしても待ちぼうけ。気の毒なことですわ。

今日もおにぎりは早々と完売し、サヨは茶屋を閉めるとすぐに夜の支度を始めたおかげもあって、陽が沈むころには用意万端が整った。

「さぁ、これでいつ来てもろても大丈夫や。景気付けに一杯やっとこかしら」

品書きも書き終えて、サヨは通い徳利から湯呑に酒を注いだ。

品書きは食材を並べ、それぞれの調理法を書き添えた。カニは姿蒸し、酢の物、焼物、ちらし寿司など。甘鯛は、昆布〆、甘酒焼き、うろこ揚げ、酒蒸し、棒寿司など。ほかに卵料理いろいろ、お魚いろいろ、野菜料理いろいろ、と書き、おにぎりできます、と書き足した。

藤吉の話では、リョウという女性は酒が好きだということだったから、これだけ揃《そろ》えればきっと喜んでくれるだろう。

板へぎに墨書きした品書きを手にして、サヨは満足げに杯をかたむけた。

木戸がカタカタと音を立てるのは強い風のせいだろう。ことのほか今夜は冷える。すきま風に乗って、『清壽庵』の境内に咲く梅の花の香りがかすかに漂ってきた。梅は咲いてもまだまだ本当の春は遠い。

カタカタ、に重なって、トントンと木戸を叩く音が聞こえた。

サヨは急ぎ足で木戸の前に立ち、耳をそばだてて問いかけた。

「どなたかおいでですか？」

「こんばんは。リョウです。菊屋の女将さんの紹介で伺いました」

声の調子からすると、サヨよりはいくつか上の女性のようだ。

錠前をはずし、サヨはゆっくりと木戸を開けた。

「ようこそ、おこしやす」

「お邪魔します」

敷居をまたいで茶屋に入ってきた女性は、弁柄《べんがら》色の道行を脱いだ。

「寒おしたやろ。今夜はよう冷えますなぁ」

サヨは道行を受け取って、えもん掛けに掛けた。

「早いこと暖こうなってほしいもんですね」

縞柄の小袖を着たリョウが顔を上げた。

「おたくは……、もしかしてあのときの」

目をぱちくりさせて、サヨが小さく声を上げた。

「あー、あのときの」

リョウもおなじような顔つきをして、サヨを指さした。

「びっくりしましたわ」

「わたしも」

ふたりは目を合わせ、互いに笑みを向けた。

「まぁ、どうぞお掛けになってください」

サヨが奨めると、リョウは一礼してから高椅子に腰かけた。

鴨川の河原でうずくまっていたときとは別人のように、身なりも小ざっぱりしていて、頬にも赤みがさしている。あのときに会っていなければ、色街の女性だと思ったかもしれないほどの艶っぽさも湛《たた》えている。

「不思議なことがあるもんですねぇ」

リョウは茶屋のなかを見まわしながらつぶやいた。

「ほんまに。まさかあのときお会いしたんがリョウさんやったて、ぜんぜん思うてませんでした」

サヨは佳運多をあいだに挟んでリョウの前に立った。

「あのとき声を掛けてもろたさかい、今のわたしがあると思うてます。あらためてお礼申し上げます」

佳運多に手を突いて、リョウが頭を下げた。

「そんなおおげさな。なんとのう気になったさかいに声掛けさせてもろただけで。ほんの気まぐれですし、礼を言うてもらうようなことやおへん。それよりお酒はどないします？　お飲みになりますやろ？」

「もちろんです。お酒をいただきに来たようなものですから」

リョウはきっぱりと答えた。

「よろしいな。そういうお方大好きです」

サヨは通い徳利から大ぶりの猪口になみなみと酒を注いだ。

「フジさんからも聞いてましたけど、不思議な造りのお店ですね」

リョウは手のひらで佳運多をさすっている。

「これ佳運多て呼んでるんです。メリケンにはカウンターていう長板のあるお店があって、ここでお酒を飲むんやそうですよ」

あふれんばかりに酒が入った猪口を、サヨはリョウの前にそっと置いた。

「いただきます。サヨさんはメリケンのことをようご存じなんですね」

リョウが猪口に口を付けた。

「うちはぜんぜん知らんのですけど、メリケンに行ったことのあるお客さんから教えてもろたんです」

サヨの言葉を聞いて、リョウは猪口を持つ指先をぴくりとさせた。

「お客さんのなかにメリケンへ行ったひとがいてはるんですか」

「へえ。そのお客さんにこの長板を佳運多て名付けてもろたんです。佳き運を多く、ていう意味なんですよ」

サヨは麟太郎の書を見せた。

「…………」

リョウはその書をじっと見つめ、目で字を追っている。

「お料理はどないしまひょ。前はおまかせしてもろて、順番にお出ししてたんですけど、これからはお客さんに好きなもんを注文してもらおうと思うてるんです。ここに書いてるもんのなかから好きなん言うてください」

へぎ板に書かれた品書きをサヨが佳運多の上に置いた。

「このなかから好きなもんを、て言われても、何をどう頼んだらええもんか、わたしら素人には分かりませんわ」

リョウが苦笑いした。

「まぁ、そうおっしゃらんと。なんでも言うてみてください。まずはお造りでもどうどす？　甘鯛の昆布〆とか、鯖《さば》のキズシ、漬《づ》けにしたカツオなんかどうです？」

「どれも美味しそうですね。そしたら、それをちょっとずつ盛り合わせてもらえますやろか」

「承知しました」

サヨがホッとしたように笑みを浮かべた。

とりあえず第一関門は突破したような気がした。

考えに考え抜いたが、まだ品書きに不安は残っている。面倒がる客が、すべてまかせる、と言ってしまったら元の木阿弥《もくあみ》になってしまう。リョウも危うくそうなりそうだったが、具体的な名前を出すことで、なんとかサヨの狙いどおりの注文をしてくれた。

サヨが三枚におろした腹の身を、刺身包丁で引きはじめると、猪口を片手にしたリョウはその手元を覗きこんだ。

甘鯛、鯖、カツオと、サヨが手際よく切りつけていく。

「料理人のひとが包丁を使うところを見るのははじめてかも」

「そうですやろ。これを見てほしいて佳運多を作ったみたいなもんですねんよ」

造りを染付の皿に盛りながら、サヨは誇らしげに胸を張った。

「サヨさんはおもしろいひとですね」

「そうですやろか。自分ではいたってふつうやと思うてるんですけど」

造りを盛り合わせた皿を、サヨはリョウの前に置いた。

「美味しそうやこと」

目を輝かせて、リョウは箸を手に取った。

「甘鯛はポンスを付けてください。鯖はショウガの酢漬けと一緒に食べてもろたら美味しい思います。カツオは練り辛子を付けて召しあがってください」

「へえ。ふつうのお醤油と違うんや。お造りいうたらワサビとお醤油で食べるもんやと思うてました。どれから先に食べたらええんやろ」

リョウは猪口を片手に迷い箸をしている。

「好きなもんを好きな順番に食べてください」

サヨは通い徳利の酒を猪口に注ぎ足した。

「このカツオはどこのやろ。ほんまに美味しい」

カツオを食べてリョウは相好をくずした。

「紀州の港に揚がったもんやて魚屋はんが言うてはりました」

サヨはまな板と包丁を丁寧に洗っている。

「土佐《とさ》かと思うてました」

ぽつりと言って、リョウが天井を見上げた。

「土佐のカツオも美味しいですね。リョウさんは土佐に行かはったことがあるんですか？」

カニをざるに載せてサヨが訊いた。

「土佐とは深いご縁があったんで、なんべんも行きましたけど、もうご縁が切れると思います」

寂しげな表情で答えるリョウに、サヨは小さな引っ掛かりをおぼえた。

「土佐の言葉てむずかしおすやろ。土佐のお侍さんがご飯食べに来てくれはったんですけど、最初はちんぷんかんぷんでしたわ」

サヨは楳太郎《うめたろう》の顔を思いだしている。

楳太郎は予約の日にちを変えてほしいと言ったが、あいにくほかの客が入っていて叶わなかった。そして予約した日に楳太郎が姿を見せなかったことを、サヨは少しばかり悔やみ続けている。

多少の無理をしてでも楪太郎の頼みをきくべきだったかと。あれほどサヨの料理を気に入っていたのだから。

佳運多をしつらえた今なら快く引き受けたのだが。

「土佐のお侍さんは、サヨさんの料理をえろう気に入ってはったみたいですね」

リョウは目を宙に遊ばせて猪口をかたむけた。

「そうですねん。気に入ってくれはって、お誕生日の予約も頼まれたんですけど、あいにくその日はほかのお客さんが入ってて」

サヨが声を落とした。

「そんなことがあったんですか」

リョウは佳運多に目を伏せた。

「リョウさんは、あの土佐のお侍さんのことをご存じなんですか？」

「いえ」

サヨの問いかけにリョウは短く答えて品書きを手にした。

深くは聞かないでほしい。リョウがそう言っているような気がして、サヨは話題を変えた。

「おあとはどうしまひょ」

「カニってめったに食べないのでお願いしよかしらん。どんな料理がお奨めですか？」

リョウは佳運多の奥に置かれているカニに目をやった。

「単純ですけど姿蒸しが一番ええと思います。三杯酢で召しあがったら口がさっぱりしますえ」

待ってましたとばかりに、サヨが雌カニを持ち上げてみせた。

「じゃあそれを。あとお酒をもう少し」

「すんません。気が付かんと失礼しました。もしよかったらお手元に置いときますし、好きなだけ飲んでください」

猪口に酒を注いでから、サヨは通い徳利をリョウの下手に置いた。

「底なしですさかい、空になってしまうかもしれませんよ」

「どうぞどうぞ。まだ奥にありますし」

ふたりは笑みを交わし、サヨは雌カニに包丁を入れはじめた。

「サヨさんは好きな男はんはやはらへんのやてね」

「へえ。今はお料理のことしか考えられしませんねん」

とりあえず無難な返答をして、リョウが唐突に切りだした話にサヨは考えをめぐらせている。

椋太郎から訊かれたときに、おなじような答えを返したことを思いだしたサヨは、あることに気づき胸をどきりとさせた。

椋太郎は好き合った女性がいるといい、たしか生まれ年は丑だと言っていたように記憶する。リョウはその丑年生まれだ。ひょっとして……。

「かいらしいカニやね」

通い徳利をかたむけながら、リョウは雌カニに目を細めている。

「これは雌のカニですねん。雄はこの五倍ぐらいの大きさやろか。値段は十倍ぐらいしますけどね」

さばき終えたカニを唐津焼の皿に盛りながら、サヨが苦笑いした。

「カニに生まれんでよかった」

リョウは冗談とも本気とも取れるような真顔で胸を撫でおろした。

「できるだけ食べ易うにさばいときましたけど、足の細い身のとこはこれでほじってください」

唐津焼の皿に盛られたカニの姿蒸しの傍らに黒文字が添えられた。

「このお酢に付けて食べたらええんですね」

リョウは信楽焼の小鉢を受け取った。

「甘い身ぃですさかい、なんにも付けんでも美味しい思いますけど、お好みでどうぞ」

「ほんと。カニってこんなに甘いんですね」

リョウは笑みをこぼした。

「内子と外子も美味しいですよ」

「内と外の両方に子がいるんですか？」

「へえ。カニの甲羅の内側についてる赤いのが内子で、ほんまは子やのうて、内臓やそうです。お腹のなかにあるツブツブが外子で、こっちがほんまの卵みたいです」

「サヨさんはなんでもよう知ってはるんやね」

「魚屋はんに教えてもろただけです」

サヨが照れた笑いをリョウに向けて続ける。

「冷たいもんが続きましたし、次はなんか温かい料理を作りまひょか」

「そうやね。なにがええかしら」

リョウは黒文字でカニの身をほじりながら、横目で品書きを見ている。

「甘鯛の甘酒焼なんかどうです？　甘酒を塗って焼きますさかい、あったまりますえ」

「じゃあそうします。あと汁ものも欲しいな。野菜いろいろと書いてありますけど、お野菜のおつゆとかできます？」

「承知しました。ええカブラがありますし、それでおつゆこしらえますけど、お吸いもんかお味噌汁かどっちがよろしい？」

「お味噌汁やとご飯が欲しいなるし、お吸いもんにします」

リョウは猪口を一気にかたむけ、通い徳利から酒を注いだ。

「承知しました。ほんまにお酒が強いんどすなぁ。土佐のはちきんさんみたいや」

はちきんという言葉を聞いて、リョウは猪口を持つ指をぴくりとさせた。

サヨはちらりとその様子を横目で見たが、気づかぬふりをして甘鯛の身に金串を刺した。

やはりリョウは楳太郎と関係があるのだ。

ふたりともがフジの紹介だというのも、まさか偶然ではないだろう。しかしそれならば、きっと一緒に来るはずだ。ふたりの間柄が気になるものの、客商売は余計なことに首を突っ込んではいけないというフジの教えが歯止めになっている。

「カニの子て初めて食べたけど、美味しいもんですね」

リョウはカニをあらかた食べつくしたようで、皿の上に殻が山積みになっている。

サヨは漆椀に湯を張ってリョウの前に出した。

「これで指を洗うとくれやす」

「へえ。こんなん初めてです。なるほどなぁ。サヨさんはおもしろいことを考えつかはるんやねぇ」

リョウは興味深げに椀のなかで指を洗っている。

「メリケンではフィンガーボウルと呼んでるんやそうです。洗い終わったらこれで拭いてください」

サヨは乾いた茶巾を差しだした。

「おおきに。この指洗いといい、佳運多といい、サヨさんとメリケンさんはよう似たことを考えはるんや」

リョウが指先を茶巾で拭いていると、サヨは甘鯛の甘酒焼を白磁の皿に盛って佳運多に置いた。

「うちもちょっと不思議に思うてるんです。ひょっとしたらうちのご先祖はんは、メリケンへ行ってはったんかもしれんなぁ、て。冗談ですけどね」

サヨがにこりと笑った。

「たしかサヨさんは近江草津のお生まれでしたね。草津から伊勢へ行って、そこから船でメリケンへ行ってはったかもしれまへんで。冗談やけど」

リョウは小さく声を上げて笑った。

草津の生まれだということを楳太郎に言ったからリョウは知っているのだろうか、しかしフジから聞いていたとしてもおかしくない。まだリョウと楳太郎が知り合いだったかは分からない。

「ええ匂いやこと」

皿に鼻を近づけたリョウはうっとりと目を細めた。

リョウと楳太郎が知り合いだったとしても、そうではなかったとしても、サヨにはなんの関係もない。気に掛ける必要などまったくないのだが、なぜか気になって仕方がない。

「このあとはどないしましょ。卵のお料理もなんなとできますし、お腹が減ってはるようやったら、おにぎりも作りますよ」

「おおきに。そう言うたらここはお昼はおにぎり屋さんになるんどすな。おにぎりをひとつもらおかしら」

リョウは甘鯛をひと口食べて、箸を猪口に持ち替えた。

「本業ていう言い方もおかしいかもしれまへんけど、おかげさんでお昼はようけのお客さんに来てもろてます。おかげで夜はこないして好きなようにやらせてもろて、ほんまにありがたいことです。おにぎりの具はどないしましょ。お好きなもんを言うてみてください」

「梅干しのおにぎりてできますやろか」

「お安いご用です。お母ちゃんが漬けた梅干しを草津から持ってきてます。よう漬かって美味しおすえ。びっくりするほど塩辛いけどよろしい？」

「梅干しは塩辛《しおかろ》ぅてなんぼですがな」

「よかったぁ。ほなにぎらせてもらいます、てお寿司みたいですね」

舌を出したサヨは流し台の下にもぐりこんで、常滑焼の茶色い壺《つぼ》を取りだした。

リョウは通い徳利を左右に振り、残量をたしかめている。

「今日はいつにも増してよう飲ませてもろてます。サヨさんにお相手してもらうと、お酒が進むんですやろね」

「そう言うてもろたらうれしいです。たんと飲んでもらうためにお料理作ってるみたいなもんですし。たまにお飲みにならんお客さんが見えると、やっぱりなんや頼りのおすわ」

サヨは麟太郎の顔を思い浮かべている。

「あのひともこの茶屋でよう飲んだ言うてはりました」

リョウはひとり言のように話した。

「あのひと……。どなたはんでした？」

どうやらリョウは話す気になったようだ。サヨは固唾《かたず》を呑んでリョウの返事を待った。

「ここでは楳太郎と名乗ってましたやろ。土佐のお侍さんですわ」

リョウが酒をあおった。

やはりそうだったのか。納得したが、そんな様子はおくびにも出さず、驚いたふうを装った。

「リョウさんは楳太郎はんのことを知ってはったんですか。世のなかは狭いもんですなぁ」

「知ってるどころか、結婚相手やったんです」

「ほんまですか？」

サヨが素っ頓狂な声を出したのは、本当に驚いたからだった。好き合った相手がいるとは言っていたが、夫婦だとは言ってなかったような気がする。あのあとにすぐ結婚したのだろうか。

しかしながら、結婚相手やった、とリョウが過去形で言ったことも引っかかる。

「今まで黙っててかんにんしとぅくれやすな。なんやしらん言いそびれてしもうて。ほんまは一緒にここへ来るはずやったんやけど、ひとりになってしもうて。あのひとと一緒にここで飲みたかったなぁて思うと、悔しいてね」

見る見るリョウの瞳が潤んだ。

なぜ一緒に来られなくなったのか。そのわけをサヨは訊けずにいる。

サヨは黙って梅干しを具にしたおにぎりを織部焼《おりべやき》の角皿に載せた。

「まっこと旨いもんが食えて、旨い酒があって、おまけにええおなごがおるんじゃ。今度おリョウも連れていってやるき。そう言わはったときは、正直やきもちをやきました。ようも女房の前でぬけぬけとそんなことが言えたもんやて」

リョウは楳太郎の声色を使って哀しげに笑った。

「そんなこと言うてはったんですか。ありがたいお話どす。ええおなご、ていうのは冗談やと思いますけど」

苦笑いしながらサヨは、織部焼の皿をリョウの前に出した。

「お昼にしか食べられへんおにぎりもまた食べたいて言うてはったなぁ」

おにぎりを手に取って、リョウはためつすがめつ眺めまわしている。

「まだ食べられますやろ」

サヨが訊いた。

「そないようけは無理どすけど、ちょっとぐらいやったら」

リョウがおにぎりをひと口かじると、乾いた海苔の音がした。

「あったかい汁もんをご用意しますさかい、ゆっくり食べてとぅくれやすな」

サヨは竈に土鍋を掛け、薪を足した。

「そうそう。サヨさんに謝らんならんことがあるんです」

リョウは食べかけのおにぎりを皿に戻した。

「なんですやろ」

サヨが包丁を持つ手を止めた。

「あのひとが予約しといて、断りもせんと来まへんでしたやろ。お誕生日の時に」

リョウはサヨの手元をじっと見つめている。

「棟太郎はんのことですか？」

サヨは包丁を持ったままリョウの目を見た。

「あの日ふたりで伺うことになってたんですけど……。急に行けんようになって。そのことをお伝えしてお断りせんならんかった、て、だいぶ日にちが経ってから気が付いたんですけど。お詫《わ》びがえらい遅ぅなってしまいました」

リョウが佳運多に三つ指をそろえて頭を下げた。

「そんなん気にせんといてください。ようあることですし」

サヨはまな板に目を落とし、包丁を動かしはじめた。

「ご迷惑かけました」

リョウは頭を下げ続けた。

一緒に来られなかったというのは、いつの日にか、ではなく、あの日のことだったのか。ふたりで、と楳太郎が言っていた相手は男友だちだと思いこんでいた。

そうか。誕生日に変えてくれと言ってきたのは、リョウと一緒に祝うためだったからだ。悔いる気持ちがますます強くなる。誕生日だと聞いたのに、それでもかたくなに断ってしまった自分をサヨは責めている。

気配りが足りない。できることならあのときに戻ってやり直したい。もしもあのとき、楳太郎の頼みを聞き届けていたら、小上がり席でふたりは笑顔を揃えていただろうに。

サヨは悔し涙を必死にこらえながら、まな板の上の具材を土鍋に入れた。

「もうすぐできますし」

サヨは取り鉢とレンゲをリョウの前に出した。

「お鍋ですか」

湯気の上がる土鍋にリョウが目をやった。

「急ごしらえやさかい、あんじょうできてるかどうか、ちょっと心配なんどすけど」

サヨは菜箸で土鍋のなかを探っている。

「ええ匂いがしちゅう。あのひとやったらそう言わはったやろなぁ」

まさにそのとおりの言葉を楪太郎は発していた。

リョウにそう伝えるべきかどうか。サヨはまた迷っている。

胸を痛めながら竈から土鍋をおろし、鍋敷きを佳運多に置いた。

「熱いうちに食べてほしいんですけど、やけどせんように気ぃ付けてくださいね」

サヨが木のふたをはずすと、土鍋からもうもうと湯気が上がった。

「美味しそうやこと。これやったらお腹にすんなり入りそうです」

リョウが丸い笑顔を土鍋に向けた。

「たんと召しあがってください」

リョウはレンゲで汁を掬って小鉢に移し、口に運んだ途端ハッとしたような顔つきで、大きく目を見開いた。慌ただしくレンゲを置き、箸で土鍋のなかから具をつまみあげた。

「これは？」

リョウが訊いた。

「しゃも肉を干したもんです。あの日楳太郎はんがお越しにならへんかったんで、干し肉にしてみたんです」

「これがあの日の……」

リョウは箸でしゃも肉をつまんだまま、身じろぎもせずにじっと見つめている。

やがてその目から涙があふれでた。

しんとしずまり返った茶屋のなかに、リョウがすすり泣く声だけが小さく響く。

サヨは声を掛けようとして言葉をみつけることができず、押し黙ったまま、まな板をていねいに拭いている。

ひょっとすると、なんらかのわけがあって夫婦別れしたのかもしれない、とも思っていたが、残念ながらその考えは否定せざるを得なくなった。きっと楳太郎はもうこの世にいないのだろうと確信するに至った。

意を決したようにリョウはしゃも肉を口に運び、じっくりと噛みしめている。

「かたぉすやろ。そうやと分かってたらもっと早ぅから戻しといたんですけど」

サヨが悔しそうに唇を噛んだ。

「歯が折れてしまいそうなくらいかたいけど、噛むたんびに美味しい肉汁が出てきて。なんや、あのひとみたい」

リョウは小指で目尻を拭った。

「こがに旨いしゃもは初めてじゃ。そないほめてくれはって、たんと、たんと召しあがらはりました」

サヨの目尻からも涙があふれでた。

「しゃもはあのひとの大好物やったし」

リョウが天井を仰いだ。

「ゆっくり飲んで食べてください。お酒も料理もまだまだようけ用意してますさかい」

「おおきに。ありがたいことやけど、あんまり長居したら楳さんがやきもちやかはるかもしれんし。ぼちぼちおいとませんと」

リョウは猪口に残った酒を一気に呷《あお》った。

「うちはちっともかましませんえ。なんぼでも長居してください。なんやったら泊まっていかはってもよろしいえ。狭い家ですけど」

「おおきに。帰りが心配やて言うて、フジさんが駕籠を手配してくれたはるんです。もう半刻もせんうちに来てくれる思います」

高椅子に腰かけたまま振り向いたリョウは木戸に目をやった。

「そうでしたか。お迎えが来るまでゆっくりしてってください」

サヨは通い徳利をかたむけて猪口に酒を注いだ。

「そうや。サヨさんもお好きなんでしょ。一緒に飲んでくださいな」

リョウに奨められるのを待っていたかのように、サヨはいつもの湯呑を水屋から出してきた。

「もっと早ぅお奨めしたらよかったですね」

リョウはサヨが手にする湯呑になみなみと酒を注いだ。

「おおきに。遠慮のういただきます」

「もうお仕事も忘れて、たんと飲んどぅくれやす」

ふたりは猪口と湯呑を合わせた。

「うちもリョウさんに謝らんならんことがあるんです」

「なんですやろ」

「楳太郎はんのお誕生日のことです」

「なんかありました？」

リョウがサヨの湯呑に酒を注ぎ足した。

「ここへ来る日を誕生日に変えてくれて言われたんですけど、あいにくほかのお客さんが予約してはったんでお断りしたんです。もしもあのとき、そっちのお客さんに断りを入れて楳太郎さんの予約をお受けしてたら、おふたりご一緒にお越しいただいて、お誕生日をお祝いしてもらえたやろうに、と思うとほんまに申しわけのうて」

サヨは涙を浮かべて頭をたれた。

「なんや、そんなことですかいな。そんなん当たり前のことです。サヨさんはけっして間違うたらへん。お客さんはみな平等です。楳さんを贔屓《ひいき》するようなことはあってはならんこと。そういうことを忌み嫌《きろ》うてはったんが、当の楳さんですさかい、どうぞお気になさらんと」

その言葉で少しは気が楽になったようにも思うが、それでも悔いは残る。

「妙見はんにお伺いを立てたらよかった」

サヨがぽつりと言った。

「こればっかりは神さんでも仏さんでも分かりまへんやろ。ひとの運命ていうもんはお天道さまにしか見えてへんような気がします」

なにもかもを妙見にまかせていたサヨには胸に刺さる言葉だった。

困ったときの妙見頼みとばかり、ことあるごとに妙見に頼っていたが、それ一辺倒では道を見誤ることになりかねない。リョウがそう教えてくれているような気がする。

「身近においやしたときはお助けできたんですけど、遠く離れてたらどないもできしまへん。お誕生日やったあの日の夜、あのひとが血だらけになって夢枕に立たはったんです。びっくりして夢のなかで追いかけたんですけど、走っても走っても追いつけへん。遠いとこへ行ってしまわはったんやなぁ。京から遠く離れたとこでそない思うてました」

リョウはしんみりと語った。

「うちが楳太郎さんの願いを聞き届けてたら、リョウさんも京においやしたやろに」

サヨが唇をまっすぐ結んだ。

「まだそんなこと言うてはる。サヨさんはお天道さまやないんやから」

リョウが泣き笑いして、おにぎりを手に持った。

「おにぎりもお鍋もまだありますし、たんと食べてください。お鍋あったためましょか」

「大丈夫。もう充分いただきました。残さずにいただきます」

土鍋からしゃも肉を箸でつまみ上げ、取り鉢に移してから口に運んだ瞬間、リョウは小首をかしげた。

ただでさえ身がしっかりしているしゃもを干し肉にしたのだから、かたくて当たり前だ。リョウが何度も噛みしめながらその味をたしかめる様子を、サヨは案じながら見つめている。

「歯が折れへんかったらええんですけど」

「さっきよりはだいぶやわらこうなりましたえ」

リョウは苦笑いして、箸を猪口に持ち替えた。

もしもここに楳太郎がいたら。サヨもリョウもそう思いながら酒を酌み交わし、夜はしんしんと更けていく。

コンコン。木戸を叩く音に先に気づいたのはリョウだった。

「お迎えが来てくれはったみたいどすな」

振り向いたリョウは高椅子から腰を浮かした。

「ちょっと待っとぉくれやっしゃ。押し込みやったらえらいことやさかい」

サヨが急ぎ足で木戸に向かう。

「押し込みが木戸を叩いたりしますかいな」

笑いながらリョウは帰り支度をはじめる。

「どちらさんです？」

サヨが木戸に耳を当てた。

「菊屋の使いのもんです。リョウさんをお迎えに上がりました」

声を聞いて安心したサヨが錠前をはずした。

「ごくろうさんです」

「よろしかったやろか。ここで待ってますさかい、ゆっくりでよろしいで」

年輩の駕籠かきがふたり木戸の前に立った。

「お勘定を済ませたらすぐにまいります」

リョウはきんちゃくを手にした。

「お勘定のほうはフジはんからいただいてますさかい大丈夫です」

サヨは道行をリョウに手わたした。

「ありがたいことで」

リョウは道行に袖を通した。

「しばらく菊屋はんにいてはるんですか？」

サヨが訊いた。

「『高台寺《こうだいじ》』ていうお寺は知ってはる？」

「へえ。清水の妙見はんがおいやす『日體寺』の北のほうどすやろ」

「あの奥にあのひとが眠ってはりますねん。その近くに庵でも結んで墓守をしようと思うてます」

「そうでしたか。明日にでもお参りさせてもらいます」

「おおきに。あのひともサヨさんに会いたがってはるやろし、喜ばはる思います」

リョウが腰を折った。

「またお越しくださいね」

「ごちそうさんでした。ええ茶屋を造らはりましたなぁ」

「おおきに。お客さんに板前茶屋て名付けてもろたんです」

「板前茶屋。よろしいな。あの佳運多がなかったら、こんなお話もできひんかったやろし、あのしゃもも食べられへんかったんと違うやろか」

「ほんまに。今度棋太郎はんが来はったら食べてもらお思うて干し肉にしといてよかったですわ」

「またお会いしまひょな」

リョウが敷居をまたいだ。

「お気を付けて」

サヨは見送りに出た。

駕籠かきが御簾《みす》を上げると、リョウはゆっくりと駕籠に乗りこんだ。

「ひとつ訊いてもよろしい？」

駕籠のなかからリョウが問いかけた。

「なんです？」

「さっきのしゃものお肉をいただいたときに、なんやしらん土佐のことが頭に浮かんだんですけど、なんでですやろ」

「土佐ですか？　やっぱりリョウさんは土佐に思い入れがあるんですやろな。しゃもを干し肉にするとき、藁《わら》でいぶしたんです。土佐ではカツオの刺身を藁で炙《あぶ》りますやろ。あれを真似したんですわ。楪太郎はんが喜んでくれはるやろなぁとお顔を思い浮かべながら、藁でいぶしました」

サヨが答えた。

「土佐の匂いがしちゅう。そう言うて喜ばはったやろな。サヨさん、おおきに。ほんまにおおきに」

駕籠のなかからリョウが手を伸ばし、サヨはしっかりとその手を両手で包み込んだ。

「どうぞお元気で。棟太郎はんの分まで」

ふたりの頬を涙が伝った。

〈さげ〉

いやぁ、ええ話でしたな。わしも歳とってから涙もろうなりましてな。なんべん読んでも泣いてしまいます。主人を亡くして気落ちしてるのを、旨い料理と酒で励ましたろ、っちゅうサヨの気持ちがよう伝わってきます。酒は涙かため息か、っちゅうてね。つらいときはこれに限りますな。わしもようやります。

それにしても運命っちゅうのは皮肉なもんですな。

歴史にタラレバは禁物やて、ようよう分かってますねんけど、もしもあのとき、楳太郎の言うように日にちを変更しとったら、死なんと済んだんやないかて思うてしまいますな。いや、けっしてサヨを責めてるんやないんでっせ。百人が百人、サヨとおんなじようにしたと思いますさかいな。

粋っちゅう言葉は江戸のもんやみたいに思われてますけど、京にも粋はありますねんな。どないです、サヨの気遣い。しゃもを干し肉にして藁でいぶすやなんて。ふつうは思いつきまへんで。それもこれも楳太郎を想《おも》う一心からですやろ。またそれに気づくっちゅうのも粋ですがな。リョウもサヨも粋なおなごですわ。

けど、あれですな。せっかく宗海はんが手に入れてくれた〈卵百珍〉、あんまり出番がありまへんでしたな。わざとやないやろけど、サヨは宗海はんに借りを作るのを避けとるんやないか思います。

板前茶屋。よろしいな。次はどんな客が来て、どんな料理をサヨが出すのか。愉しみですわ。

第三話

再会

〈まくら〉

桂飯朝でございます。幕末のことにだいぶん詳しいなってきましたんで、幕末落語の専門家になったろかしらんて思うてます。ほかにいてまへんやろ？　今やったら幕末落語の第一人者になれますがな。

日本でただひとり、幕末落語を語れるスペシャリストとして大きい顔できます。いや、世界でただひとりて言えまっせ。そうなったら幕末コメンテーターもできますやろ。

幕末てね、分かったようでよう分からんっちゅうことありまへんか？　そもそもですな、尊王やとか、攘夷やとか、倒幕やとか言われても、聞いとるうちに、ごっちゃになりますやろ。どれが敵同士で、どれとどれが味方なんやら、分からんようになってしまいます。

へ？　そんなことない。分からんのはお前だけや。そうでっか。えらい失礼しました。

幕末落語専門家やけど、幕末のことはイマイチよう分かっとらん落語家の桂飯朝やと名乗ることにします。

ようわからんけど、はっきり分かったことがひとつあります。

男っちゅうのは、ほんまに戦好《いくさ》きですな。

日本のためやとか、なんやかや言うて、結局は自分の思うとおりにならん相手と戦いよる。殺し合いよるんですわ。

幕末てね、たかだか百数十年まえのことでっせ？　そのころに京都の街なかでですな、刀持った侍がうろうろしとって、斬り合いしてたっちゅうんやさかい、情けのうなりますわ。

もっと最近になっても殺し合いしとったやないか、てですか？　そのとおりです。アメリカと戦争しとったんは、つい八十年ほど前のことでっさかいな。刀が銃やとか爆弾に変わっただけで、人間というもんはしょっちゅう殺し合いしとるんです。

そんな古い話やおへん。つい最近でもロシアが無茶しましたわな。いきさつはともかく、あないようけのひとを殺したらあきまへんで。それもあんた、兵隊さんだけやのうて、子どもや年寄り、女のひともたくさん死んでますがな。なにをするんや、て思いますけど、人類っちゅうもんは絶えず戦う生きもんやていうことですわ。

殺し合いするのはたいていが男ですわ。ほんでその陰で女のひとは犠牲になります。どうにかなりまへんのやろか。

わしはケンカが苦手やさかい、争いになりそうなときはすぐに逃げますねん。三十六計逃げるに如《し》かず、てむかしから言いますやろ。

ひきょうもんやて言われることもありますし、なんというても逃げたら女のひとにモテしまへん。そんなこってすさかい、モテ期がいっぺんもおへんかったんです。それでええ思うてます。負けるが勝ち、とも言いますしな。

みなが血眼《ちまなこ》になって戦《たたこ》うとった幕末でも、わしみたいな男がおったようで、今回はそのひとの話です。すぐに逃げることで有名やったのに、なんでか知らん、ようモテとったんです。不思議ですやろ。当代一と名高い芸妓《げいこ》はんとええ仲になって、結婚までしとるんです。それだけやおへんで。ほかにもええひとはようけおった、っちゅうんでっさかい、世のなかは分からんもんです。

真夏のある日、『清壽庵』の境内に建つ茶屋へその男がおにぎりを買いに来るところから話がはじまります。

1　居酒屋『竹葉』

　サヨにとって夏は難敵である。『清壽庵』のなかで一番陽当たりのいい場所に建つ茶屋は、陽が昇るとすぐに熱気を帯びはじめる。そんな茶屋で作るおにぎりを腐敗させないよう細心の注意を払わねばならない。

　すだれを三重に掛けて陽を除《よ》け、両側の窓を開け放って風通しをよくしながら、虫が寄ってくるのを避けるのは至難の業だ。

　虫除けの線香を焚《た》くのはいいのだが、その匂いが食べものに移らないかも気に掛かる。

　凍てつくような寒さの茶屋で、まだ暗いうちからおにぎりを作るのも大変だが、それでも腐敗や虫の心配をしなくてもいいだけ気が楽だ。

　昼の茶屋開きまでまだ一刻もある。それまでのあいだ、作り終えたおにぎりを腐らせないよう、虫が近づかないよう、サヨは必死の形相でうちわを振りまわし、おにぎり番をしている。

「おはようさん。サヨちゃんいてるか」

窓の格子越しに声を掛けてきたのは、大家でもある『清壽庵』住職の宗和だ。

「おはようございます。お住すさん、ちゃんといてますえ。お住すさんと宗海はんの分もご用意できてます」

サヨが竹の皮で包んだおにぎりを持って窓に駆けよった。

すべての客を平等に扱うように、とのフジの教えを守るサヨは、いっさいの例外を認めず、たとえ相手が宗和であっても、昼の営業まで渡さないのだが、夏場だけは例外としている。本坊の隣に建つ庫裏《くり》はひんやりとしていて、そこで保存したほうが安全だからである。

「おおきに。夏場は昼まで待たんでもええさかいありがたいわ。今日の具はなんやろな」

窓越しに受け取って宗和が相好をくずした。

「今日は鱧《はも》の照焼きと柴漬《しばづ》けです」

「夏らしいてええな。ほなお昼にゆっくりいただくわ」

宗和が立ち去ろうとすると、うしろに控えていた着流し姿の男がサヨに声を掛けてきた。

「それが噂のおにぎりですか。わたしにもひとつ分けてもらえませんか。おいくらです？」

男はたもとからきんちゃく袋を取りだした。

「すんまへんなぁ。おにぎりはお昼から売らせてもろてますねん。ご足労ですけど出直してもらえますやろか」

「それはおにぎりではないのですか？」

宗和の手元に目をやって男が食い下がる。

「こちらはお世話になってるご住職に差しあげたもんで、売りもんとは違うんです」

サヨが毅然《きぜん》とした態度を見せる。

「そうでしたか。それは失礼しました。また昼に出直すことにします」

男はすんなりと引き下がった。

「すんまへんなぁ、かたいこと言うて。月岡サヨと申します。初めて見るお顔ですけど、どなたかの紹介でお越しいただいたんですか？」

サヨが窓越しに訊いた。

「勝《かつ》くんから聞いて伺いました。絶品のおにぎりが食べられると」

男が答えた。

「勝さん？　どなたのことやろ。お住すさん、ご存じどすか？」

サヨは宗和に話を振った。

「ひょっとしたら、麟太郎はんのことと違うか？」

「そうだ。こちらでは麟太郎と言っていたと聞きました。その麟太郎です。わたしにこの茶屋のことを教えてくれたのは」

男が膝を打った。

「そうでしたか。麟太郎はんのお知り合いでしたんか。お会いになったらよろしゅうお伝えくださいね」

サヨは窓越しに一礼した。

「麟太郎くんとはまた会うことになっているから、今度会ったときにはかならず」

男はサヨの目を見てうなずいた。

「麟太郎はんとしょっちゅう会うてはる。ということはおたくもお侍はんですかいな」

宗和は丸腰の男の着流し姿をじろりと見た。

「わけあってこんな姿をしておりますが、あやしいものではありません。わたしは小《こ》五《ご》郎《ろう》と言います」

小五郎が宗和に頭を下げた。

「小五郎はん。あの小五郎はんですか。お名前は聞いとります。わしはこの『清壽庵』の住職をしとる宗和と言います。そうでしたか。なるほど、それでこんな身なりを」

宗和はあらためて小五郎の姿を見て大きくうなずいた。

「お住すさんもご存じの、そんな有名なお方やのに、手ぶらで帰ってもらうやなんて失礼ですけど、かんにんしとぉくれやっしゃ」

「なんのなんの。サヨさんは筋を通されただけですからご心配には及びません。また出直してまいります」

小五郎はあたりをうかがいながらサヨに笑みを向けた。

「そうと聞いたら、これをわたさんわけにはいきまへんな。どうぞ受けとってください。わしの分はまた昼に買いに来ますさかい」

宗和が竹皮包みをひとつ差しだした。

「いやいや、それは困ります。和尚がいただかれたものを横取りなどできるものですか」

小五郎は手のひらを横に振った。

「昼間の茶屋はようけのひとが来ます。なかには小五郎はんをつけ狙《ねろ》うてるもんがおるやもしれん。また出直してもろてなんぞあったらえらいこっちゃ。どうぞ遠慮のう」

宗和がおにぎりの包みを小五郎の胸に押しつけた。

「かたじけない。恩にきます」

小五郎は包みを受けとって頭上に差しあげた。

「ますます物騒になってきましたさかい、気を付けてお過ごしくださいや」

宗和が合掌した。

「ありがとうございます。厚かましいついで、と言ってはなんですが、サヨさんにお願いがあります。夜の茶屋にお邪魔できませんか。勝くんからもさんざん評判を聞かされておりますし、豆腐料理がお得意と聞いて、豆腐好きのわたしとしては、なんとしても一度伺いたいと思っておったのです。和尚もご一緒にどうですか？　このお礼もかねて」

「袖すり合うも他生の縁と言いますからな。ありがたくお受けいたしましょう。わしは早ぅから頼んどるんやが、なかなかサヨが呼んでくれよらんのですわ。渡りに船とはこのことやな」

宗和はサヨを横目でにらんだ。

「すんまへん。お住すさんにお越しいただくのは、なにもかもがあんじょういってから、と思うてたんで、ついつい後回しになってました。おふたりでお越しいただくのを心待ちにしとります。日にちのほうはどないしまひょ？　今やったらたいていの日はお受けできますけど」

あわてて表に出てきたサヨが、ふたりの顔を交互に見た。

「せっかくご縁をいただいたのですから、お詣りさせていただこうと思いますが、よろしいでしょうか」

「もちろんですがな。どうぞお詣りください」

「ありがとうございます。お詣りさせていただきながら、日にちの打ち合わせなどを」

「そうしまひょ。お茶の一服なと飲んでいってくださいな」

語らいながら、ふたりは参道を歩き本堂へと向かう。

「日にちが決まったら言うてくださいね」

サヨが声を掛けると、振り向いたふたりは揃って片手を上げた。

ふたりの背中を見送って、サヨは茶屋のなかに戻った。

陽が高くなったせいで熱気は一段と増している。サヨはあわてて窓のすだれをもう一枚重ねた。

思わぬ展開になった。先延ばしになっていた宗和も一緒なら気掛かりがひとつ減るのでいいのだが、ふたりの客を同時にもてなすことができるだろうか。あらたな気掛かりがひとつできてしまった。

いくら客の目の前で作れる佳運多があるからといっても、ふたりが別々に注文した料理を手際よく作って出すことができるだろうか。

以前の小鍋茶屋なら、分量をふたり分に増やすだけだから、いともたやすいことだ。みずから望んだこととはいえ、板前茶屋という仕組みで複数の客を同時に相手することは、どこまで可能なのだろうか。

麟太郎から突き付けられた宿題は、まだ完璧に解けたとは言えない。

押しつけではなく、品書きを見ながら、客が好きな料理を選べるような仕組みにすることはできたものの、そのことによってまた別の問題が出てきた。

食材に無駄が出ることだ。

品書きに挙げながら客が選ばなかったものは、当然のこととして売れ残りになる。おにぎりの具に加工した残りは、まかないとして自分で食べているのだが、仕入れ値を考えると利益を圧迫しているのは明白だ。食べものの商いをしている以上、利益を上げなければいけないし、それも増やしていかねば先の愉しみがない。

夏場はさらに、食材の傷みが加わる。客が注文するかどうか定かでないものを仕入れ、それを腐らせてしまえば、食材の無駄はふくらむいっぽうなのだ。

サヨは料理を作る段取りを思い浮かべながら、頭を悩ませている。

「そうや。妙見はんに訊ねてみよ」

手を打ってサヨはひとりごちた。

苦しいときの妙見頼りとばかり、出かける支度をはじめたが、すぐに思いなおした。

「あかん。妙見はんに頼むばっかりやと、いつまで経ってもひとり立ちできひんやん」

みずからを鼓舞するように、サヨは頬を両手で何度も叩いた。

小五郎はん。わしはたぶんあのひとや思います。のちの時代になって名前を変えはった、あのひとやとにらんでます。

それにしてもサヨの茶屋には次々と有名人が来ますな。今やったらいちやく人気店になりまっせ。有名人が通う店ていうてね。

芸能人やらのサイン入りの色紙をべたべた貼ってる店、ようありまんがな。個人情報ダダ洩《も》れやさかい、だんだん減っては来ましたけどな。

余計な話は置いといて、サヨの話に戻しますわ。成長しましたな。なんぞいうたら妙見はん、妙見はんばっかりでしたけど、ようやく自力で解決しようとしてますがな。

苦しいときの神頼みていうぐらいやさかい、ほんまに苦しいときしか頼ったらあきまへんねん。かく言うわしもそうでっせ。仕事がのうて腐ってるときでも、神さん頼みはめったにしまへん。そういうときこそネタ探しやとか、古典落語のけいこしたりとか、まじめに取り組んでます。

そんななかで一番ええのが落語を聞きに行くことです。落語家がほかの落語家の噺《はなし》を聞きに行くんですわ。それもね、あんまりじょうずやない落語家。

自信付きますねん。わしのほうがじょうずや。ほんまでっせ。ほんでね、なんでこいつの落語がおもろないか、を探るんですわ。ここをこう直したらおもろなるのに。そう思いながら噺を聞いてると、ええ勉強になります。自分にも当てはまりまっさかいな。

　絶対聞いたらあかんのは名人の落語です。

　なんでこない巧《うま》いんやろ。とてもやないけど真似できん。落ち込むいっぽうですわ。そやさかいいうて、間ぁやとか声の調子を真似たりしたら余計あきまへん。ただのモノマネになってしもて、飯朝の落語にならんのですわ。せやさかい名人の落語は聞きに行かんようにしてます。自分より下手な落語家ばっかり聞いて勉強してます。

　それで売れるようになったか、て訊かれたら答えに困りますねんけど。

　ほんでね、わし思いちがいしてることに気が付いたんです。へたな落語家でもええけど、人気のある噺家の落語を聞かんとあかんっちゅうことに。

　へたな噺家の噺を聞いて、溜飲《りゅういん》を下げるだけやったら、ちょっとも進歩しまへんがな。わしと似たかよったかのへたな噺家やのに、人気がある。客がようけ入っとる。そういう噺家の噺聞いてですな、そのわけを探って参考にせんとあかん。そう気が付きましたんや。どないです、わしも進歩しましたやろ。

　びっくりしたんは、サヨもわしとおんなじことしよるいうことですねん。

　そのころの居酒屋っちゅうのが、どんなんやったかはよう分かりまへんけど、サヨは暑いさなか寺町通にある居酒屋へ行きよります。よその店がどないしてるかを見に行きよるんです。『竹葉《ちくよう》』っちゅう店みたいやけど、たいして有名な店やない思います。けど、よう流行っとるらしい。そこへ行ってみよ、っちゅうわけです。

居酒屋でっさかい、まさかお仕着せ、いや、おまかせ料理しか出さん、てなことはおへんやろ。そしたら板前茶屋とおんなじ問題があるはずや。そうサヨは考えたんですやろな。食材の無駄を減らすのにどんな工夫をしとるやろ。くそ暑い真夏にどないして食材を保存しとるんやろ。それを探ろうとしとるんですわ。

数ある居酒屋のなかで、サヨがなんでその店を選んだかていうたら、『杉源』の源治はんが奨めはったさかいです。魚の目利きが奨める店やったら、ええ料理を出すはずやと思うたんですやろな。そのとおりやったかどうか、読んでのお愉しみっちゅうやつでっけど、ここでまた不思議な出会いをするあたりが、サヨの真骨頂です。というか妙見はんのお導きなんかもしれまへんけどな。


日暮れどきともなると、そぞろ歩きをする浴衣姿が目立つようになるのは祭が近いせいだ。祇園会《ぎおんえ》本番を待つ山鉾《やまぼこ》は四条から三条あたりに多く建っている。『清壽庵』

から一番近いのは保昌山で恋物語が鉾の題材になっている。緋縅の鎧に太刀をつけた保昌が、蒔絵の台に紅梅を載せて捧げる姿をご神体にしている。

　京の街に来てはじめてこの鉾を見たサヨは、その美しさに見惚《みほ》れてしまった。そんな山鉾はひとつだけではない。数えたことはないが、おそらく三十を超えるはずだ。さすが京は祭ひとつとっても壮大な規模だ。生まれ育った近江にも四宮祭《しのみやまつり》があって、父親に連れられて見物に行ったことがあるが、その元となったのが祇園会だといわれている。

　規模こそ違うが、コンチキチンというお囃子《はやし》はよく似ているし、曳山《ひきやま》の上に飾られたご神体も似ていなくはない。

　なにが違うかといえば、山鉾そのものの豪華さと、それを見物に訪れるひとの多さと華やかさである。

　せっかくだからとサヨは、フジが仕立ててくれた浴衣を着、下駄の音を鳴らして寺町通へと繰りだした。

　白地に赤い金魚と藍色の滝が描かれた浴衣は大のお気に入りだ。サヨは祇園囃子《ばやし》を口ずさみながら、軽やかな足取りで寺町通を北へと上がっていく。

四条通を越えてすぐのところに目指す居酒屋『竹葉』はあった。もっとにぎやかな店だろうと思っていたが、格子戸に店の名が書かれただけの端正な店で、サヨは入るのをためらっている。

――表の構えはちょっと入りにくい感じやけど、なかに入ってしもうたら、案外気楽な店なんやで――

ここまで来たのだから、源治の言葉を信じて入ってみよう。

そう心を決めたサヨは、思いきって木戸を開けた。

「おいでやすぅ。おひとりさん？」

玄関先で迎えてくれたのは白い割烹着を着た女性だ。サヨよりひとまわりほど年上だろうか。

「はい。お願いできますか？」

「座らはる？」

そう女性が訊いてきたのは、立ったまま酒を飲んでいる客が何人もいるからだ。一瞬迷ったサヨは笑顔を女性に向けた。

「座らせてもろてもよろしいやろか」

「奥の床几《しょうぎ》にどうぞ」

女性は愛想よく答えた。

さほど広くない店に四台の床几が並び、そのうちの三つには先客が座りこんで酒を飲んでいる。すべての客が男性であることに気づいたサヨは、浴衣の襟元を整えてから、緋毛氈《ひもうせん》を掛けた床几に腰かけた。

「『杉源』の源治はんに教えてもろて寄せてもらいました。お料理のことやらいろいろ見させてもらお思うて」

座るなりすぐにそう切りだしたのは、女ひとりで来たことを怪しまれないためである。

「そうどしたんか。若いおなごはんがひとりで来はるのは珍しおすさかい、なんぞわけがあるんやろとは思いました。たいしたもんはおへんけどお魚だけは源さんにええもんを卸してもろてます。ゆっくりしていきなはれ。お酒はどないします？」

「おおきに。いただきます」

サヨは笑顔のまま答えた。

「お腹はどない？　空いてるんやったら鯖のお寿司出しまひょか。お酒飲む前にお腹に入れといたほうがよろしいえ」

「鯖のお寿司は大好物ですねん。ぜひお願いします」

「鯖も源さんとこから入れて、うちで〆てるさかい美味しおすえ。おねえさん名前は？」

「サヨて言います。月岡サヨ」

「ほなサヨちゃんて呼ぶわな。うちは梅子《うめこ》。おうめて呼んでくれたらええしな」

おうめは店の奥に掛かる麻暖簾をくぐっていった。

ふと気づくと客のほとんどすべてがサヨのほうを見ている。サヨはひとつ咳《せき》ばらいをして居住まいをただした。

来てよかった。すぐにサヨはそう思った。

おうめのもてなしかたは早速勉強になった。

奨めかたがさりげない割に、うまく客を誘導するのだ。強引に押し売りすることなく、客がみずから進んで注文するように仕向ける。いきなり名前を訊《き》いてくるのもうまいやり方だ。互いに名前を呼び合うことで、店と客の距離がいっきょに縮まる。

なるほどなぁ。感心しているとすぐに盆を持っておうめが現れた。

「おまっとさん。お酒と鯖のお寿司。ひと切れでもええさかい、飲む前にお寿司お食べやすな」

酒の入ったちろりと、三切れの寿司が載った皿を盆のまま床几におろし、おうめが念を押した。

「美味しそうなこと」

サヨが目を輝かせて箸を手に取った。

「あとは好きなもんを言うてください。壁に品書きを貼ってますさかい」

背中を向けたおうめは立ち飲み客のほうに向かっていった。

サヨはおうめの言いつけどおり、まずは鯖の寿司を箸でつまんで口に放りこんだ。

「美味しい」

思わず大きな声が出てしまったことに自分でも驚いている。サヨはあわてて口をふさぐ真似をし、周りに向けて頭を下げた。

肉厚の鯖はほどよい〆加減で、いくらか甘めの酢飯とよく合っている。棒寿司を輪切りにしたのだろうが、その大きさも頃合いで、大きな口を開けなくてもひと口で食べられる。もちろん鯖そのものも上質だ。

鯖の寿司をひと切れ食べただけで、ほっこりと心がなごんだ。

これをどう解釈すればいいのだろうか。サヨは頭を悩ませている。

あれもこれも、いろんな料理を食べ、その積み重ねで店は成り立つものと思いこんできたが、どうやらそうではないらしい。たったひと口食べただけの客を満足させることだってできるのだ。それにはなにが必要なのか。

サヨはちろりから杯に酒を注いだ。いくらか燗《かん》がぬるめなのは夏だからだろうか。大ぶりの杯に口を付けると、ほどよく温まった酒がのどを滑っていく。

「お酒てこない美味しいもんやったんや」

ためつすがめつ、サヨは空になった杯を見た。

考えてみれば、酒を飲むのは仕事の合間か、仕事終わりの時間ばかりで、それもほとんどがひとり。こうしてひとの顔を見ながら、声を聞きながらゆっくり飲むのは久しぶりのことだった。だから美味しく感じるのだ。だとすれば、客とサヨが一対一で向かいあうのは、酒飲みの心理からすれば間違っているのか。

サヨの悩みはますます深くなっていったが、それはけっして不快なものではなく、むしろ心地よささえ感じるような悩みだった。悩んだその先にはひと筋の光明が見えてくる。そう確信しながら、サヨはちろりから杯に酒を注ぎ、ふた切れ目の鯖の寿司を口に入れた。

壁に貼られた品書きをあらためて見てみると、どれも実に美味しそうだ。

田楽、めざし、から汁、ねぎま、玉子焼き、芋煮、ほかにもいろいろできます……。小さく声に出して順に読みながら、サヨの口からよだれがあふれ出そうになった。

藍地のきんちゃく袋から手ぬぐいを取りだしたサヨは急いで口の端を拭った。

さてどれを注文しようか。サヨは三切れ目の寿司を嚙みしめながら品書きを眺めている。

「おいでやすぅ。おひとりさん？」

ひとりで入ってきた客をおうめが迎えると、若い男は店のなかを覗きこんで手を上げた。どうやら立ち飲み客の連れ合いらしい。

立ち飲み客の場所が混み合ってきたのを横目にして、サヨは少しばかり肩身を狭くした。

早くなにか料理を注文しなければ、気を焦らせながらサヨはおうめを呼んだ。

「すみません」

「すぐ行きまっさかい、ちょっと待ってな」

お盆を両手に持ったおうめは振り向いて、顔だけをサヨに向けた。

大勢の客がそれぞれに酒と料理を愉しんでいる。その様子を間近にしながら、サヨの胸の内は複雑に絡み合っていた。

佳運多を設え板前茶屋とした今となっては、こういう店の空気は縁遠いものになった。それはもちろん、サヨがみずから望んだことなのだが、さりとてこの賑わいから生まれる愉しさは捨てがたいものがある。これをして無いものねだりというのだろう。

「お待たせしました。ご注文をお聞きしまひょか」

息を切らせたおうめがサヨの傍らに立った。

「この、から汁てなんですのん？」

「マグロの味噌汁ですわ。時間が経ってお刺身では食べられんようになったマグロを、濃いめの味噌で炊いたお汁《つゆ》。ショウガも利いてて美味しおすえ。お酒にもよう合うし」

「ほな、それをひとつください。それと玉子焼きとめざしもください」

「おおきに。お酒も持ってきときまひょか。もうあんまり残ってへんみたいやし」

「お願いします」

おうめがきびすを返した。

流れがいい。サヨは感心したように大きくうなずいた。

訊ねたことに対して面倒がらずに答え、うまく奨めてくるのはさすがだ。驚いたのは正直に答えたことだ。腐りかけたマグロを味噌でごまかした料理だと言ってるようなものなのに、それを聞いた側は嫌がるどころか、美味しそうだと思って注文してしまうのだから。学ぶところがたくさんある。

「先にお酒とから汁を持ってきましたえ。から汁には粉山椒をぱらぱらと振って食べてください。ええ香りがしまっせ」

おうめが盆を床几に置いた。

「粉山椒ですか。うちも山椒は大好きですねん。鞍馬の山まで買いに行ったことあるんどすえ」

サヨは残った酒を杯に注いでから、空のちろりをおうめにわたした。

「鞍馬の山までてなんと物好きな。料理がお好きなんどすか？」

「へ、へえ」

同業だと言っていいものかどうかをサヨは迷っている。

「たんと使うてください」

おうめは粉山椒が入った竹筒を盆に置いた。

小ぶりの椀に入ったから汁に鼻を近づけたサヨは、小首をかしげた。腐りかけのマグロなら生臭い匂いがするはずなのに、まったくそれを感じない。ひと口汁をすすってから、角切りのマグロを舌に載せた。

たしかに鮮度がいいとは言えないが、さほど味は落ちてはいない。刺身で食べられるかどうか、ぎりぎりのところだろう。しかしおうめの説明を聞いた客は、きっと生臭いだろうと思いながら食べる。すると思ったほどではないことで、美味しく感じてしまう。

またひとつ勉強になった。客に期待を持たせ過ぎるより、ひかえめに言っておいたほうが失望しなくて済む。ひいてはそこに店の良心を感じることになる。

ショウガの香りもするが、椀の底まで箸で探ってもどこにも見当たらない。搾り汁だけを使っているのだろうか。それはひょっとすると山椒とケンカするのを避けるためなのかもしれない。

細かな気遣いに感心しながら、この店を奨めた源治の選択眼にも舌を巻いている。たしかにから汁と酒の相性はいい。ちろりの酒は半分ほども残っていない。ほかの味噌汁ならこうはいかないだろう。

「めざしはこのままでもええけど、七味を振っても美味しい食べられまっせ」

中指ほどの大きさのめざしを五匹載せた皿の横に、七味唐辛子の入った竹筒が添えられた。

「めざし食べるの久しぶりですわ。ご飯が欲しいなりそうや」

サヨはおうめが奨めたとおりに七味を振った。

「よかったらお持ちしまひょか」

「もうちょっとあとにします」

「ほな、お酒を持ってきときますわ」

「おおきに」

軽やかに流れていくやり取りが心地いい。サヨは自分の接客と重ね合わせてため息をついた。

「とてもやないけど、うちにはここまでできひんわ」

めざしをかじりながら、思わず口をついて出たのはサヨの本心だった。

「ふたりやけど、よろしいかいな」

若い男と年輩の女のふたり連れが店に入ってきた。

「よろしおすけど、あいにく床几がふさがっとります。立ち席でよかったらどうぞ」

おうめが迎えた。

「ほな、ちょっと入らしてもろて。お酒をいただけますかいな」

女が目で合図すると、若い男がこくりとうなずいた。

「お酒だけでよろしおすか？」

おうめが訊いた。

「そうですな、めざしでもいただきまひょか」

女が答え、おうめは奥へ戻っていった。

立ち席の真ん中には大きな樽《たる》がふたつ縦に積まれ、客はそこに酒と料理を置いて愉しんでいる。女は店のなかを見まわし、サヨを見つけると軽く会釈した。

目を合わせたサヨは会釈を返し、笑みを女に向けた。

自分のほかにも女性客が現れたことで、サヨはホッとしている。

女はおうめとおなじくらいの年回りだろうが、高級そうな小袖といい、結い上げた髪に挿《さ》すかんざしといい、あか抜けた姿は否《いや》が応《おう》でも男たちの気を引いている。

自分に向けられていた視線が女に移ったことで、サヨは落ち着いて酒を飲めるような気がした。

「お待ちどおさんです」

おうめが酒とめざしを運んできて樽の上に置いた。

「おおきに。おたくは女将さんですか？」

女が訊いた。

「まぁ、そんなようなもんですわ」

おうめが苦笑いした。

「そしたら、ちょっとお話があるんですけど。お忙しいみたいやし、また日をあらためまひょか」

女が杯を差しだすと、若い男がちろりの酒を注いだ。

男のほうは麻の着流しで、一見すると若旦那ふうの姿だ。

「お話てなんですやろ」

おうめが襟元を合わせると、若い男が一歩前に出て話を引き取った。

「実は手前ども大坂でかわら版を作ってまして、そのなかで都《みやこ》料理屋番付というものを発表しております。毎年秋にそれを改定して発表することになっておるのですが、今年はぜひこちらの『竹葉』さまに土俵に上がっていただけないかと思っております。いかがでしょうか？」

ふところからかわら版を出した男は両手で広げておうめに見せた。

「うちはべつにかましまへんけど。いちおう主人に訊いてきます。お借りしてよろしいか」

おうめが手を差し出すと、男は折りたたんでかわら版を手わたした。

「よろしくお願いします」

好奇心旺盛なサヨは腰を浮かせてその様子を見ていた。

噂には聞いたことがあるものの、都料理屋番付なるものがほんとうにあるのだろうかと、ずっと疑っていた。

はっきりと都料理屋番付という言葉が聞こえたし、しかもその番付にこの店が登場するかもしれないというのだから、やっぱり噂はほんとうだったのだ。

以前から江戸にはそれに類する本があるらしいようで、番付が上がったり下がったりする度に、料理屋の主人たちは一喜一憂しているらしい。

しかし気になるのは番付のどの順位になるのか、ということだ。大関や横綱なら文句はないが、序二段だとか序の口と言われると、ちょっと考えてしまう。

「お待たせしてすんまへんな。手が空いたらすぐに主人がまいりますよって」

ほかの客の料理を持って出てきたおうめが、両手で盆を持ったまま、ふたりに頭を下げた。

ふたりは顔を見合わせ、互いに肩をすくめた。

自分ならどうするだろうか。そう考えながらサヨは杯をかたむけた。

まずはフジに伺いを立てるのが筋道だろう。と考えて『菊屋旅館』は番付に載るのだろうかと思いが浮かんだ。

それにしてもよく繁盛している店だ。そしてなにより感心するのは、すべての客が心底くつろいでいることだ。まるでここがわが家でもあるかのように、ほっこりとした表情で、食べて飲んで語らっている。笑い声が途切れることがないのも客の居心地をよくしている。いつもこうなのだろうか。

サヨは少しの疑問も放っておけない性質《たち》だ。幸いにしておうめと目が合った。

「すみません、お酒と料理の追加をお願いできますやろか」

「なにがよろしい？　お豆腐の料理でもどないですか？　お酒は二合にしまひょか？」

おうめが矢継ぎ早に訊いた。

「二合でお願いします。お豆腐のお料理はなにがお奨めですやろ」

「ふたたび田楽でもどうです？　お醤油と味噌の味が混ざり合うてお酒が進む思います」

「じゃあそれをお願いします。それと、おうめさんに訊きたいんやけど、いっつもこのお店のお客さんはこんなんですか？」

「こんなん？　てどういう意味です？」

「ほかの居酒屋はんのことはあんまり知らんのですけど、どこでもこんな愉しそうにしてはるのかなぁ、て。ケンカやら言い争いが居酒屋には付きもんやて聞いたことがあるんですわ」

「そうやね。いっつもこんな感じかなぁ。争いごとはめったにありまへん。なんでやしらんけど」

苦笑いしておうめが奥に戻っていった。

「ふたたび田楽てなんやろう」

つぶやいてサヨは首をかしげた。

すぐに訊けばよかったのに、とサヨは悔いた。

当たり前のようにしておうめが言ったので、誰でも知る料理なのかと思い、訊きそびれてしまった。なにがどう、ふたたびなのだろうか。そういえば〈豆腐百珍〉にそんな料理があったような気もする。

「えらい待たせましたな。なんや番付に載せてくれはるそうで、ありがたいことや思うてますけど、うちの店はそないえらそうに言える店やないんで、せっかくやけど遠慮しときますわ。わざわざ来てもろたのにすんまへんなぁ。わしひとりで料理作ってますさかい失礼します」

前掛けを着けてたすき掛けした主人が出てきて、言いたいことだけ言って、そそくさと奥へ戻っていった。

「そういうことなんで、ほかのお店に言うたげとぉくれやすか。愛想のないことですんまへんなぁ」

おうめがあとを引き取って、ふたりに頭を下げた。

「まぁ、そうおっしゃらんと。けっして損にはならへんと思うんですけど」

女がそう言って男に目くばせした。

「番付に載せるにあたってお金はいっさい掛かりませんし、これに載ると箔《はく》が付くと言いますか、お店の評判も一気に上がって、大勢のお客さまがお越しになりますので、お店にとってはいいことずくめだと思います。江戸料理屋番付や大坂料理屋番付に登場いただいたお店には、どこも大変喜んでいただいております。女将さんからもそのようにご主人にお伝えいただきまして、なんとかお願いできませんか」

男が食い下がった。

「あのひとは頑固なひとで、いっぺん言うたことは絶対ひっくりかえさはりまへん。それに、今言うてはるように、大勢のお客さんに来てもろたら困るんですわ。ご覧のようにこない小さい店でっさかい、今でもう手いっぱいですねん。悪いことやけど、あきらめとぉくれやす」

おうめがきっぱり断ると、ふたりは顔を見合わせて肩を落とした。

思わぬ展開にサヨは驚くとどうじに、ますますこの店に共感を持った。

男が言うとおり、番付に載ればきっと客は大勢押し掛けるに違いない。ふつうの商人ならそれを喜ぶのだろうが、この店の主人は喜ぶどころか迷惑だと思い、申し出を断った。なかなかできないことだが、サヨにはその気持ちがよく分かる。

夜の板前茶屋はもちろんのこと、昼間のおにぎり茶屋とて、大勢の客が押し寄せても困るだけで、歓迎すべき事態ではない。

それは重々分かっているが、番付に載って評判が上がればひとに自慢できる。それをむざむざ捨てるのももったいないような気がする。

「お待ちどおさん。ふたたび田楽とちろりの大きいの。ゆっくり食べて飲んどぅくれやす」

おうめが盆を床几に置いた。

「せっかく番付に載せるて言うてくれてはるのに、もったいない思いますけど」

「話聞こえてましたんか。そう思わんこともおへんけど、主人の言うとおり。そないようけのお客さんに来てもろても、料理が間に合わしまへんがな。そないなったら今まで来てくれてはるお客さんに迷惑が掛かります。今ここに来てくれてはるひとは、番付に載ろうが載ろまいが関係のう来てくれてはる。このひとらに喜んでもらうのが一番だいじですやろ」

「そない言われたら返す言葉はおへんけど」

「それにな、よそさんから順位を決めてもらわいでも、自分らで思うてたらよろしいやん。うちは東の大関やて」

おうめはサヨの肩を叩き、声をあげて笑った。

ほんとうに自分はまだまだ未熟だな。サヨは深いため息をついた。

お客さん第一と言いながら、評判が上がることに魅かれてしまっている。まったくもっておうめの言うとおり。きっと今来てくれている客に迷惑が掛かるのだ。

その店が出す料理がどんなものかを知ることなく、ただ番付に載っているからとい うだけでやってくる客と、番付など関係なく来てくれている客と、どちらをだいじにすべきかなど、考えるまでもなく明白だ。

たとえ一瞬であってもそのことを忘れていた自分に、サヨは嫌気がさしていた。

ふたたび田楽の皿には三串の田楽が載っている。見たところふつうの田楽だが、なにがどう違うのか。串をつまんでサヨは田楽を歯でかじりとった。

最初は味噌味だったのが、舌先が醤油の味を探りあてている。おうめが、味噌と醤油の味が混ざりあうと言っていたが、どうやら二度焼きしているようだ。

サヨは残った田楽串を手にとって、まじまじと見つめた。

思ったとおり焼き目が二層になっている。先に醤油を付けて焼き、それが乾いてから味噌を付けてもう一度焼いたのだ。そうか。それで、ふたたびと名が付いているのだ。サヨは田楽を嚙みしめながら二度ほどうなずいた。

ちろりから杯に酒を注ぎながら、ふたり連れに目をやると、女の姿は消えていて、若い男が寂しげにひとり酒をしている。上司とおぼしき女はさっさと立ち去ったが、若い男はあきらめきれずにいるのだろう。いくらか酒が進んだせいもあって、サヨはその男を憐《あわ》れみの目で見つめている。

その視線に気づいたのか、男はサヨのほうを見て笑みを浮かべる。サヨはあわてて目をそらせ、残った田楽を手に取った。

杯をかたむけて、サヨは横目で男をもう一度見た。

横顔に見覚えがある。どこかで会ったことがあるような気がするのだ。いつどこで会ったのだろう。サヨは思いをめぐらせている。

男の正面に回ってじっくりと見てみたい気がするが、さすがにそれは憚《はばか》られる。でも、酔ったふりをすればいいか。そう思いかけたとき、サヨのほうを向いて男が目を白黒させた。あわててサヨは男に背中を向け、素知らぬふりをした。ちらちらと見ていたことが気に障ったのだろうか。サヨは身をかたくして壁を向いた。

男が近づいてくるのを背中で感じる。身の危険を感じなくもないが、ほかに大勢の客がいるし、いざとなれば声をあげておうめに助けを求めればいい。

「あのー」

男が背中から声を掛けてきた。知らんぷりをとおすべきか。返事したほうがいいのか。サヨが迷っていると、男は思わぬ言葉を掛けてきた。

「サヨちゃんと違う？」

思わず振り向くと、男がにっこり笑った。

「やっぱりサヨちゃんや。えらいべっぴんさんになって」

よくよく顔を見るとたしかに見覚えがある。誰だったか。

「ひょっとして圭ちゃん？」

サヨの声が裏返った。

「そうや。圭介や。久しぶりやなぁ」

圭介が両手でサヨの手を握りしめた。

「圭ちゃんも京に来てはったんや。びっくりしたわ」

「びっくりするのはこっちのほうや。そういうたら京に奉公に出るて言うてたなぁ」

「もう仕事は済んだんやろ。よかったら座って」

サヨが床几の隅に座りなおした。

「なんやしらんけど、よう飲む女がおるなぁと思うたらサヨちゃんやった」

圭介はサヨの隣に腰かけた。

「サヨちゃんの知り合いか？」

おうめが圭介をにらみつけた。

「はい。いなかのおにいちゃん。会うのは何年ぶりやろ」

サヨが満面の笑みを圭介に向けた。

「それやったらええけど。言葉のじょうずな悪い男に引っかかったらあかんえ」

おうめは疑いの目で圭介を見ている。

「そんな目で見んといてくださいよ。ほんまに子どものころからサヨちゃんは妹みたいに仲ようしてたんですから」

圭介が頰をふくらませた。

「あっちのお酒持ってきまひょか」

おうめが樽を指さした。

「お願いします」

サヨが腰を浮かせた。


「ほんまにびっくりしたわ。この店にはよう来るんか？」

杯を合わせて、圭介が訊いた。

「はじめて来た」

サヨがさらりと答えた。

「うそやろ。女将さんがサヨちゃんて呼んではったし、ぼくのことを悪い虫みたいに思うて警戒してはったやん。絶対常連やと思うてたわ」

「ええお店て、初めてのお客さんでも常連さんみたいに扱うてくれはるんやて、ええ勉強になった」

サヨは圭介の杯に酒を注いだ。

「勉強て、サヨちゃん料理人みたいなこと言うなぁ」

圭介は一気に飲み干して、酒を注ぎ返した。

「みたい、と違う。料理人やってんのえ」

サヨも一気に飲み干した。

「うそやろ。たしかお寺さんの茶店で働いてるんと違うたかいな」

「圭ちゃんはむかしから疑《うたぐ》り深かったな。なんか言うたら、うそやろ、ばっかり言うてた」

サヨは口をとがらせた。

「ごめん、ごめん。そやかて女の料理人てめったにいてはらへんから」

圭介がちろりを持った。

「なんでやろな。家でご飯作るのはたいていお母さんやさかい、女のほうが料理作りに向いてると思うんやけどな」

サヨが杯を持ってちろりに近づけた。

「どんな料理をどこで作ってるんや」

圭介が酒を注ぐと、ちろりが空になった。

すかさずサヨは手を挙げておうめにお代わりを注文した。

「『清壽庵』ていうお寺知ってる？」

「知らんなぁ。どのへんにあるん？」

「『佛光寺』はんは知ってる？」

「それやったら知ってる。いっぺんお詣りに行ったわ」

「そのすぐ近くの『清壽庵』の境内で、昼はおにぎり売ってて、夜は板前茶屋させてもろてる」

「うそやろ？」

「また言うてる」

「ごめんな。せやけど、ほんまに信じられへんもん。昼のおにぎり屋は分かるけど、夜の茶屋までやってるやなんて」

　圭介は顔をしかめた。

「お待ちどおさん。食べもんはどない？」

　おうめがちろりを盆の上に置いた。

「なにかお腹が膨れるもんください。ものすごお腹空いてますねん」

　圭介が腹を押さえた。

「巻き寿司でも食べはる？」

　おうめが圭介に訊いた。

「お願いします」

　圭介がにっこり笑った。

サヨがちろりを持って圭介に向けた。

「こんな時代やさかい、しょうがないかもしれんけどな、悪いことは言わへん。そんな夜の仕事は早うやめ。昼のおにぎり屋だけでええやないか」

圭介がサヨの目をまっすぐに見た。

「圭ちゃん、なんか勘違いしてるんと違う？　夜の仕事て、やましいことはなんにもしてへんよ。料理作ってお客さんに食べてもらうだけえ」

「けど、なんとか茶屋て言うてたやないか。よりによってお寺さんの境内でそんなあやしいことしたらあかんやろ」

「せやから言うてるやん。あやしいことひとつもあらへん。板前茶屋て言うてるのはな……」

サヨは板前茶屋の仕組みをこと細かに説明する。

最初は首をかしげることが多かったが、次第に圭介は何度もうなずくようになっていった。

「それを聞いて安心したわ、っちゅうか、ようそんなん思いついたな。大坂でも京でも、そんな店は見たことも聞いたこともない。江戸にもないんと違うか。サヨちゃんすごいやん」

「おおきに。それもこれもお客さんに美味しいもんを好きなように食べてもらいたいからやねん。けど、圭ちゃんがこんな仕事してるやなんて、思うてもみぃひんかった」

　サヨはゆっくりと杯をかたむけた。

「正確に言うたら仕事やないんや。臨時雇いていう感じやな」

　圭介は自らをあざけるように、冷めた笑いを浮かべた。

「お待ちどおさん。巻き立てのお寿司やさかい美味しいえ」

　おうめがふたりのあいだに巻き寿司の載った皿を置いた。

　六つに切り分けられた巻き寿司には酢ショウガが添えられている。

「ほんまに美味しそうやわ。具はなにが入ってるんやろ」

　皿ごと持ち上げて、サヨは切り口をしげしげと眺めている。

「玉子焼きとシイタケ、三つ葉にカンピョウ、デンブ、くらいやったかな。その日によって変わるんやけど。足らんかったら追加してな」

　サヨが皿を床几に戻すとおうめはきびすを返した。

「圭ちゃんお先にどうぞ」

　サヨが奨めると、圭介はすぐに手を伸ばした。

「旨い」

巻き寿司を口に入れて、すぐに圭介が叫んだ。

「そんな大きい声出さんといてや。びっくりするやんか」

「けど、ほんまに旨いんや。サヨちゃんも食べてみ」

圭介が皿を持ち上げた。

「ほんまや。じょうずに作ってはるわ」

巻き寿司を嚙みしめながら、サヨは目を細めている。

「月岡の家が旅籠やってはるから、不思議はないんやけど、まさかサヨちゃんが料理屋をやってるとは思わんかった」

「まだまだひよこやけどな。圭ちゃんこそ、かわら版屋の仕事してるて不思議でしょうがないんやけど。沖田の家て青花の紙を作ってはったやんな。継がへんかったん?」

サヨは箸でつまみ、酢ショウガを口に運んだ。

「実はな、友禅染の職人をしてるんや。そっちが本職。石崎《いしざき》さんて言うて友禅染の名人がやはるんやけど、そこに弟子入りして住まわせてもろてる。まだまだ半人前やさかいに給金だけでは生活していけへん。それで石崎さんとこに出入りしているかわら版屋の仕事を手伝《てつど》うてるというわけや」

「そうやったん。友禅染てうちらには手が出えへんほど高価なもんやんか。一人前の作家になったらようけお金が入るんやろな」

「いつになるやら分からんけど、いずれはそうなりたいと思うてる。そうなるまでは嫁さんももらえんわ」

　圭介はふた切れ目を口に入れた。

「まだまだ先でええやん。うちも一緒や。それにしても、都料理屋番付なんか遠い存在やと思うてたのに、こんな身近なとこにあったんや」

　サヨもふた切れ目をつまんだ。

「料理屋しとったら、話ぐらいは聞いてるやろ。祇園やら先斗町《ぽんとちょう》の店はみな知ってる思うで。なんせこの番付に載ったら、客がいっぺんに増えるさかい。江戸やとか大坂からも食い道楽の客が来るんや」

「へえ。江戸からわざわざご飯食べに来はるんか。けど、うちにもそういうお客さんやはるえ。わざわざかどうかは分からへんけど」

「それはすごいことや。サヨちゃんの店も番付に載せてもらうよう、親方に言うとくわ」

「うちなんかとんでもない。どんな店が載ってるん？　ていうか、どうやって載せる店を決めてるの？」

「ぜんぶ親方が決めてはるらしい。ぼくにはよう分からん。ぼくはただ奥さんと一緒にお店を回って、あんじょう話が進むように説明したりするだけや。こんなんやけど見てみるか？」

　圭介はたもとからかわら版を取りだしてサヨにわたした。

「ようけの店が載ってるんやね。東の大関はやっぱり『大村屋』はんかぁ」

「知ってるん？」

「行ったことはないけど、向こうのお嬢さんがうちのことを気に掛けてはるみたいやねん」

「それもすごい話やな。あの天下の『大村屋』はんのお嬢さんがサヨちゃんのことを気に掛けてくれてはる、て」

「気に掛けてくれてはる、いうのとはちょっと違う。目障りやと思うてはるんや」

「もっとすごいやん。目障りていうことは競争相手やと思うてはる証拠やし。それはすごいことなんやけど。ただ……」

　言いよどんで圭介は顔を曇らせた。

「ただ？　どないしたん？」

サヨは圭介の顔色をうかがっている。

「『大村屋』はんて、ただの料理屋と違う。あの店のご主人は京都の料理屋を牛耳ってはる。大村秀一郎《しゅういちろう》はんに逆ろうたら、京で料理屋やってられへんて言われてるぐらいの実力者やんか。そのお嬢さんににらまれてたら、番付にはちょっと……」

圭介が笑顔をゆがめた。

「なんや、そんなことかいな。そんなんちょっとも気にしてへん。うちはそんな番付に載らんでもええ思うてるし。ていうか、どっちかて言うたら、載らんほうがええような気がするねん」

「なんで？　料理屋やってるひとはみんな載せてほしい思うてるはずやで」

圭介が杯を持つ手を止めた。

「うちみたいな小さい店て、ようけのお客さんに来てもろても入れへんやん。せやから番付に載ったんを見てきてくれはって、これまで来てくれてはるお客さんとか、これから来ようと思うてくれてはるお客さんが入れへんようになったらあかんやん。きっとフジはんにも叱られる思うし」

「フジはんて？」

「伏見の『菊屋旅館』の女将をしてはる中村フジはん。うちの恩人やねん」

「あの『菊屋旅館』の女将を知ってるんかいな。いったいサヨちゃんて何者やねん。さっき言うてた『大村屋』はんの大村はんが、ただひとり頭が上がらんのが中村フジはんなんやで」

「そうやったん？　ちょっとも知らんかったわ。あの秀乃《ひでの》はんでもかぁ」

サヨは秀乃の顔を思い浮かべて続けた。

「圭ちゃん会うたことある？　秀乃はん」

「会うたことあるて言うか、その、あれやわ。顔は知ってるていうとこかな」

圭介が目を宙に泳がせ、話の向きを変える。

「あの女将がなんでサヨちゃんの恩人なんや？　そもそもどういう知り合いなんかも不思議やけどな」

圭介は三切れ目をつまんだ。

「うちも不思議なんやけど、切っ掛けは妙見はんやねん」

サヨは皿に残った巻き寿司に手を伸ばしかけて引っこめた。

「妙見はんて、あの妙見はんのことか？」

「そう。たしか圭ちゃんのお父さんも妙見はんにようお詣りしてはったな」

「お父ちゃんもやけど、お母ちゃんが妙見はんを崇拝してはってな、瀬田《せた》の妙見はんにしょっちゅうお詣りに行ってはったわ。サヨちゃんが妙見はんを崇拝してたことは知らんかったたな」

「圭ちゃん、お腹減ってるんやろ。食べてくれたらええよ」

「ほんまに？　ほな遠慮のういただくわな」

圭介が残ったひと切れを口に放りこんだ。

サヨは『日體寺』で初めて妙見と出会ったことを話すべきかどうか迷った。

妙見が堂から出てきて、サヨに語りかけたなどと話しても、きっと信じてもらえないだろう。それどころか、頭がおかしくなったのかと思われるに違いない。圭介が草津の実家でそんな話をすれば、すぐさまサヨの両親に伝わるはずだ。

「京に出てきて、ぐうぜん妙見はんを見つけてお詣りするようになったんや」

うそをついていることに、少しうしろめたさを覚えなくもなかったが、サヨは当たり障りのない話にとどめた。

「そうか。サヨちゃんは運がええんやな。あの『菊屋旅館』の女将さんが後ろ盾になってくれはったら、なんぼ大村はんが邪魔しはっても番付に載せられると思うで」

「まだ言うてるんかいな。うちはそんなんどうでもええの。それはええとして、圭ちやんはこないして、いろんな料理屋はんを回ってるんやろ？　どれぐらいのお店を知ってるの？」

「そうやなぁ。京だけで三百、いや四百軒くらいは回ったかな」

「そ、そないようけ回ったん？」

頬を紅《あか》く染めたサヨは目を白黒させた。舌をもつれさせているのは相当酔いがまわっているあかしだ。

「サヨちゃん、よう飲むなぁ。ちょっと飲み過ぎと違うか。やわらぎ水を飲んだほうがええ。ちょっとすんません。お水をもらえますか」

圭介が手をあげると、おうめも手をあげて応えた。

「大丈夫やて。いっつも飲み慣れてるし。ぜんぜん酔うてへん」

サヨが手酌酒をした。

「ようけ店を回ってきたけど、こないして断られへんかったら、板場のなかも見せてもらうんよ。板場のなかもだいじやし、汚かったりしたら番付に載せへんこともたまにあるんやで。サヨちゃんの話やと板場が丸見えみたいやから、あんじょう整えてる思うけど」

「そこだけは自慢できるわ。なんせ手の内をぜんぶ明かすんやさかいに、板場のなかはいつもきれいに掃除してる。鍋もお竈《くど》はんもしょっちゅう磨いてるんえ」

「そらええこっちゃ。サヨちゃんの店をいっぺん見に行かんとあかんな。いや、別に番付に載せようとか、そういうことやないで」

「見にて言わんと食べに来てや。夜は予約してもらわんとあかんけど」

「分かった。まずはお昼のおにぎり買いに行くわな」

「そうしてくれたらありがたいわ。けど、早ぅ来てくれんと売り切れるしな」

「お昼もそない人気なんか。知らんかったなぁ」

圭介が首をひねった。

「こない暑いのに、ようあんなお刺身出せるなぁ。仕入れてもすぐに売り切れるんやろか。うらやましいわ」

サヨは隣の床几の客に出された刺身を覗きこんでいる。

「たぶんこの店も地下かどっかに氷室を作ってるんやろな」

圭介は暖簾の奥に視線を向けた。

「氷室て、あの氷を入れとく部屋のこと？」

「そや。サヨちゃんの茶屋にはないんか？」

「あるわけないやんか。うちらには氷てな高価なもん手が出えへんし、氷室だけ作ってもしゃあない」

サヨが首をすくめた。

「たしかに。ふつうに買える値段やないんやけど、特別に安ぅ仕入れられるとこがある。蝦夷《えぞ》から運んできた氷を越前《えちぜん》の氷室で蓄えてはるみたいや。よかったら紹介するで」

「ほんまに？　もしも氷が安ぅ手に入ったら、もっともっと料理の幅が広がるねん。夢みたいな話やけど、ほんまなん？　いくらぐらいで買える？　どれぐらい持つん？」

目をきらきらと輝かせながら、サヨが矢継ぎ早に訊いた。

「詳しいことは知らんけど、中川《なかがわ》はんて言うてな、今はまだ小さい商いしてはるけど、もうすぐ蝦夷の氷を大量に仕入れてきて、江戸に貯蔵して売り出さはるらしいんや。今はまだその試験段階やさかい、知り合いだけに安い値段で卸してはる。たままうちの親方とおんなじ三河《みかわ》の生まれで友だちなんや。値段やら細かいこと訊いて、サヨちゃんに伝えるわな。けど、氷室を作らんとあかんで。茶屋にそんな場所あるんか？」

「そうか、それをうっかり忘れてた。氷室なぁ。そんな場所もないし、地下を掘るて言うたらようけお金掛かるやろし」

　顔を曇らせたサヨが声を落とした。

「いろいろ大変やけど、がんばりや。近江草津から出てきたもんどうしやさかい、精いっぱい応援するわ。ぼちぼち帰るわな」

「おおきに。圭ちゃんに会えてよかったわ。かならず茶屋に来てや」

「分かってる。『佛光寺』はんの近所の『清壽庵』はんやな。しっかりここに叩きこんだ」

　圭介が頭を指さしてから立ちあがった。

「気ぃ付けて」

　声を掛けたサヨに笑みを向けて、圭介はおうめに合図をして支払いをしているようだ。

「うちもぼちぼち帰らんとあかんかな」

　圭介が店を出ていくと、サヨはぽつりとひとりごちた。

「そうやな。そろそろ潮時と違うか」

　背中からおうめの声が聞こえてきた。

「ひとりごとが聞こえてましたん？」

照れ笑いを浮かべてサヨが振り向いた。

「ひとりごというのは小さい声でするもんや」

おうめが笑った。

「すんまへん、お勘定してください」

「さいぜんのお友だちが、サヨちゃんの分も払うて行かはりました。今度会うたらお礼言うときなはれや」

「ほんまですか。圭ちゃんもおとなにならはったんや」

サヨの頰がいっそう紅く染まった。

「最初はあやしい男やと思うたけど、なかなかええ男やで。サヨちゃんにお似合いや」

おうめが意味ありげな目つきで言った。

「お似合いやて言われてもなぁ。うちはまだまだ」

サヨがふらつきながら立ちあがった。

「気ぃ付けて帰りなはれや。近くか？」

おうめがひじをささえた。

「へえ。すぐ近所やさかい大丈夫え」

　サヨは身体を左右に揺らせて店を出る。

「大丈夫かいな。送っていったげるで」

　送りに出たおうめが心配そうにサヨの顔を覗きこんだ。

「大丈夫ですて。これぐらいはいっつも飲んでますさかい。それよりおうめはん、また来てもよろしい？」

　サヨは舌をもつれさせながらおうめに向き直った。

「どうぞどうぞ。いつでもおこしやすな」

「おおきに。ほなまた」

　千鳥足でサヨは家路を急いだ。


　おうめさんやおへんけど、ほんまに大丈夫かいなて心配になりますな。今の時代やったらともかく、幕末っちゅうたら物騒な時代ですがな。若い女がひとりで酔っぱろうて、ふらふら歩いとったら危ないでっせ。無事に帰れたんやろかて心配しながら次を読んだんでっけど、どうやらなにごとものう、無事に帰れたみたいでホッとしましたわ。

さて、また新たな人物が現れよりましたな。沖田圭介。幼なじみの男やっちゅうやないですか。たしかサヨの四つ年上で、近江草津ではサヨに気のあるようなそぶりをしとったやつですがな。ここから先の流れによっては、恋愛関係に進展する可能性は充分ありそうです。

サヨには男に気を取られんと、料理に没頭してほしいと思います。とは言うても年ごろですさかいな。

これ読んどって思いましたわ。今もむかしもたいして変わらんのやな、て。

番付というてまっけど、今の格付け本とおんなじですがな。フランスのタイヤ屋はんの赤い本と。

赤い本は星の数がひとつから三つに分かれとるさかい、三段階ですけど、番付はもっと細こぅに格付けできますわな。大関から関脇《せきわけ》、小結、前頭、下はどこまであったんですやろ。それと大関が『大村屋』やていう話は出てきますけど、横綱の話は出てきまへんのや。大関が最高位ということやったんか、横綱は該当なしやったんかは分かりまへん。

それと、ずっと気になっとったなぞがひとつ解けそうになってきました。

冷蔵庫のない時代に刺身て、どうもなかったんやろか。不思議でしょうがなかったんですわ。そない思いまへんか？　スーパーの売り場でも冷蔵庫に入っとるし、家でもすぐに冷蔵庫に入れて保存しますやろ。それでもできるだけ早ぅ食べんとあかんのにでっせ、刺身を客に出してたていうんやさかい、怖い話でっせ。

氷室。これねぇ、京都にこの地名がありましてな、西北のほうの山のなかです。平安時代からここで氷を保存して、やんごとないひとらが夏に食うとったて学校で習うたんですけどな、ほんまかいなとずっと疑うてました。

たしかに冬は寒いとこで雪も降るし、氷もできるやろけど、雪国っちゅうわけやないんやさかい、なんぼなんでも夏まで保存するのは無理やろと思うてました。けど、蝦夷、つまり北海道やったらあり得ますわな。ただ問題はそれをどうやって融《と》けんように運ぶかですわ。なんぞ秘密があったんですやろな。わしの推測でっけど、越前で保管してたということは、松前船《まつまえせん》で運んできたんや思います。

それを地下やとか涼しいとこに置いて、冷蔵庫の代わりにしとったんですな。それぐらいしか生の魚を保存するのはできなんだんですやろ。苦肉の策っちゅうやつやけど、問題は値段ですわ。なんせ蝦夷から運んでくるんでっさかい。今の時代でもあれでっせ、北海道からの宅配便はかなり割高になりますで。それがあんた、幕末のころやさかい、ごっつぅ高かった思います。具体的になんぼやて書いておまへんけど、圭介の伝手《つて》で格安に手に入るていうんやさかい、サヨにとっては夢みたいな話やったんですやろな。圭介て信用できるやつですやろか。気になりますな。ようある話ですがな。格安で手に入るて言うといて、偽もん売りつける商法。まぁ、氷にほんまもんも偽もんもないとは思いますけどな。サヨの気ぃ引くために言うとるだけかもしれまへんしな。

そしていよいよ小五郎が客として板前茶屋に来ます。言うとったとおり、和尚の宗和と一緒ですわ。麟太郎はんから与えられた宿題にサヨがどんな答えを出しよるのか。それも愉しみですねんけど、またひと波乱起こるのもサヨの運命っちゅうか、宿命なんですやろな。それもこれも、やっぱり妙見はんの力でっしゃろか。

2　板前茶屋

夏の日暮れは遅い。半刻もすれば夜の客がやってくるというのに、まだ陽は高く、仕込みをするサヨの額には玉の汗が浮かんでいる。

鱗太郎から与えられた宿題には、完璧にはほど遠いものの、いちおうの答えは出すことができたと思っている。それには『竹葉』での体験が大いに役立っている。

料理をすべて押し付けるのではなく、客が選ぶようにしながらも、お奨めという形で注文をうまく誘導する。はたしてそんなにうまくいくだろうか。不安は残っているが、朝早くお詣りした妙見からも太鼓判を押され、それが大きな自信となっている。

トントン。トントン。木戸を叩く音が聞こえた。サヨは襟元を合わせなおし、息を整えてから木戸の内側に立った。

「どちらさんです？」

「わしや。宗和や。小五郎はんと一緒やで」

聞きなれた声は間違いなく宗和のものだ。

「おこしやす、ようこそ」

錠前をはずし、サヨは木戸を開けた。

「こんばんは。今夜はよろしくお願いします」

小五郎が頭を下げ、宗和はそのうしろでほほ笑んでいる。

「こんな時間になっても暑おすなぁ。どうぞお入りやしとぉくれやす」

サヨが招くとふたりは敷居をまたいだ。

宗和は見慣れた法衣姿《ほうえすがた》だが、小五郎は洋服を着ている。サヨは間近で見る洋服に目を奪われている。

「これがメリケンさんらが着てはる洋服ですか。きゅうくつなことおへんか？」

「最初はこの首に巻くネクタイに息が詰まりましたが、慣れると動きやすくていいものです」

小五郎はえんじ色のネクタイをゆるめた。

「なんでそないして首をしめるんどす？　危ないやおへんか」

「わたしにもよく分からんのですが、あらたまった席で男はこのネクタイを締める決まりになっているようです」

「さぁさぁ、まずはお酒なともらおか」

宗和が高椅子に腰をおろすと、小五郎がそれに続いた。

「つたないことですけど、ごゆるりとお過ごしください。どうぞよろしゅうに」

佳運多の奥に入ったサヨが腰を折った。

「こちらこそです。これが噂の佳運多ですか。なかなかおもしろい設えですね」

小五郎が両手を伸ばして佳運多を撫でている。

「わしも初めて見たときはびっくりしましたで。こんなとこで酒を飲んだり、飯を食うても落ち着かんのやないかと、今でも思うてますけどな」

宗和も小五郎とおなじ仕種をした。

「勝くんの話だと、メリケンではこのような長板で酒を飲むのだそうで、そういう店をバーと呼ぶのだそうです」

「そうでっか。わしらは座敷やとか床几のほうが落ち着いて飲めるように思うんやが」

「お酒をお持ちしました。伏見のお酒です。最初だけお注ぎしますんで」

杯をふたつ佳運多に置き、サヨがちろりを手にした。

「伏見の酒ですか。なんとも芳《かぐわ》しい」

小五郎が杯を鼻先に近づけてから口に運んだ。

「ええ酒を置いてるやないか」

宗和が目を細めた。

「お気に入ってもろてよかったです。お料理のほうですけど、今夜はこんなもんをご用意させてもらいました。どうぞお好きなもんを言うてください」

サヨは半紙に書いた品書きをふたりのあいだに置いた。

「ほう。どれも旨そうなものばかりですが、ほんとうに好きなものを言ってもいいのですか?」

小五郎が品書きから目をはなすことなく訊いた。

「もちろんどす。ここに書いてへんもんでも、材料さえあったらお作りしますんで、なんでも遠慮のう言うてください」

サヨがふたりの顔を交互に見た。

「わしはこの鱧《はも》の源平焼というのをもらおか。どんなもんや分からんが、源平という名前がええやないか」

「さすがお住すさん。きっと注文してくれはる思うてました。いつぞやお坊で平家物語を読んではったさかい、目を留めてくれはると」

「まんまとサヨのわなにはまってしもうたな」

宗和は苦笑いして杯をかたむけた。

「わたしもおなじものをお願いします。それと、この山マグロというものを食べてみたいのですが、どんな料理です？」

「小五郎はんも、うちの思うたとおりのもんを注文してくれはるので、ほんまにうれしおす。すぐにお出しできますさかい、なんにも言いまへん。食べてみとぉくれやす」

サヨが水屋の引き戸を開けた。

「どうやらわたしもサヨさんのわなに簡単に掛かったみたいですね」

小五郎がそう言って宗和に笑顔を向けた。

「これが山マグロです。お味は付いてますけど、練り辛子をちょっと付けて食べてもろたら美味しい思います。お住すさんもよかったらどうぞ」

サヨはふたりの前に信楽焼の小皿を出した。

「初めて見ますな。たしかにマグロのように見えるが」

小五郎は山マグロを箸でつまみあげ、向きを変えながら見つめている。

「なるほど。山マグロとはよう言うたもんや」

先に口に入れた宗和は、じっくりと嚙みしめている。

「歯ごたえはこんにゃくのようだが」

味わいながら小五郎が小首をかしげた。

「当たりです。近江で作ってるこんにゃくで、ベンガラが入ってるので赤《あこ》うなってます。美味しおすやろ」

サヨが鱧の切り身を金串に刺している。

「よう味が染《しゅ》んで旨い。目ぇつぶって食うたらこんにゃくやて分かるけど、この色はたしかにマグロの赤身によう似とる」

さいの目に切った山マグロを、もうひと切れ宗和が口に入れた。

「近江のこんにゃくはみんな赤いのですか？」

小五郎が訊いた。

「いえ。八幡《はちまん》さんの近所だけや思います。草津のうちの家ではふつうの黒いこんにゃくでした」

サヨは金串を手にし、炉の火にかざした。

「鱧はお食べになったことがありますか？　お生まれは長州《ちょうしゅう》やし、江戸へずっと行ってはったて聞いてますさかい、鱧とはあんまりご縁がなかったんやないですかな」

「和尚のおっしゃるとおりです。一度だけ江戸で食べたことがありますが、正直なところ、骨が口に障ってあまり旨いとは思わんかったですね」

「そうらしおすな。京や大坂ではよう食べますんやけど」

サヨが金串を裏返すと炉の炭がはぜ、勢いよく炎が上がった。

「そうか。それで源平か。うまいこと言いよる」

宗和がこっくりとうなずいた。

「分かってもらえましたか。さすがお住すさんや」

サヨは焼き上げた鱧を金串から抜き、織部焼の角皿に盛り付けた。

「わたしもようやく分かりました。こっちが源氏でこっちが平家ですね」

小五郎がふた切れの鱧を指さした。

「そのとおりどす。タレで付け焼きにした平家のほうは粉山椒を振って食べてください。白焼きにした源氏のほうはワサビを付けて召しあがってください」

サヨがおろしワサビの載った小皿を出した。

「タレ焼きのほうを食うとると、なんとのう平家の悲哀を感じるさかい不思議やな。白焼きのほうはエラそうにしとる」

「両雄並び立たず。どちらかが咲いて、どちらかが散る定め。――うめと桜と　一時に咲きし　花中の　その苦労――といったところでしょうか」

「うめが長州で、桜は薩摩《さつま》、ですやろか？」

「さて、どうでしょうね」

ふたりの談義はきっと奥深いものなのだろう。正確な意味は分からずとも、なんとなく話の筋は分かるような気がする。料理をしながら、含蓄に富んだ客どうしの会話を聞けるのも板前茶屋ならではのこととサヨは胸をたかぶらせた。

「お酒はまだありますやろか」

「お代わりをもろとこか」

ほとんど空になったちろりを振って、宗和が残った酒を杯に注いだ。

「これはほんとうに鱧ですか？　江戸で食べたのとはまったく違う」

小五郎が何度も首をかしげる。サヨはちろりを佳運多に置いた。

「鱧て小骨がようけあるさかい、ていねいに骨切《ほねきり》せんと口のなかに刺さりますねん。たぶんお江戸の料理人さんは、あんじょう骨を切れへんのと違いますやろか」

サヨは鱧の切り身を手に取ってふたりに見せた。

「たしかに手ごわそうな魚やな」

中腰になって宗和が鱧を見上げた。

「骨を切る、だけで、こんなにやわらかくなるものなのですか」

小五郎はしげしげと鱧を見ながら味わっている。

「鱧も人間と一緒や。骨抜きにされたら腰砕けになってまいよる」

「なるほど。人間とおなじですか。思い当たることがあります」

小五郎が目つきを鋭くした。

「お次はどないしましょ」

サヨが品書きを佳運多に置きなおした。

「この揚げ豆腐をください。大好物なので」

小五郎が品書きを指さした。

「さっと薄味で煮ますねんけど、それでよろしい？」

「もしよければ焼いてもらえますか？」

「分かりました。さっと炙らせてもらいます」

サヨは竈に金網を載せ、揚げ豆腐を置いた。

「わしは小芋の煮たんをもらうわ」

宗和は品書きを佳運多に置いて、ちろりの酒を杯に注いだ。

「温めまひょか」

小鍋に入った小芋煮を見せた。

「いや。冷たいままがええ」

「分かりました」

サヨは柚子皮をきざみ、小鉢に盛りつけた小芋煮に振った。

「ひとが食べているものって、どうしてこんなに旨そうなんでしょうね。わたしにもそれをください」

小五郎が苦笑いした。

「それもサヨのわなと違いますかな」

宗和が声をあげて笑った。

「こんな感じでよろしいやろか。お醤油掛けて召しあがってください。よかったらショウガおろしも一緒に」

サヨが焼いた揚げ豆腐を小五郎の前に置いた。

「ほんまに小五郎はんの言うとおりや。わしもそれをもらお。いっぺんに言うたらよかったな。面倒くさいことですまんこっちゃ」

宗和が頭をかいた。

「とんでもおへん。なんぼでも作らせてもらいますえ。うちは料理を作るのがなにより愉しいんでっさかい」

サヨが揚げ豆腐を金網に載せた。

火で炙られた揚げ豆腐から、間を置いて油がしたたり落ち、その度に炎と煙があがる。揚げ豆腐を食べながらそれを小五郎はじっと見つめていた。

「ひとはみな、隣のひとのことが気になってしかたがない。だが、おなじようにしたいと思うひともいれば、違うことをしたいと思うひともいる。この違いはなんなのでしょう。和尚ならお分かりになりますか？」

箸を置いて、小五郎はちろりの酒を宗和に注いだ。

「そんなむずかしいこと坊主に分かりますかいな」

宗和は冗談めかして言ってから、真顔を小五郎に向けた。

「人間というもんは、百人が百人、千人が千人、みんな違うてあたり前です。万人おったら、万人ともそれぞれ顔も違えば、思うてることも別々や。そやけど、似たようなもんもおりますわな。ちょうど今あなたが食べてはるもんと、わしが食うてるもんはよう似とる。よう似とるけど、まったくおんなじもんやないわな。酒もしかり。あの通い徳利からちろりに注いだんやさかい、おんなじ酒に見えるけど、ちょっとは違うはずや。その違いが分かる人間と分からん人間がおる。そういうことやないですかな」

宗和が一気に杯をかたむけた。

「分かっているつもりなのですが、なかなかそこまで悟れずにおります。押しつけるつもりはなくても、相手が押しつけられていると思えばだめなんですよね。政というのはむずかしいものです」

眉をひそめて小五郎が杯をもてあそんでいる。

「うちも小五郎はんとおんなじことで悩んでますねんよ。政とうちらのことでは深さが違いますやろけど」

サヨは宗和の前に揚げ豆腐の焼いたんを置いた。

「世のなかの森羅万象、すべてのことはおなじ根っこや。政やろうと商いやろうと、我が我がやのうて、相手の身になって考えて行動せんならん」

宗和が箸で揚げ豆腐をつまんだ。

「これはしかし、なんと言えばいいのか。ほんとうに旨いですね。これが好物であちこち食べてきましたが、この味わいは筆舌に尽くしがたい」

小五郎は感心したように、深いため息をついている。

「ほんまにお住すさんのおっしゃるとおりです。そのことを麟太郎はんに言われてハッとしたんですわ。言われるまでぜんぜん気ぃ付きませんでした」

屈《かが》みこんだサヨは空になった通い徳利を床に置き、新しいものと入れ替えた。

「どういうことです？　勝くんがサヨさんになにを言ったんです？」

「この佳運多を作る前から、夜の料理はおまかせしてもろてたんです。ひと晩にひと組だけしかお客さんをお取りしいひんもんですさかい、お好みを聞いて気ままに料理を作らせてもろてました。それがお客さんにとっても、うちにとっても一番ええ形やと思いこんでたんどす。それでこの佳運多ができてからもおんなじでええと思うてました。麟太郎はんにもこれまでどおり、うちが考えた料理を順にお出しして、どれも喜んでもろてましたんです。けど、最後の最後になって、麟太郎はんはこう言わはったんです。

──店というものは、客の求めに応じて料理を作るのが本筋だということ。店側が勝手に決めた料理だけを出すのではなく、客が食べたいと思うものを作って出す。そうではありませんか？　今夜わたしは一度たりとも、自分が食べたいものをサヨさんに伝えることがなかった。そんな料理屋にはたして客は通いつめるでしょうか──」

サヨは麟太郎の口調を真似た。

「ほう。勝くんがそんなことを。彼は酒を飲まんから特にそう思ったのでしょう。わたしなんぞは酒を飲んでると、料理のことを考えるのが面倒になってしまいますから、適当にみつくろって出してくれるとありがたいと思いますがね。和尚もそうでしょう？」

「ときによりますな。小五郎はんの言うてはるとおりのときもあれば、勝はんが言わはることもよう分かるときがある。まぁ、人間っちゅうのは気ままなもんやていうことですわ」

宗和が揚げ豆腐を口に入れた。

「また分からんようになってしもた。お客さんによろこんでもらうのは、ひと筋縄ではいかんていうことだけは分かりましたけど」

「それだけ分かっとったら充分や」

宗和が空の杯を手に取るとすかさず小五郎が酌をした。

「客をよろこばせるのも、政を円滑に進めるのもひと筋縄ではいかないと。一方的に押しつけてはいかんが、かといって民が面倒がるようでもいかんと。そういうことでしょうか」

「あたらずといえども遠からず、ですな」

宗和は頬をゆるめたが目付きは鋭い。

「世のなかというものは、なぜこれほど矛盾に満ちているのでしょう。わたしのこれまでの人生も矛盾だらけだ」

杯を傾けながら小五郎が顔をしかめた。

「矛盾と言いながら、それはそれで整合性が取れたりするのも世のなかというもんやないですかな。なんでも突き通せる矛てなもんあるわけがないし、どんな矛でも守れる盾もありませんわな。けど、しょっちゅう戦うておる人間にはどっちも欲しいてしかたがない。どっちかが、いや、どっちもがウソやて分かっておっても、それを追い求めるのが人間の性《さが》というもんです。もっとも、争いが起こらなんだらどっちも要らんのやが、人間というのはいっつも争うとるさかいな。やれ倒幕や攘夷や、開国やとな」

宗和が苦笑いを小五郎に向けた。

「面目ない。頭ではみな分かっておると思うのですが、なかなか思うようにはいきません」

歯嚙みした小五郎は杯をかたむけてから続ける。

「医者の家に生まれたせいか、もともとわたしは争いが大嫌いなのですが、なればこそ剣術を極めねばと思ったのです。剣が強ければ争いを避けることができる。そのはずだったのですが、実際は違いました。剣が強い相手だからこそ、向こうから立ち向かってくる。そこは大きな誤算でした。しかしながら今までひとを斬ったことなどありませんし、きっとこれからもないでしょう。三十六計逃げるに如かず、を信条としていますから」

小五郎が声を上げて笑うと、宗和も続いた。

「それは仏の教えにも相通じますな。逃げるというと卑怯《ひきょう》ものに聞こえますが、避けるとなれば賢明だとなります」

「そう言っていただくと、少しばかり気が休まります。ときどき逃げながら、これでいいのかと自問することも少なくありませんでしたから」

小五郎が天井を見上げた。

「揚げ豆腐のおあとはどないしまひょ。まだまだ材料はようけありますさかい、なんでも言うとぉくれやす」

ふたりの会話が途切れるのを待っていたサヨが、品書きをふたりのあいだに置いた。

「そろそろご飯ものでもいただきましょうか」

小五郎がそう言うと宗和は首を縦に振った。

「このバタ飯っちゅうのはなんや？　まさかバッタが入っとったりはせんやろな」

宗和が品書きを指さした。

「西洋料理で使うバタていう油を混ぜたご飯のことですねん。寒いときは黄色い塊なんやけど、暑い時季にはこないして油みたいになります」

サヨは片口に入ったバタをふたりに見せた。

「変わった匂いがしよるけど、旨いんかいな」

宗和が小鼻をふくらませた。

「わたしはそれをいただきます。西洋のバターを日本のコメと合わせるのは、なんとも興味深いですから。わたしもバターを使った西洋料理を食べたことがあるのですが、西洋のパンというものに付けました。しかしそれだと単なる西洋の模倣に過ぎない。これからは西洋の油や調味料を日本の食材と合わせることで、新しい味が生まれるだろうと思います。サヨさんにはそのお手本を見せてもらわねば」

「そない言われたら責任重大どすな。ほんまは寒いときに塊のままのバタを炊き立てのご飯に載せて、お醤油を垂らして食べるのが一番美味しいんどすけど。今日はご飯も炊き立てやないさかい、バタでご飯を炒めます。すぐにできますさかい、ちょっと待っとぉくれやすな」

サヨは雪平鍋にバタを入れて竈の火に掛けた。

「聞いた話やと、いろんなもんが西洋から入ってきとるみたいですな。日本人の暮らしぶりが変わらんとええんやが、そうもいかんのでしょうな」

宗和はサヨが料理するさまをじっと見ている。

「和尚のお言葉どおり、西洋から渡来してきているのはおびただしい数です。ものだけではなく宗教や思想まで入ってきている、この流れは誰にも止められないでしょうし、また止める必要もないとわたしは思っています。西洋のものをうまく使えば、新たな文化が生まれる可能性も秘めております。ただ、心配なのは日本固有のものを古臭いと言って否定してしまったり、なくしてしまわないかと、わたしは案じているのです」

「小五郎はんの言うとおりやな。仏の教えもわが国に伝わってきてから千三百年以上も経つんやが、そのあいだにいろいろ枝分かれしたりして、日本独自の宗教になってきとる。それはもともとわしらの国にむかしからあった、ひとやものを敬うという教えを守ってきたさかいや。なんでもかんでも、よその国から伝わってきたもんをありがたがるだけやのうて、もともとこの国にあったもんや、考え方に沿わしていかんとあかんのですわ」

「いやはや和尚のおっしゃるとおりです。わたしも常々そう思っているのです」

頬を紅潮させた小五郎は、立ちあがって宗和に握手を求めた。

「おおきに。小五郎はんがおんなじ考えしてはるとはわしも誇らしい」

差しだされた手を宗和がかたく握り、大きく何度も縦に振った。

ふたりは立ったまま興奮した面持ちで語りあい、しばらく経ってからようやく席に腰をおろした。

サヨはふたりの話に耳をかたむけながら、雪平鍋をゆすり飯をバタで炒めている。

木べらで飯を混ぜ、飯粒を指でつまんだサヨは味見をしてうなずいた。

「塩味はええ感じやけど、もうちょっと焦がしたほうがええかな」

ひとりごちてサヨは木べらを動かし続けている。

最初は真っ白だった飯はやがて色づきはじめ、それとともに芳《こう》ばしいバタの香りが佳運多の上に流れてきた。

「得も言われぬ香りですね。この匂いを嗅ぐと西洋の船がまぶたに浮かんできます」

目を閉じて小五郎が鼻をひくつかせた。

「わしは初めて嗅ぐ匂いやさかい、なんにも浮かんでこんわ。旨そうやなと思うだけで」

腰を浮かせた宗和は、サヨの手元を覗きこんだ。

「エラそうなことを言ってますが、わたしも西洋のことはわが国に渡来してきたものしか知りません。氷山の一角どころか、氷のかけらぐらいしか見ていないのです。なんとかして西洋に行きたいと思っておるのですが、和尚もご一緒しませんか」

「わしは遠慮しときますわ。日本からこんな坊主が来た、と言うて袋叩きに遭うかもしれまへんさかいな」

「ちゃんと警護のものも一緒ですからご心配には及びません。というよりも、そもそもそんな野蛮なひとたちではないと思います。わたしがお会いしたメリケンのひとたちはみな紳士的でしたよ」

「それやったらうちも行ってみたい思います。バタみたいなこんな美味しいもんを作ってはる国に行って勉強しとぉす。どうぞ召しあがってください。まだありますさかい、よかったらお代わりしてください」

サヨは染付の飯茶碗によそったバタ飯をふたりの前に出した。

「ほう。これがバタ飯ですか。いただきます」

湯気の上がる飯茶碗を手にした小五郎は、すぐに箸をつけた。

「ふむ。だいぶ前にイノシシを薬食《くすりぐ》いしたんやが、その匂いに似とるような似とらんような。生臭坊主にはふさわしい食いもんや」

宗和は手を合わせてから箸を取った。

「これはみごとだ。まさかバターが飯に合うとは思ってもいませんでした。実に芳ばしくて旨い」

小五郎がうなっている。

「乳臭いような気がせんこともないが、今までに食うたことがない味や。ちょっと醍《だい》醐《ご》にも似とる。見も知らん西洋やが、なんとのうその空気が伝わってきよる」

宗和の表情がくるくる変わる。

「サヨさん、お代わりをもらってもいいですか」

小五郎が空になった飯茶碗を差しだした。

「どうぞどうぞ。お気に入ってもろてほんまにうれしおす」

サヨはそれを受けとり、バタ飯を木べらでよそった。

「不思議な味の食いもんやな。クセがあるのに箸が止まらん。西洋人はこういう味のもんをいっつも食うとるのか」

宗和は首をかしげながら食べ続けている。

「いつもということはないようです。すべての料理にバターを使うわけではありませんから。ただ油はよく使うみたいです。ホルトノキという木の実から抽出した油を使って料理するのだと聞きました」

小五郎はあっという間に二杯目も空にした。

「ホルトノキて聞いたことありますけど、ほんまはオリーブて言うんやそうですね。手に入ったら使うてみたい思うてます。もう一杯いかがどす？」

「かたじけない。意地汚くて申しわけないが、和尚の分を残しておけるようなら」

小五郎はおそるおそるといったふうに飯茶碗を差しだした。

「わしはもうちょっとでええで。さいぜんの半分ぐらいで」

宗和が飯茶碗をサヨにわたした。

「ケンカしはらへんよう、半分ずつに分けさしてもらいます」

ふたつの飯茶碗を佳運多に並べ、サヨが均等にバタ飯を盛った。

「それにしてもサヨさんは物知りですね。ホルトノキじゃなくてオリーブと呼ぶのが正しいのですか」

「うちやのうて、お魚を卸してくれてはる源治はんが物知りなんです。このバタも源治はんが持ってきてくれはったんどすえ」

「あの源さんがかいな。そら知らなんだ。ただの酒飲みやなかったんか」

「やさしいて面倒見がようて物知りで、理想の男はんでっせ」

「サヨさんがそこまでおっしゃる魚屋さん、一度お会いしたいものです」

小五郎が真顔で言った。

「たんと盛っときましたさかい、存分に食べとぉくれやす。今お汁をお出ししますし、ゆっくりどうぞ」

サヨは土鍋を竈に掛けた。

「さっきよりも旨いように感じるんやが、気のせいかいな」

宗和が小五郎の顔を見た。

「たしかに。味がまろやかになったような気がします」

バタ飯を食べながら小五郎がうなずいた。

「冷めてくるとバタがご飯になじんできて、お醤油の角が丸ぅなったんと違いますやろか」

サヨはふたりに背を向けて、土鍋のなかを木杓子で混ぜている。

「時間が経つと和と洋が按配よう混じり合うということやな」

「なるほど。すぐにはなじめなくても、ときが経てばなじんでくることもあるのですね。そういうことか……」

小五郎は鋭い視線を宙に浮かべている。

「遅ぅなりました。お汁もどうぞ」

ふた付きの小吸椀《こずいわん》をふたりの前に置いた。

「ちょっと汁もんが欲しいなぁと思うてたとこや。サヨはええ勘をしとる」

宗和がふたをはずして椀に箸を入れた。

「これもまた妙なる味わいだ。やはり西洋料理ですか」

ひと口すすって小五郎が目を見開いた。

「ジャガイモとタマネギのお味噌汁にバタを落としましたさかい、和洋折衷料理ですやろか」

サヨが鍋のなかを見せた。

「このバタっちゅうのは不思議なもんやな。味噌汁の風味を壊さんと、別の食いもんに変えてしまいよる。この青いもんはなんや?」

宗和が箸で細かな青葉をつまみあげた。

「オランダゼリて言うんやそうです。これも源治はんからいただいたんですけど、長崎で栽培してる西洋野菜やて聞きました。うちらで言うたらおネギみたいな薬味なんと違いますやろか」

サヨは刻んだオランダゼリを載せた小皿を佳運多に置いた。

「オランダゼリか。バタといいこの葉っぱといい、西洋のもんはひとクセあるんやな」

　つまんだオランダゼリを鼻先に近づけ、宗和は顔をしかめた。

「たしかにクセはあるのですが、こうして料理に使うとまったく違和感なく、日本人の口にもすんなり合うのが不思議ですね」

　小五郎はオランダゼリをぱらりと手のひらに載せた。

「料理に使うときはほんまにワクワクします。びっくりするぐらい味が変わりますし、小五郎はんが言うてはるように、違和感はまったくおへんし」

　サヨがふたりの器を下げはじめる。

「今夜はいい勉強をさせていただきました。和尚にもサヨさんにも、あらためてお礼申し上げます」

　腰を浮かせて小五郎がふたりに向かって頭を下げた。

「ようお越しいただきました。あのときこの茶屋で偶然お会いした縁がつながりましたな。今夜は好き勝手なことを申しましたが、どうぞお気をつけてこれからもわが国をええ方向に導いてくださいや」

　宗和が一礼した。

「おふたりともおおきにどした。まだこの佳運多にも慣れてへんもんやさかい、お目だるいこともようけあった思いますけど、堪忍しとぉくれやっしゃ」

「それじゃぁサヨさん、今夜のお勘定を」

小五郎が上着の内ポケットから財布を取りだした。

「おおきに。おひとりさん五百文と決めさせてもろてます」

「そんなに安くていいのですか。なんだか申しわけないが、じゃあこれで」

小五郎はふたり分を差しだすと、宗和があわてて止めに入った。

「それはいけません。ここはわしの地元ですさかい、わしに払わせてもらわんと」

「いえいえ和尚、わたしがお誘いしたのですから、ここはわたしが」

小五郎が無理やり金子《きんす》をサヨに押しつけた。

「ほな、遠慮のういただいときます」

サヨがあっさりと受け取った。

「かたじけないことで。かならずもういっぺんお越しくださいや。そのときはわしが払いますよって」

宗和は両手を合わせて小五郎に頭を下げる。

「承知いたしました。かならず」

小五郎が立ちあがった。

「この次お越しいただくときには、もっと愉しんでもらえるように、しっかり勉強しときます」

サヨが佳運多の前に出てきた。

「今夜も充分愉しませてもらいましたが、次はどんなものを食べさせていただけるのか、ほんとうに愉しみです」

「わしはこれからちょいちょい顔出させてもらうさかい、よろしゅうにな」

ふたりは引き戸を開けて敷居をまたいだ。

「夜が更けても蒸し暑ぉすな」

茶屋の外に出て、サヨは顔をくもらせた。

「燃えとるおかたがおられるさかいと違うか」

宗和が意味ありげな視線を小五郎に向けた。

「暑苦しいことで申しわけありません。今夜のサヨさんの料理をいただいて、進むべき道がはっきりと見えてきたような気がしております」

小五郎はこぶしを握りしめた。

「よろしおしたな」

宗和がほほ笑んだ。

「なんやよう分かりまへんけど、お役に立てたんやったらうちもうれしおす」

サヨが顔半分で笑った。

「和尚」

「なんです？」

「和魂漢才という言葉がありますね」

「わしらの寺もそれですわ」

「それに倣って、これからの時代は和魂洋才という言葉がふさわしいのではないかと」

「なるほど。うまいこと言うたもんですな」

「今夜のサヨさんの料理をいただいて思いついた言葉です」

小五郎がサヨに笑みを向けた。

「うちにはなんのことやらさっぱり」

お手上げとばかりにサヨは顔をひきつらせると、宗和と小五郎は大きな声を上げて笑った。

〈さげ〉

どうやらうまいことといったようですな。

麟太郎はんからの宿題にも模範解答が出せたんと違いますやろか。ふたりの客をあんじょう喜ばすことができた。サヨもホッとひと息ついとりますやろ。

しかしあれですな。幕末っちゅうのはおもろい時代ですなぁ。西洋からいろんなもんが入ってくるわ、やれ尊王攘夷やとか倒幕やとか、みな右往左往しとる。そこには戦いもあるんでっさかい、ようけ犠牲になるもんもおったやろけど、そのおかげで日本も近代化できたんですわな。これがなかったら、ひょっとしていまだに日本人はちょんまげ結うて、刀を差しとったかもしれまへんで。

わしもこんなおもろい時代に生まれてみたかった、て言うたら不謹慎ですかな。

出ましたな、和魂洋才。ということは、やっぱり小五郎はんでしたんや。のちに名前を変えはりますけど、逃げの小五郎て揶揄《やゆ》されてはったんですわ。自覚してはったんですな。

サヨはしかし、うまいことバターを使いよりました。今で言うたらバターライスっちゅうやつですな。それにバター入りの味噌汁を合わせるてな料理。思わずよだれが出そうになりましたわ。

そうそう、いよいよ本命が出てきよったという感じですな。幼なじみの圭介。友禅染の職人しながら、かわら版屋を手伝うとる。おもろい存在ですがな。番付表は今でいうアレですわ。フランスのタイヤ屋はんが出してはる赤い本。読んだことおへんのやけど、三ツ星やとか二ツ星やとか、わしらには一生縁がないような店ばっかり載っとるらしいですがな。

サヨの茶屋は今のとこ番付とは無縁みたいですけど、この圭介次第では土俵に上がることになるやもしれまへん。なんちゅうても年ごろのふたりですさかい、あっちのほうも気になりますな。

サヨの料理がどない変化していくんか、どんな客が来るんか、ますます愉しみになってきました。

第四話

氷《こおり》簞《たん》笥《す》

〈まくら〉

秋も深まってまいりました。そろそろ紅葉狩に行きたい思うてる桂飯朝でございます。散り紅葉になる、今年の暮れまでには売れる予定です。

春やと、花より団子て言いますけど、秋はどない言うたらええんですやろな。紅葉は花やおへん。葉っぱでっさかい、葉っぱより餅、てな感じになるんですやろけど、ちょっと語呂が悪いですな。

けど、まぁ言いたいことは一緒です。紅葉狩とは言いながら、きれいな紅葉を愛《め》でるより、秋ならではの旨いもんを食いたい。毎年そない思いながらいそいそと出かけとります。

春の団子はあれですやろな、花見団子。

鴨川の桜を見ながら、河原の芝生に座って、『出町ふたば』はんの花見団子をかじる。絵に描いたような春の光景ですがな。

しかしこれが秋になるとどないですやろ。紅葉に似合う菓子てありますやろか。あんまり思いつきまへんな。おはぎてなもんはお彼岸ころのもんやし、豆大福も秋に似合うかどうか、よう分かりまへん。紅葉に似合うのは、菓子と違うて酒と違いますやろか。

春は花見しとるとウキウキしますわな。

長い冬を越して、さぁこれから春になって夏がきよると思うたら、自然と心が弾みます。そこへいくと秋の紅葉は、ウキウキやのうて、しみじみです。

暑い夏が済んで、ええ気候になってきたなと思うてると、いつの間にか樹々《きぎ》が色づいとる。それがだんだん濃い色になってくると、紅葉狩をしとうなってきます。

紅葉の名所は京都にもようけありますけど、わしが一番好きなんは東山のふもとにある『永観堂《えいかんどう》』っちゅうお寺です。ここの紅葉はほんまにきれいでっせ。紅葉てなもんはどこでもおなじや、て憎まれ口たたいとる、そこのあんた。いっぺんこの寺へ行ってみなはれ。ぐうの音《ね》も出ん思います。

朝早ぅもええけど、夕暮れどきがよろしいな。だんだんあたりが暗《くろ》ぅなってきて、空が青ぅなってきたころの紅葉は、なんとも言えんええもんです。寺で酒飲むわけにはいきまへんさかい、ここでは飲みまへんで。

『永観堂』はんできれいな紅葉を愛でてから、一杯飲みに暖簾をくぐる、っちゅう段取りですわ。

『永観堂』はんから、たらたらと西へ下ると疎水に出会います。その流れに沿うてさらに西のほうへ行ったとこにね『聖護院嵐《しょうごいんらん》まる』ていう居酒屋がありますねん。わしはこの店のファンでね、しょっちゅう飲みに行ってます。飲むだけやのうて、ここの食いもんはどれも旨いさかい、たらふく食うてウワバミみたいに飲みます。

なんでこの店の話をしたかて言うたらね、行くたんびにサヨの板前茶屋のことを思い浮かべるさかいですねん。もちろんこの店の大将は若い女性やのうて、年季の入ったオッサンですけど、サヨの板前茶屋の行く末はこんな感じの料理違うかなぁと思うてます。

肉でも魚でもなんでもあって、ベースは和食ですけど、パスタやとかチャーハンもある、っちゅうバラエティ豊富な店です。もちろんおまかせコースやのうて、アラカルトで注文できます。その日の気分やとか状態によって、少食多飲でも少飲多食でも自由自在に調整できるいうのがよろしいやろ。

サヨの板前茶屋もこんなふうになってほしいなぁという、願望を込めての話です。バタバタてなもんをじょうずに使うとるし、ジャンルにもこだわらんと自由気ままに料理をするタイプやと思うてます。

さて、そのサヨの板前茶屋がどんなふうに変化っちゅうか、進歩してるかがよう分かるのが次の話です。おにぎり屋はますます盛況のようで、昼の行列は界隈の名物になってきたみたいです。そこへ『菊屋旅館』の女将フジはんがおにぎりを買いにきはったところから話が始まります。

1

『清壽庵』の隣に立つ『佛光寺』の境内に植わる枝垂《しだ》れ桜の葉が、ほんのり紅く色づいてきたのは一昨日のことだ。

艶《あで》やかな花が開く春には大勢の花見客が押し寄せる境内も、秋は参拝客もまばらである。

今年は例年に比べて一週間ほど早い紅葉だ。住職の宗和が言うとおり、洛中《らくちゅう》は紅葉狩を愉しむひとでにぎわっている。

いつもの昼飯を買い求める近所の客だけでなく、紅葉狩の伴《とも》にしようと目論《もくろ》む旅人も加わって、サヨが営む茶屋の前には早くも長い行列ができている。

「女将さん、うしろを見とぉみやす。ようけのひとが並んではりまっせ」

『菊屋旅館』の大番頭を務める藤吉がうしろを振りかえった。

「ほんまやな。藤吉の言うことを聞いて、早めに並んどいてよかったわ」

うしろを振り向いて、女将のフジが襟元を直した。

「こないようけ売れるんやったら、もっとようけおにぎりを作ったらええのに。サヨもがんこなやつや」

「そこがサヨのええとこですがな。質を落としとぅないんやろ。最初にうちが教えたことをちゃんと守ってる」

「サヨのがんこは女将さん直伝やったんですな」

フジににらまれて、藤吉があわてて口を押さえた。

藤吉の前に並んでいるのは十人足らず。一日五十組の商いのはずだから、間違いなく買える。そう確信した藤吉は、余裕の表情でうしろに並ぶ列を眺めていたが、ひとりの女と目を合わせ、ゆっくりと会釈した。

「『大村屋』のお嬢がうしろに並んではりまっせ。なんぞ企《たくら》んどるかもしれまへん。サヨに注意しときまひょか」

藤吉は前を向いたまま、小声でフジに語りかけた。

「秀乃が並んでますのか。取り巻きも一緒か？」

「いや、ひとりみたいでっせ」

「へえー、めずらしいことやな。ただおにぎりを買いに来ただけてなことはありまへんやろ。いちおう気ぃ付けるようにサヨに言うといてやり」

「承知しました。順番が回ってきたら」

藤吉がそう答えるとどうじに、木戸が開いてサヨが姿を現した。

「待ってました」

まるで役者が登場してきたかのように、大きな声を掛けたのは左官の勘太だ。

「おおきに。お寒いなか長いことお待たせしました。今日は海老豆の海苔巻きと、鮭の炊き込みにぎりです。いつものようにおひとりさまひと組とさせていただきますので、どうぞよろしゅうに」

背伸びしてサヨが口上を述べた。

「勘太はん、おおきに。留蔵はんはお仕事どすか？」

「棟梁《とうりょう》は風邪ひいて寝込んでるんや。これを持っていったら風邪も治るやろ」

「そうどしたんか。なんや悪い風邪が流行ってるらしいでっさかい、おだいじにて言うといとぉくれやすな」

十文を受けとって、サヨは竹皮包みを勘太に手わたした。

「サヨちゃんも気ぃつけや。こんどの風邪はお腹に来るらしいさかい」

腹を押さえ、勘太が苦しそうな表情を作ってみせた。

「勘太はんもな。お次のかたどうぞ」

勘太と入れ替わったのは、腰の曲がった老婆だ。

「うちのじいさんもえらいきつい風邪ひいてしもてからに。熱だしてうんうんうなってはるわ」

「あれまぁ、そらえらいことですがな。おだいじにしたげとぉくれやす」

そんな客とのやり取りが続き、やがて藤吉とフジの番になった。

「これはこれは、おふたりお揃いでお越しいただいてありがとうございます。お届けせんならんのにすんまへんなぁ」

「どんなお客さんも公平に、て言うた手前、ズルするわけにはいきまへんがな。余計なこと言わなんだらよかった」

フジが皮肉っぽい口調で言った。

「おにぎりもやけど、今日はほかの頼みもあって来たんや」

藤吉はきんちゃくからふたり分の銭を出した。

「なんですやろ？」

竹皮包みをふたつ手わたしたサヨが、フジのほうへ身体の向きを変えた。

「また夜ご飯のことなんやけど、世話になってる芸妓はんをお招きしたい思うてるんや。うちも久しぶりにサヨの作るご飯を食べとうなったし、ふたりで一緒に頼めるやろか」

「喜んで、と言いたいとこですけど、ほんまにうちでええんですか？　芸妓はんやったら口も肥えてはるやろし、ほかにもっとええお店があると思いますけど」

サヨが遠慮がちに返した。

「それが、ぜひともサヨの茶屋に行きたいて言うてはるんや」

「おおきに。ありがたいことですし、そない言うてもらえるんやったら、お引き受けさせてもらいます。お日にちは決まっとぉいやすか？」

「まだ決めてしません。相談して連絡しますわ」

「そのおかたの干支が分かったらお知らせください」

「妙見はんにお詣りするんやな。たしか卯《う》やったと思うけど、もういっぺんちゃんと聞いときます。ほな、よろしゅう頼むえ」

「承知しました。喜んでもらえるよう、せいだい気張らせてもらいます」

「わしらはこれで帰るけんど、『大村屋』のお嬢がうしろに並んどるで。なんぞ企みがあるやもしれんさかい、気ぃ付けときや。なんか言わはっても逆ろうたらあかんで。なんでもハイハイて言うこと聞いといたらええ。無理難題を押しつけられて、まこと困るようなことがあったら、遠慮のうわしに言いや」

藤吉はサヨの耳元で忠告した。

「ほんまどすか。なんですやろな。教えてもろておおきに。大番頭はんのおっしゃるとおりにします」

サヨは不安げな表情で、列のうしろを覗きこんだ。

「ほなまた連絡しますわな」

うしろに並ぶ客から催促するような咳ばらいの声が聞こえ、フジはあわてて藤吉の袖を引いた。

「お次のかたどうぞ」

サヨはふたりに黙礼した。

いつもどおりにすればいい。そう自分に言い聞かせながらも、サヨは心の動揺を抑えきれなかった。

ただおにぎりを買うためだけに並んでいるのではないだろう。取り巻きに買いに来させればいいのだから。どんな魂胆があるのか。居並ぶ客をさばきながら、サヨは秀乃の胸のうちを探っている。

番付にも載っていたが、『大村屋』は押しも押されもせぬ、まごうかたなき、京都の料理屋界の大関である。それに比べればサヨの茶屋など取るに足らない存在なのは、自他ともに認めるところなのだ。

まったくといっていいほど立場に違いがあるのだが、なぜか秀乃はサヨに対抗意識を燃やしているのだ。サヨの仕入れを邪魔しているようにも聞くし、すれ違えばあからさまに火花を散らしてくる。

その秀乃の番まであとひとり。

サヨの胸騒ぎは大きくなるいっぽうだ。

「ひと組もらえますやろか」

ついに秀乃の番になったが、ふつうの注文にサヨは肩透かしをくった気分で応えた。

「おおきに。ひと組、ですね」

「へえ。ひと組いただきます」

秀乃はたもとからきんちゃくを出した。

「十文ちょうだいします」

サヨが竹皮包みをわたすと、秀乃は一文銭を手のひらに並べはじめた。

「あんた圭介のこと、どない思うてるん?」

意外な言葉にサヨはぽかんと口を開けている。

「あんたがどない思うてるかしらんけど、圭介はうちに夢中なんやさかい、手ぇ引いたほうがええで」

秀乃はわざとゆっくり一文銭を数えているようだ。

「圭ちゃんは幼なじみやていうだけで、うちはなんとも思うてしまへん」

サヨは思ったままを口にした。

「それやったらええんやけど。いずれはうちの婿養子にてお父ちゃんも言うてはるさかい、そのつもりでおいやすな」

秀乃は一文銭を十枚サヨの手に握らせた。

「おおきに。またお越しください。お次のかたどうぞ」

サヨはつとめて平静をよそおい、秀乃をやりすごした。

衝撃を受けたというよりは、不思議が先に立った。

いったい秀乃はなにを目的としてやってきたのだろう。

圭介とは『竹葉』で一度会ったきりで、それ以降は顔を合わせたこともない。たしかに幼いときは淡い恋心があったかもしれないが、再会してそれが復活したわけでもなく、たがいに特別な感情を抱くことはなかったと思っている。

秀乃が圭介と恋仲だったとしても、サヨはそのあいだに割って入る気など毛頭ないし、横槍《よこやり》を入れようとも思っていない。なのになぜ秀乃は機先を制するかのようにして、釘《くぎ》を刺しにきたのか。

不思議に思いながらも、店の商売に差し支えるような話でなかったことに、サヨはホッと胸をなでおろしている。

圭介が『大村屋』に婿入りしようがしまいが、そんなことはどうでもいい。

サヨはそう思いながら、居並ぶ客に次々とおにぎりを売り続け、早々と売り切れ終《しま》いになった。

片づけを済ませ、竹帚《たけぼうき》で茶屋の前を掃く。枯葉が風に乗って次々とサヨの足元に散ってくる。

きりがない作業だと思いながらもサヨはずっと掃き続ける。

ようやく地面が整ったことをたしかめたころには、すぐそこに冬が来ているのに、額に薄っすらと汗がにじんでいる。

茶屋に戻ったサヨは、手ぬぐいで汗を拭ってから重い通い徳利を佳運多に置いた。

高椅子に腰かけると深いため息が口をついて出た。

ひと仕事終えての一杯が喉から胸に沁《し》みわたっていく。

「おいしい」

話しかける相手がいなくても自然と声に出してしまう。

なにかアテを。そう思って立ちあがり水屋を開けたサヨは、ショウガの酢醤油漬けを瓶から出して唐草紋様の小皿に載せた。

酢醤油に漬け込んでからひと月ほど経つだろうか。ほどよく辛みが抜け、歯ごたえもいい按配だ。薄切りのショウガをかじりながら手酌酒を続けた。

しかしこんなひとり酒をいつまで続けるのだろう。ふとそんなことを思ったのは、秀乃の言葉を思いだしたからかもしれない。

圭介が秀乃に夢中。圭介のにやけた顔が浮かんだ。

それがどうしたというのだ。自分には関係のない話だ。猪口の酒を一気に飲み干したサヨは、間髪をいれることなく通い徳利の酒を注いだ。

「うちには料理があるんやさかい。ひとりで充分や。なんにも寂しいない」

そう声に出してみた。

「ほんまやで」

手にした猪口をじっと見つめるうち、なにかがこみあげてきた。

近江草津から京の都に出てきて、ずっとひとりで生きてきた。つらいと思うこともなくはなかったが、それでも弱音を吐くことなく茶屋を続けてこられたのも、妙見やまわりで見守ってくれているひとたちのおかげだ。

恋焦がれる相手もなく、ずっと傍にいてほしいと願う相手もなく、ただただ料理を作って、それを食べるひとに喜んでほしいという思いだけを胸に抱いて生きてきた。強がりでもなんでもなく、それを生き甲斐としてきたから、寂しがるひまなどなかったのだ。それは今も変わりない。

「なんにも変わってへん。ずっとおんなじや」

猪口を一気にかたむけた。

なにも変わってはいない。声に出して言ったのに、こみあげてきた胸のつかえはずっと留《とど》まっている。

サヨは自分で自分の気持ちを理解できなくなっていることに気づいた。

なぜこんなものがこみあげてきたのだろう。『竹葉』で再会したときも、圭介に特別な感情を抱くことなどまったくなかった。あのときのことを思いだすこともなければ、また会いたいなどとみじんも思わなかった。

だからさっき秀乃が圭介の話をしたときも、嫉妬心はおろか反感を抱くことすらなかった。

なのになぜ、今になって圭介の顔が浮かんできてしまうのか。胸が苦しくなるようなつかえがこみあげてきたのか。

もしかするとこれが恋心なのだろうか。

「そんなんと違う」

空になった猪口を手にしたまま、サヨは声に出してそれを打ち消した。

昼下がりの茶屋は薄暗く、空気も寒々としている。そんななかで時折りサヨの声だけが店のなかに響き、それもすぐさま壁に吸い込まれていく。

しんとしずまり返った茶屋のなかで酔いが深まっていくにつれ、サヨのなかで圭介という存在が少しずつ大きくなっていった。

なにも火の気はなかったのに、秀乃が火を付けていったのだ。それも最初は線香の火ほどにも満たないかすかな火種だったのが、やがてそれは遠くからも分かるほどの炎となって、サヨの胸のなかでくすぶり続けている。

佳運多につっぷしたサヨはいつしか眠りに落ち、その目尻からは涙があふれ出ていた。


いよいよ恋心が芽生えてきましたな。無理もない話やと思います。若い女の子がいなかから出てきて、ひとり京都で暮らしとったら、そら寂しいですやろ。これまでそうならんかったほうがおかしいんと違いますやろか。江戸時代やったら、若いときに結婚するのがふつうやったて聞きますがな。それからしたら、サヨなんかとっくに年ごろを過ぎてまっせ。

浮いた話がこれまでなかったもんで、どないなるんやろと案じてましたさかい、どっちかて言うたらホッとしたんですけど、いっぽうでちょっと妬《や》けます。

このへんはアイドルに対する気持ちによう似てます。

好きなアイドルの子に恋人ができたら、いちおうよかったな、ていうフリします。おとなでっさかいな。けど内心はムカッとしとります。ましてや結婚でもしようもんなら、もうファンやめますな。

よう考えたらアイドルの子とわしが結婚する可能性はゼロなんやさかい、どうでもええんですけどな。なんやおもろないですがな。その感情と今回の気持ちがよう似てます。

圭介っちゅう男のことをサヨが好きになりよったさかいていうて、なんにもわしには関係ないんですけど、気分がええとは言えまへん。

それにしてもこの圭介。よっぽどええ男なんですやろな。大店《おおだな》のお嬢が婿に迎えようて言うんでっさかい、イケメンで如才ないんですやろ。

ちょっと不思議なんは、お嬢の秀乃がわざわざサヨに釘を刺しにきよったことです。

ひょっとしたら『竹葉』でふたりが一緒に飲んどったことを知りよったんかもしれまへんけど、それぐらいのことで乗り込んできますやろか。ふたりで一緒に帰っていきよったんならアヤシイと思われてもしょうがおへんけど、先に圭介は帰っていきよったわけやし、それ以上の進展はなかったんですがな。

それやのに、いつもの取り巻きも連れんと、おにぎりを買うていう名目を付けて、単身乗り込んできよったんやさかい、よほどの危機感を持っとったとしか思えまへん。なんでそこまで、ていうのが正直な感想です。サヨもきっとおんなじやったんですやろ。

けど秀乃はん。これ失敗でしたな。逆効果になってしまいましたがな。どないしてくれまんにゃ。あんたが余計なこと言うさかい、火のないとこに煙を立たしてしもうたんでっせ。そっとしといてほしかったな。サヨのファンのひとりとして恨んどります。

2

今日もおにぎりは早々と売り切れた。

昼下がり、明日の分の仕込みをしながら、ふと気になって菜箸を持つ手を止めた。

フジに夜の席を頼まれてから十日経ったが、まだ音沙汰はない。話が流れたのだろうか。それならそれで連絡があるはずだろうし、もしやフジの身になにかあったのでは。

そう案じていたとき、大工の留蔵が左官の勘太を伴って茶屋を訪ねてきた。

「ちょっと茶屋の井戸を見せてもらいたいんやが」

木戸を開けると留蔵が茶屋の裏手を覗きこんだ。

「いつもおおきに留蔵はん。おかげさんで茶屋のほうは按配よう使わせてもろてます。井戸がどうかしました？　見てもろてもよろしいけど、なんぞあったんですか？」

サヨがふたりを招き入れた。

「宗和はんから頼まれて、庫裏の外にある井戸を点検してきたんやが、ちょっと濁りが出とった。茶屋のほうも見てきたってくれ、て言われたもんやさかい」

「そうでしたか。こっちの井戸はなんともない思いますけど。あえて言うたら、ちょっと温《ぬく》う感じるぐらいで」

サヨが茶屋の裏木戸を開けた。

「やっぱり。ちょっと時間が掛かると思うさかい、サヨちゃんは中で仕事しててくれたらええで。なんぞあったら声を掛けるさかいに」

留蔵が井戸のふたを開けると、勘太がなかを覗いた。

「よろしゅうお願いします」

サヨは茶屋に戻った。

井戸水の温度は一年を通じてほとんど変化がない。それゆえ夏はひんやりと、冬場は温く感じるものなのだが、この夏から冷たさを感じることがなく、日を追って温く感じることが多くなっている。それもしかし自然のことと、さほど気に留めることもなかったのだが。

木桶《きおけ》に汲《く》みおいた水はたしかに温い。壬生菜《みぶな》の根に付いた土を洗い流す手はふやけそうな感じだ。去年の今ごろはあかぎれができるほど冷たい水だったと記憶する。

洗い終えた壬生菜をやや濃いめに味付けして炊く。干した赤唐辛子を刻んで混ぜ、マグロ節と一緒に和える。これを具にしたおにぎりは秋から冬に掛けての一番人気だ。

味見をして、サヨは大きくうなずいた。

「今夜はこれで一杯飲も」

壬生菜の醤油煮を中鉢に詰めてふたをした。

もう一品は甘鯛のタラコ和えだ。塩焼きした甘鯛の身をほぐし、タラコで和える。これも去年は大人気だった。月に二度はかならず作ったが、もっと頻度を増やしてほしいとよく言われた。

朝一番に源治が届けてくれた甘鯛をさばきはじめる。うろこを取って金串を刺し塩を当てる。手に触れただけでその良《よ》し悪《あ》しが分かるようになって半年ほどが経つ。今日の甘鯛は極上品といってもいい。

「『大村屋』はんに卸してきたんより、こっちのほうがええかもしれんな。値段は半分ほどやけど」

源治はそう言って笑っていた。

恩に着せるようなそぶりはみじんも見せないから、余計にありがたみが増す。

あの日の秀乃の顔が浮かんだ。

「料理は絶対負けへんさかいな」

サヨは口元を引きしめて甘鯛を炉の火にかざした。

トントン、トントン。木戸を叩く音がサヨの耳に届いた。

「開いてますえ」

サヨは急いで裏木戸を開ける。

「なんぞ用ですか？」

留蔵は釣瓶《つるべ》にかんなをかけている。

「木戸を叩いてはったように思うたんですけど」

まわりを見まわしてサヨが首をかしげた。

「表のほうと違うか？　こっちやないで」

「すんまへん」

裏木戸を閉めて、サヨは表の木戸に耳を当てた。

「ごめんやす。サヨちゃんいてるか？」

聞き覚えのある声は圭介のようだ。

「圭ちゃん？」

サヨが木戸に向かって訊いた。

「そうや。圭介や。わたしたいもんがあるねん。ちょっと開けてくれるか」

サヨはあわてて錠前をはずし木戸を開けた。

「先日はおおきに。ごちそうになってすんまへんでした」

「いやいや。たいしたもんやない。先に帰ってしもうて悪かったな。あんまり遅ぅなると親方の機嫌が悪ぅなるさかいな」

着流し姿の圭介は、大きなずだ袋を抱え、その底から水がぽたりぽたりとしたたり落ちている。

「うちにわたしたいもんて……」

サヨがずだ袋に目を留めた。

「こないだ言うてた氷や。これを使うてみ。魚も長持ちするさかい」

圭介がずだ袋の口を開け、なかに入った氷のかたまりをサヨに見せた。

「立派な氷やこと。高価なんと違うん？」

「これから秋が深まってきたら安ぅ手に入るんや。それに長持ちするしな」

「長持ちていうても、だんだん融《と》けるやろ。どこにどないして置いといたらええかしら」

「大きい壺でもあったらそこに入れとき。ほんで上からふたしといたらええ。この大きさやったらしばらくは持つ」

圭介が茶屋のなかを覗きこんだ。

「あの信楽の大壺やったら今は空やけど、口が狭いさかい入らへんかもしれんな」

「ちょっとなかに入らしてもろてもええか」

「どうぞどうぞ」

サヨは圭介を招き入れた。

「たしかにちょっと小さいな。茶箱の空いたんはないか？」

圭介があたりを見まわす。

「茶箱やったら大きいのがあるわ。もうほとんど空になってるはずや」

サヨは押入れを開けて茶箱を取りだした。

「これこれ。ここに入れといたらしばらく持つ。魚とかあったら一緒に入れとき」

ふたをはずして圭介は角氷を茶箱におさめた。

「ようこんな重い氷を持ってきてくれたなぁ。おおきにありがとう」

「お寺の外までは大八車で運んできたんや。さすがにこれをずっと抱えてくるのは無理やわ」

圭介は帯にはさんだ手ぬぐいで額の汗を拭っている。

「いっつもこんな氷があったらお魚も日持ちがするし、いろんな料理ができるんやけどなぁ」

サヨは氷の上に板切れを置き、笹《ささ》の葉を敷いてから魚や豆腐を並べた。

「また持ってくるわな。毎日ていうわけにはいかんけど」

「毎日なんてとんでもない。そないしてもろたらお礼に困りますやん」

「サヨちゃんから礼をもらおなんて思うてるかいな。こないして気張ってるのを見るだけでもうれしいんや」

圭介の言葉にサヨは胸を熱くしながらも、秀乃の顔が重なり、複雑な気持ちを抱えこんでいて、短く礼の言葉をつぶやくだけで精いっぱいだ。

「おおきに」

「これが長板なん?」

圭介は不思議そうな顔で佳運多を見ている。

「佳運多て呼んでるんやけど、ここでお客さんに食べたり飲んだりしてもらうんよ。その高椅子に腰かけて」

「へえ。佳運多て言うんか。おもしろい名前やな」

圭介は高椅子に腰かけ、両手を広げて佳運多を撫でている。

「圭ちゃんもお客さんで来てや」

「おおきに。おにぎりも買いに来たいんやけど、昼過ぎるまでは仕事を抜けられへんさかいな。夜ご飯を食べに来たいとこやけど、かわら版屋のほうも急に言われるし、なかなか先の予約ができひんのや」

「圭ちゃんやったら遠慮せんと、いきなり来てくれてもええよ。そない毎晩毎晩お客さんがあるわけやないし、いてはってもそのお客さんがええて言うてくれはったら、一緒に食べてくれてもええし」

「ほんまか？　それやったらうれしいんやけど、迷惑とちがうか？」

「迷惑やなんてとんでもない。うちの料理でよかったらいつでも食べに来て。お酒も用意しとくし」

「あんまり長居しとったら親方に叱られるさかい、これで帰るわな」

「なんにもおかまいもできんとごめんやすな」

急ぎ足で戻っていく圭介の背中が見えなくなるまで、サヨはずっと見送り続けた。

「サヨちゃん、ちょっと来てくれるか」

茶屋の裏手から勘太が呼んでいる。

「すぐに行きます」

サヨは声だけでなく、胸も弾んでいることに気づき、頰を紅く染めた。『竹葉』で会ったときから、それほど歳月が経ったわけではないのに、圭介に対する気持ちがすっかり様変わりしている。その切っ掛けを作ったのが秀乃だということは、もはや疑う余地もない。それがただの敵対心なのか、芽生えた恋なのか、サヨはまだはかりかねている。

裏木戸を開けると留蔵が釣瓶の水を指さした。

「ちょっとこれを飲んでみ」

「へえ」

サヨが手で掬った水を口に含んだ。

「どや？　違うやろ」

留蔵がにやりと笑った。

「ほんま。ぜんぜん違う。冷たいし、なんや甘い味もするみたいやし」

サヨは釣瓶のなかの水を目をしばたたかせて見ている。

「井戸のなかをちょっと掘っただけなんやけど、こない水が変わったんや。わしらもびっくりしてる」

留蔵が顔を見合わせると、勘太も大きくうなずいた。

「こんな不思議なことがあるもんなんやな。庫裏のほうもおんなじなんや」

勘太は井戸水を指でなめながら、何度も首をかしげている。

「また元に戻るかもしれんけど、しばらくこれで様子を見たらええと思う。今はまだちょっと濁っとるけど、それもだんだんおさまるやろ」

留蔵が釣瓶を井戸に落とした。

「おおきに。井戸のお水はいっつも炭で濾《こ》してますさかい大丈夫どす。冷とぅなったんがなによりうれしおすわ。このまま来年の夏まで持ってくれたらええんやけど」

「それは神のみぞ知る、っちゅうやつやな。なんせ地べたのそこから勝手に湧き出してきよるもんやさかい、わしらの手ではどうにもならん。井戸っちゅうもんは気まぐれなもんで、突然涸《か》れてしまうこともようある。サヨちゃんが親しいしてる妙見はんにも頼んどき」

「そや。うっかりそれを忘れてましたわ」

サヨがぺろりと舌を出した。

「普請のほうはどないや。長板もあんじょう使えとるか」

留蔵が茶屋に戻って佳運多を手のひらでなでた。

「あんじょうどころか、この佳運多がどれぐらいうちを助けてくれてるか。ほんまにありがとう思うてます」

「そらよかった。わしらも苦心した甲斐があるっちゅうもんや。なぁ勘太」

「へえ。なんせはじめて造るもんでしたさかいになぁ。ほんまは隠すもんを、客に見せよていうんやし、最初は雲つかむようなもんやったけど、こうして見たらさまになっとる。ホッとしたわ」

高椅子に腰かけて勘太が佳運多に目をやった。

「もうちょっと落ち着いたら、おふたりをお招きしていっぱい飲んでもらお思うてます。しばらく待っとぉくれやすな」

「うれしいこと言うてくれるやないか。なんぼでも待ってるで。わしらもいっぺんこの高椅子に腰かけて、ゆっくり酒を飲んでみたいもんやて思うとる」

「ほんまは真っ先にお招きせんとあきまへんのに、長いことお待たせして申しわけありません」

サヨがふたりに頭を下げた。

「そんなことはちょっとも気にせんでええのやが、サヨちゃん、その茶箱はあかんで。水滴が付いとるがな。なかの茶が湿気《しけ》て使いもんにならんのとちがうか」

留蔵が茶箱に目を留めた。

「これは茶箱やけど、お茶は入ってしませんねん。なにが入ってる思わはります？」

サヨが茶箱を重そうに持ち上げた。

「茶て書いたぁるんやさかい、茶が入ってるんやろ？　それとも金塊でも入っとるんか？」

勘太が軽口をたたいた。

「実は……氷ですねん」

サヨがふたりの目の前で茶箱のふたをはずした。

「えらい立派な氷やな。高いやろうに」

留蔵が腕組みをして茶箱のなかを覗きこんだ。

「それがただですねん。お友だちにもろたんです」

「ただより高いもんはない。むかしから言うんやで。気ぃ付けや」

勘太が口をはさんだ。

サヨは圭介との馴《な》れ初《そ》めや『竹葉』でのいきさつなどを、かいつまんでふたりに話した。

「そらありがたい話やな。せっかくの氷やけど、火鉢に火ぃ入れたりしたら、早いこと融けてしまうやろな。なんぼ茶箱でも熱は防げんさかいにな」

留蔵が顔をしかめた。

「氷室でも作らんとあかんな」

勘太が真顔で言うと、留蔵が言葉を返す。

「地下でも掘るかせなあかんし、氷室を作ろう思うたら、ちょっとやそっとの金ではできんやろ」

「そうですな。この普請どころやないですわ」

「やっぱり。うちもちらっと氷室が頭に浮かんだんですけど。とてもやないけど無理ですね」

サヨが肩を落とした。

「まぁ幸いこれから寒いほうへ向かうさかい、暑い時季よりはましやろ。茶箱に空気が入らんようにきっちり封をして、布でくるんどいたらちょっとは融けるのを防げる」

「おおきに。すぐにそないします」

「氷は大きいまま保存しといて、使う分だけ切ったほうが長持ちする。もうちょっと大きい茶箱があったらええのにな」

勘太が両手を広げて寸法を測った。

「これより大きいのは売ってへんのと違いますやろか。見たことないし。それにあまり大きかったらひとりで持ち運びできしませんやん」

「それもそうやな」

留蔵と勘太は顔を見合わせて笑った。

ふたりが帰っていくと、サヨは仕込みの続きをはじめた。

横目で茶箱を見ながら、氷を最大限に生かすにはどうすればいいか、頭をめぐらせる。

まずはどれくらいの時間保てるのかをはかってみなければ。サヨは懐紙に日付と時刻を書き入れて茶箱に貼った。

「さてと。とりあえず妙見はんへお詣りしとこうかしら。フジはんは亥年《いどし》生まれやさかい、鷹峯《たかがみね》の岩戸《いわと》妙見はんやし、もうひとりのおかたは卯年《うどし》て言うてはったさかい、鹿《しし》ケ谷《たに》の妙見はんやな。今夜はお客さんもないことやし、両方お詣りしてこ」

ひとりごちてサヨは足袋を履き替え、身支度を整えた。

先に向かったのは鹿ケ谷の妙見だ。

東山界隈は紅葉の名所が多いせいか、通りを歩くひとの姿が絶えることはない。先を急ぐサヨは、ひとにぶつからないよう蛇行を繰り返しながら、小走りでゆるやかな坂道を東へと上っていく。

鹿ケ谷の妙見は門跡寺院『霊鑑寺《れいかんじ》』にある。

山門へと続く石段の手前に建つ妙見堂の前で、まわりにひとがいないことをたしかめてから、サヨは小声で妙見を呼んでみた。

「妙見はん、おいやすか？」

なんの反応もない。

サヨは咳ばらいをしてから、もう一度呼び掛けた。

「妙見はん、サヨです。おいやしたらお声だけでもお聞かせ願えまへんやろか」

堂のなかからガサガサと物音が聞こえてきた。

サヨは堂の格子戸にぴたりと耳を当てた。

「サヨか。どないしたんや。昼の日なかに来るてめずらしいやないか」

「卯の妙見はん。突然お邪魔してすんまへんな。こないだちらっとお話ししてた卯年生まれのお客さんが近いうちにお越しになることになったんです。いっつも勝手なことばっかり言いますけど、なんぞええお知恵があったら貸してもらえんやろかと思うて詣りましたんです」

「いよいよか。その客はどこから来よるんや？」

妙見が訊ねた。

「それは聞いてしませんねん。卯年生まれの芸妓はんやていうことだけしか分かってまへん」

サヨが答えた。

「芸妓はんかぁ。べっぴんなんやろな。わしもおめもじしたいもんや」

姿こそ見えないが、声だけでも妙見がにやついているのが分かる。

「芸妓はんやったら美味しいもん食べ慣れてはるやろし、どないしたら喜んでくれはるかしら悩んでます」

「卯の性は木ぃやて覚えとるか？」

「へえ、ちゃんと覚えとります」

「ほな話は早い。木ぃを按配よう使うたらええがな」

「せやけど木は食べられしまへんがな。木のお椀を使うぐらいしかできまへんで」

サヨはむくれた顔を堂に向けた。

「サヨともあろうもんが、なにをとぼけたこと言うとる。誰も木ぃを食えてなこと言うとらん。椀を使うだけでは知恵がなさすぎやぞ」

「なぞかけみたいなこと言うてんと、あんじょう教えてくださいな」

「木ぃにはなにが付いとる？」

「枝やとか葉っぱやとか」

「そや。その枝とか葉っぱを使えて言うとるんや」

「枝や葉っぱを芸妓はんに食べさすんでっか？」

サヨが大きく目を見開いた。

「まだ言うとる。料理というもんは食うだけやないやろ。飾るという手があるがな。今の時季はきれいに紅葉しとる。これを切ってやな、枝ごと皿に飾ったら料理が映えるというもんや」

「なるほど。そういうことでしたんか。さすが卯の妙見はんや。ええこと教えてくれはる」

「うちの寺は椿《つばき》の木が多いさかいきれいな紅葉はないけど、亥《い》の妙見がおる鷹峯のほうには、ようけもみじがあるはずや。ちょっと分けてもろといで」

「なにからなにまで教えてもろてありがとさんです。ほな早速行ってまいります」

サヨは手を合わせてすぐきびすを返した。

「ちょ、ちょっと待ちなさい。まだ話は終わっとらん」

「なんどした？」

足を止めてサヨが振り向いた。

「木ぃに付いとるのは枝と葉っぱだけか？　ほかにもあるやろ」

妙見がイラついたように声を荒らげた。

「ほかになにが付いてるやろ」

サヨは傍に植わる椿の木を見まわした。

「あほ。椿だけ見てたんでは分からん。ほかにもぎょうさん木ぃはあるやろ。近江の草津でも思いだしてみ」

「ほかの木どすか。なにが付いてたやろ。あ、そうか。実が付いてました。クリの実とかどんぐりとか」

「そうや。実ぃや。クリもええけど、ほかにもようけある。ダイダイやとかリンゴやとか、カキもあるな。ほれ、木ぃにはいろんなもんが付いとるやろ。それを按配よう料理に使うて客をもてなしなはれ」

「おおきに、おおきに妙見はん。このご恩は一生忘れません」

サヨはかたく手を合わせ、深々と頭を下げた。

「せいだい気張りや」

妙見が言い終わらぬうちに、サヨは北へ向かって走り出した。

鷹峯は鹿ケ谷から西北方向にある。洛中を斜めに突っ切り、鴨川を越えてひたすら西山に向かって坂道を上っていく。

御所のなかを抜け、船岡山《ふなおかやま》を横目にして通り過ぎれば、もうすぐ鷹峯だが、ここからの上りは険しい。肩で息をしながらサヨは大股で歩いていく。

ようやく鷹峯に着いたころにはすでに陽がかたむきはじめていた。

『圓成寺《えんじようじ》』の山門の前に立ったサヨは一礼してから石畳の参道をまっすぐに進んでいく。

「きれいなもみじやこと」

参道の両側に植わる木が紅く色づいている。サヨは紅葉を見上げながら妙見堂へと向かった。

「妙見はん、おいやすか。ご無沙汰しとります。月岡サヨです。亥の妙見はんにお願いがあってまいりました」

妙見堂の前でサヨが手を合わせると、なかから小さな声が聞こえてきた。

「サヨか。よう来たな。ちょっと風邪気味でな、体調を崩しとるんや」

「そうでしたか。妙見はんも風邪ひかはるんですか。なんや身近に感じますわ」

「ほんでどんな用や？」

「亥年生まれのお客さんがお見えになるんで、なんぞええお知恵があったらお授け願えんやろかと思うて詣った次第です」

「いつもの頼みやな。前にも言うたとおり、亥の性は水や。きれいな水を使うて料理したらええ」

張りのない声で妙見が答えた。

「へえ。それは前にもお聞きしましたけど……。それだけでよろしいか？」

サヨは物足りなげな表情を堂のなかに向けた。

「それだけか、て、た、足らんのかい」

妙見が咳《せ》きこんだ。

「足らん、ていうわけやないんですけど、きつい坂上ってここまで来たんですさかい、もうちょっとなんか」

サヨが半笑いした。

「サヨもだんだんあつかましいなってきたな。ほな、これはどないや。ただええ水を使うだけやのうて、水そのものを食べさせる、っちゅうのは」

「亥の妙見はんがお風邪ひかはってしんどい思いをしてはるのは、ようよう分かります。けど、水は飲むもんですえ。食べさせる、て、そんな無茶なこと。なんぼ苦しまぎれやて言うても」

サヨは不満げに唇を尖《とが》らせた。

「サヨともあろうもんが、そない単純なこと言うてどないする。水の形を変えて食べさせたらどうや、て言うてるんやがな」

「水の形を変える、てどういうことです？」

「水は沸かしたら湯になって蒸発しよるし、冷とうしたら氷になる。雪も水が形を変えたもんやな。わしが言うてること分かるか？」

「へえ。分かったような、分からんような、ですけど」

「水を食べる。この言葉だけを覚えといたらええ。サヨのこっちゃ。きっと思いつくやろ。ほな、これで」

そう言い残して妙見は気配を消した。

「水を食べる、か。どないしたらええんやろな」

薄暗くなってきた空を見上げたサヨは、妙見堂に一礼してから家路を急いだ。

ぼちぼち妙見へお詣りするころやないかと思うてましたけど、なんぼ若いというてもサヨはほんまに健脚ですな。『清壽庵』から鹿ケ谷へ行くだけでも大変やのに、そこから鷹峯まで廻《まわ》ろうっちゅうんでっさかい、今で言うアスリートですな。

ざっくりですけど、『清壽庵』から鹿ケ谷の『霊鑑寺』はんまでが四キロ。鷹峯の『圓成寺』までが六キロほどもありますやろか。しかもけっこうな上り坂でっせ。そこから『清壽庵』まで戻るのに七キロはあります。ぜんぶ足したら十七キロにもなりますがな。わしらにはとうてい考えられまへん。

それでもサヨが妙見詣でをするのは、こないしてええ知恵を授けてもらえるさかいです。それも含蓄のあるヒントをくれよる。ありがたいことですがな。そこからあとはサヨの腕次第。木の枝や葉っぱをどない使いよるのか、木の実をどう料理しよるか、はたまた水をどないして食わせるのか。お手並み拝見っちゅうやつですな。

謝らんならんことがあります。圭介のこと、疑うとったんですけど、ほんまはええやつでしたな。ちゃんと氷を手に入れて持ってきよった。しかも金取らんていうんでっさかい、ありがたい話ですがな。

しかしこれでますます圭介との距離が縮まりましたな。

問題はまだ残ってます。氷てなもん冷蔵庫があってはじめて用をなすもんです。そんなもんがない時代、すぐに融けるんやさかい、たいして役に立ちまへんやろ。棟梁が言うてはるとおり、冬場はなんとかなっても、暑い夏に氷を茶箱に入れとっても、あっという間に融けるはずです。無用の長物とまでは言いまへんけど、冷蔵庫もないのに氷だけあっても、そないうれしいないんと違いますやろか。これもヤキモチかもしれまへんけどな。

いずれにせよ、サヨと圭介のあいだがつながったことはたしかです。これからはやきもきしながら読み進めることになるんですやろな。

3

朝晩の冷え込みが厳しくなるとともに、紅葉はその色を日増しに濃くしている。フジが芸妓を伴ってやってくるのは明日の夜に迫った。

留蔵たちが調整してくれた井戸の水は、ほどよい冷たさを保っていて、まったく濁りもなく、やはり以前より甘くなったような気がする。

圭介は五日前に二度目の氷を届けてくれたが、茶箱に入れた氷はせいぜい持って一日半だ。留蔵の助言どおり布をかぶせてはいるものの、さほど効果はみられない。明日に備えて今日にでも氷を届けてほしいところだが、ただでもらっている身で注文を付けられようはずがない。

二度目のときにはお金を払うと強く言ったが、圭介はまったく取り合わなかった。痛しかゆしといったところだ。

もう少し長持ちすれば氷の使い道ははるかに広がるのだが、それには氷室を作るしかないのかもしれない。しかしそれはちょっとやそっとの金子でできるものではない。悩みのタネは尽きることがない。

明日の献立はおおむね決まった。

卯の妙見の助言どおり、クリの実やカキ、ナシ、ミカンなどの食材を手に入れ、それらを使って新たな料理を創りだすことができた。試作したものを食べてみたが、思いのほかなじみがよく、思いきった調理なのに新奇な感じがしない。これならきっと芸妓にもフジにも喜んでもらえるだろう。もっともそれを注文してくれれば、の話になるのだが。

枝葉を飾るという妙見の助言も大いに役に立った。これまでもその手法を使うこともなくはなかったが、意識して使うとまるで見栄えが違ってくる。これはどんな料理を注文されても対応できるようにしてあるので、かならずふたりの目に留まるはずだ。

一番の問題は、亥の妙見の助言だった。

形を変えた水というのが、どう考えをめぐらせても氷ぐらいしか思いつかない。おそらくは刺身などを氷の器にでも盛るということを、亥の妙見は言いたかったのだろうが、それは氷があってはじめてできることで、そうなると偶然を期待するしかないのだ。

仮に明日の昼に圭介が氷を持ってきてくれれば、夜までは融けないだろうからその手を使える。しかしもしも今日持ってきてくれたとして、はたして明日の夜まで氷が持つだろうか。これまでの経験上それは難しいと思える。

沸騰させて蒸発させれば、たしかに水は形を変えるだろうが、それをどう料理に生かせばいいのか。これもまた難題だ。湯気を上げればそれでよしとするわけにもいかず、湯やっこを出したからといって、形を変えた水の料理だとは言えないだろう。

亥の妙見の助言を頭に浮かべる度に、サヨは途方に暮れてしまうのだが、時間には限りがある。明日の昼までにはなにかしらの答えを出さなければ間に合わない。

どうすればいいのか。

佳運多の前でサヨは頭を抱えた。

「なんぞええ知恵が浮かばへんかなぁ」

通い徳利を手にしたサヨは染付の猪口に酒を注いだ。

行き詰まるとつい酒に手が伸びてしまう。悪いクセだと思いながらもやめることができない。

サヨは猪口を片手に棚から二冊の本を取りだし佳運多の上に置いた。

高椅子に腰を落ち着けて、サヨは酒を飲みながら本の丁を繰っていく。

〈卵百珍〉は百と謳《うた》いながら、実際には百七の料理を紹介している。サヨは一番から順に目をとおし、なにか水に関わりのある卵料理がないかを探している。

一番の金糸卵、二番の銀糸卵、三番かもじ卵、四番白髪卵、どれも関連があるようで、しかしこれといった決め手に欠ける。

三十一番淡雪卵と書かれたところでサヨの手が止まった。

「そうか。これや。水を蒸発させて、その湯気で調理する。蒸したらええんや」

サヨが手を打った。

卵（白身）を漉《こ》す、しぼる、かき立てる（泡立つように）、こしきに入れ蒸す。さほど手間もかからず、それでいて見栄えのいいひと品になりそうだ。

はたしてしかし舌の肥えた芸妓の口に合うだろうか。いくらか不安は残るがやってみるしかない。サヨは早速淡雪卵の試作に取りかかった。

〈卵百珍〉に〈豆腐百珍〉。今やサヨには欠かせない本となった。行き詰まってこの本を開くと、なにかしらの着想を得ることができる。それをそのまま再現することもあれば、ひと工夫加えて創作することもある。

実にありがたいと思いながらも、完璧に満足できるほどではない。その原因は重々分かっている。素材そのものに納得できないことがあるからだ。

『清壽庵』のまわりにはたくさんの豆腐屋がある。それらを一軒一軒訪ねてまわって料理してみるのだが、どこの店の豆腐も似たかよったかだ。とんでもなくまずい豆腐もないが、飛び抜けて旨い豆腐にもいまだ出会えずにいる。

卵しかり。源治が紹介してくれた卵屋から仕入れている卵は黄身がしっかりしていて、臭みもなく美味しいものではあるが、よその店で食べる卵と大差はない。生み立てだと言われるとつい生で食べたくなるのだが、生のままだと正直ほとんど旨みを感じない。

豆腐と違って、卵屋をまわりで見かけることはほとんどないから、比較することすらできない。きっともっと美味しい卵があるはずだと思いながら、やむを得ずおなじ卵屋のものを使っている。

〈卵百珍〉に書かれているとおりに作ってみた淡雪卵は、思った以上に見栄えする。淡雪という言葉にふさわしく、すぐにでも融けてしまいそうな雪のようでもあり、上等の真綿のようでもある。

しかし食べてみると、見た目ほどの感動はなく、卵以上でも以下でもない、きわめて凡庸な味わいだ。

――料理ていうもんは見た目もだいじやけど、見た目以上に美味しなかったらあかん――

フジの言葉を思いだしたサヨは深いため息をつき、品書きに載せることをあきらめた。

「しょせん卵は卵やもんな。これはこれで充分おいしいけど」

書き道具を並べ、サヨは墨を磨りはじめた。

一心に墨を磨っているつもりが、いくつもの雑念が浮かんでは消え、その度に墨を磨る手が止まる。

サヨは左右にかぶりを振って雑念を払う。

払おうとして払いきれないのが圭介の笑顔だというのは、サヨにとって不本意なのだが、しらず頬を紅潮させていることに気づき、胸を昂《たかぶ》らせている自分に驚いている。

「お酒飲んでるさかいや」

両頬を平手で打ち、サヨはやっきになって火を消そうとしている。

トントン。トントン。

木戸を叩く音が聞こえてきた。

圭介だ。サヨは直感した。

圭介が氷を持ってきてくれたのだ。

すぐに木戸を開けなくては。慌てて高椅子から立ちあがって、サヨはつんのめって転びそうになったが、なんとか踏みとどまった。

錠前をはずしてサヨは勢いよく木戸を開けた。

「いてくれてよかった」

木戸の前に立っていたのが、圭介ではなく留蔵だったことにサヨは気を落とした。

「留蔵はんでしたか」

「なんや。わしではあかんかったんか。すまんことやな。こんな年寄りがいきなり訪ねてきて」

留蔵が顔半分で笑った。

「とんでもおへん。そうやないんです。ちょっといろいろ考えごとしてたもんやさかい」

サヨは作り笑いを浮かべて頭を下げた。

「サヨちゃんがうそをつけん子やていうのはよう分かっとる。そんなことはどうでもええ。今日はちょっとええもんを持ってきたんや」

留蔵が振り向くと、勘太が縦横に巻いた縄を解き、大八車から箪笥《たんす》をおろしていた。

「なんですの？　車箪笥どすか？」

サヨが敷居をまたいで茶屋を出た。

「こんなもんを作ってみたんや。よかったら使うてみてくれるか」

留蔵は小ぶりの箪笥を布巾で拭っている。

サヨが締める帯とおなじ高さの箪笥には四隅に車が付いていて、ころころと動く。

幅と奥行きはそれぞれ二尺ほどもあるだろうか。ひと抱えするには大きすぎる車箪笥だ。上下に一枚ずつ扉が付いていて、引き出し式の箪笥とはまったく趣《おもむ》きが異なる。

いったい何を入れるためのものなのだろう。

サヨは四方から車箪笥を見まわし、首をひねっている。

「なにを入れる箪笥やと思う？　当ててみ」

勘太がにやりと笑った。

「引き出し式やないさかい、着物入れる箪笥とは違いますわな。食器を入れるもんやとしたら車は付いてへんほうがええし。こんな箪笥見たことないさかい、まったく分かりまへん。これをうちが使うんどすか？」

「こうして開けるんや」

取っ手を回し、勘太が上の扉を開けた。

「ますます分からしまへん。なんで内側にこんなもんが貼ったぁるんどすやろ」

「きれいな銅板やろ。これをきれいに貼るのにかなり苦労したんやで」

勘太が胸を張った。

「下もおんなじようになっとるけど、網棚を三段付けといた。これで分かったやろ」

留蔵がにんまりと笑った。

「分かるわけおへんやん」

屈みこんだサヨがなかを覗きこんでいる。

「その奥のほうに穴が空いとるやろ。そこから管を通して水が外へ流れるようになっとるんや」

勘太が上段の奥を指さした。

「水？　水を入れるんですか？　ここへ？」

サヨが目を白黒させている。

「正確に言うと水やない。ここに入れとるあいだに水になるんや。初めて作ったにしてはようできた思うてる」

腕組みをした留蔵が満悦らしい表情で車簞笥を眺めている。

「入れてるあいだに水になる……。あ。ひょ、ひょっとして、あの、こ、氷を入れるんですか？」

サヨは目を大きく見開き、舌をもつれさせている。

「やっと分かったか。氷簞笥を作ってみたんや」

留蔵が鼻を高くすると、勘太がこっくりとうなずいた。

「氷簞笥……。信じられしまへんけど。ほんまのことなんどすな」

サヨは茫然《ぼうぜん》とした顔つきで頰をつねっている。

「氷を買うてきて試してみたんやが、大きめのもんやったら二日ほどは充分持ちよる。夏場はどうや分からんけどな」

「今は氷はないんか？」

勘太が訊いた。

「あいにく今はおへんのどす。近いうちに持ってきてくれはる思うんやけど」

「愉しみに待っとったらええがな。どこへ置こう？　車が付いとるさかい動かせんことはないけど、段差があるとこは持ち上げんならんしな」

留蔵が茶屋のなかを覗きこんだ。

「ほんまにおおきに。すんまへんけど、ほな流しの横に置いてみてくれはりますか？」

茶屋のなかに戻ったサヨが佳運多の奥を指さした。

「扉が右開きになっとるさかい、そっちの壁際のほうが使い勝手がええんと違うやろか」

勘太が反対側の壁を指した。

「いっぺん置いてみよか」

留蔵が表に出て氷簞笥を押した。

ごろごろと地べたを木戸の前まで滑らせ、ふたりは掛け声を合図に氷簞笥を持ち上げて敷居をまたいだ。

「重そうどすな」

傍を付いて歩くサヨは、ふたりの表情を心配そうに見ている。

「木板と銅板のあいだに漆喰《しっくい》を入れとるさかいな」

勘太は歯を食いしばりながらカニ歩きをしている。

「車が付いてるんやったら転がしてもろてもええんでっせ」

見かねてサヨが声を掛けた。

「できるだけ茶屋の床を疵付《きずつ》けんようにせんとな」

「よっしゃ、その隅でいっぺんおろそか」

留蔵が顔をしかめながらゆっくりと氷箪笥を床に置いた。

「あとは自分で動かしますさかい、そこに置いといてもろたら大丈夫どす。て、こんな立派な氷箪笥をほんまにうちが使わしてもろてええんですやろか」

サヨは氷箪笥を撫でまわしている。

「言うたら試作品やさかい、遠慮のう使うてくれたらええ。こないだサヨちゃんと氷室の話をして、なんぞええ案がないかいなと勘太と話しとって、これを思いついたんや。これであんじょういくようやったら、料理屋向けに売り出そうかてふたりで言うてるとこや」

留蔵が扉を開け閉めしてネジを調整している。

「そうやったんですか。使うてみんとはっきりは言えまへんけど、きっとお料理屋はんはみな欲しがらはる思います」

サヨの頭には一瞬秀乃の顔が浮かんだ。

「問題は値段やな。材料費やら手間賃考えると安うはならんさかいに」

勘太は首をひねっている。

「そない高価なもんを、ほんまにすんまへん」

「なんにも謝ることやない。わしらが勝手に持ってきて押しつけとるんやさかいに、謝らんならんのはこっちのほうや」

留蔵は腰手ぬぐいで首筋の汗をぬぐう。

「ほな棟梁行きまひょか」

勘太がももひきのほこりを払った。

「早いこと氷が来ることを祈っとくわ。来たらまた様子を報告してや」

留蔵がそう言い置いて茶屋をあとにした。

サヨはふたりの背中が見えなくなるまで、ずっと頭を下げつづけた。


またぞろほろっと来る話でんなぁ。サヨはほんまに持っとる。生まれもってそういう星回りかと思いきや、やっぱり妙見はんのおかげやないかとも思うてます。

望みどおりのもんが手に入る。願いが叶う。最高ですがな。わしもせいだい妙見はんにお詣りしよ。と言うても、本人の努力あってのことや、て分かってますがな。ぼーっとしてて手に入るもんやない。重々承知しとりま。そう思うて日々研鑽《けんさん》を積んどります。創作落語だけやのうて、ちゃあんと古典も稽古してまっせ。

話は変わりますけど、わしらが演じとる落語は大きいふたつに分かれます。江戸落語と、わしらの上方落語がそれです。

どっちも落語でっさかい笑える噺が多いんですけど、江戸落語の特徴は泣ける噺、いわゆる人情もんがようあることです。上方落語にもないことはないんでっけど、江戸落語に比べたらだんぜん少ないのと、上方は人情噺でもおちゃらけにしてまうんです。正面切って人情もんにするのが照れくさいんでっしゃろな。

けど、留蔵はんと勘太のコンビがこういう粋なことしよると、わしも上方人情噺を作ったろかしらんて思うてしまいますわ。

井戸の点検に来て氷室の話をしたときから、ふたりであれこれ考えとったんに違いありまへん。試作もしてみよったんですやろ。ほんでなんとか完成したんで、黙って持ってきた。けっこう元手も掛かっとるやろに、タダでプレゼントしよる。けど、必要以上にサヨに気ぃ遣わさんように、試作品やさかい遠慮は要らんて言いよるとこも粋ですな。人情噺は江戸だけやない。京都にもあったんやと感動しました。

話が横道にそれてしまいました。氷簞笥の話に戻します。

わしらは氷式冷蔵庫て呼んでましたけど、あれの原型ですんやろな。わしが子どものころまではありましたで。今でも高級な寿司屋でたまに見かけます。へ？　お前がそんな高級寿司屋へ行くんか？　てでっか？　聞いた話ですがな。

サヨの大福帳に挿絵が描いたぁるんですけど、大きさから言うと今の単身者向けの冷蔵庫ぐらいですな。ツードアていうあれです。上がちょっと小さめの氷棚で下が冷蔵庫。こんなんが幕末のころにあったいうのも驚きです。なんせ電気を使わへんのですさかい、よっぽど外気を遮断する仕組みができとらなんだら、何の役にも立たんと思います。

はて、これがサヨの板前茶屋で活躍するのか、無用の長物になって、氷簞笥ならぬただの物入れになるんか、続きが愉しみですな。

4

氷簞笥が届き、サヨはその扉を何度も開け閉めし、なかを覗きこんでは笑みを浮かべる。明日の仕込みをせねばと思いながら、氷簞笥が気になってなかなか手につかない。これをどう使いこなそうかと思いをめぐらせると、胸が高ぶるいっぽうだ。

上の扉のなかに氷を入れたとして、下の扉のなかの三段にはなにをどう入れようか。自然と鼻歌が出る。

明日の朝源治が届けてくれる魚を見てから、最終的な献立を考えるのだが、今日のうちにできることは済ませておかねばならない。

白菜の唐辛子漬け、大根のべっこう煮、かぼちゃのいとこ煮、棒鱈《ぼうだら》の煮付け、若狭鰈《かれい》の風干し、〆鯖、干し肉。サヨは仕込み具合をたしかめながら品書きの下書きを進める。

酒を合いの手に、それぞれを試食するのが今宵《こよい》の夕餉《ゆうげ》となる。

佳運多の前に立ったまま味見を続け、時折り思いだしたように氷簞笥に目を向け、また扉を開けてなかを覗きこむ。いったい何度それを繰り返しただろうか。

もうすぐ宵五ツになろうかというころ、茶屋の木戸を叩く音が耳に届いた。

こんな時間に誰だろう。サヨは耳を澄ませ外の気配をうかがった。

音は一度きりで、外はしんとしずまり返っている。

気のせいだったのか。

サヨは板場に戻り、酒の入った湯呑をかたむけた。

トントン。また聞こえた。

気のせいではなかったのだ。しかしこの間合いが気になる。また押し込みではなかろうか。サヨは襟元をしっかり合わせ、木戸に耳を当てて小声で問いかけた。

「どちらさんどす？」

「遅うからごめんな。圭介や。明日の朝にしようかと思うたんやけど、仕事が入ってしもたんで氷を持ってきた」

間違いなく圭介の声だ。氷を持ってきたと聞いて、サヨは飛びあがりたくなる気持ちを抑え、もどかしげに錠前をはずした。

「こんばんは。ようこそ。どうぞ入っとぉくれやす」

「ほんまにごめんな。こんな時間にいきなり来るやなんて非常識なことして」

圭介は小さな荷車を引いている。

「なにを言うてはるんですか。こんなありがたいことはおへんのです。どうぞどうぞ」

「今夜はお客さんはいてはらへんのか？」

圭介は茶屋のなかを見まわしている。

「今夜はうちひとり。明日の夜はお客さん来はるさかい、今仕込みをしてるとこやねん」

「ほな遠慮のう入らしてもらうわな。仕込みの邪魔したらあかんさかい、すぐに帰るし」

圭介は荷車を持ち上げて敷居をまたいだ。

「そんな水臭いこと言わんと。ゆっくり飲んでいってえや。こないだごちそうしてもろたしお返しさせてもらわんならんし」

「おおきに。ほな一杯だけもらおか」

圭介は荷車からずだ袋をおろした。

「一杯と言わんと二杯でも三杯でも。圭ちゃん、お腹のほうはどう？　明日のお客さん用に試作してるもんでよかったら、ちょっと食べていって」

「それはありがたい。ほんま言うたらお腹減ってるんや」

「そしたら先におにぎり作るわな。お腹減ってるときにお酒飲んだら悪酔いするていうし」

サヨがいそいそと割烹着を着けて板場に立った。

「氷やけど、どこに置いとこ？　こないだの茶箱は？」

圭介が茶屋のなかを見まわした。

「そやった。圭ちゃんをびっくりさせんとあかんのやった」

包丁をまな板に置き、サヨが氷簞笥の前に立った。

「そう言うたらこの前はそんな車簞笥なかったな。宝もんでも入ってるんか？」

圭介が笑顔をサヨに向けた。

「な〜んにも入ってへん。からっぽなん」

サヨが上下の扉をどうじに開けてすぐに閉めた。

「そうか、分かった。手づまの仕掛けやな」

圭介が氷簞笥の前に屈みこんだ。

「手づまやて言うたら手づまかもしれんな」

サヨがいたずらっぽく笑った。

「もったいぶってんと、早う種明かししてや」

「分かった。そしたら圭ちゃん、その袋から氷出してくれる？」

「氷を？　出してもええけど仕舞《しも》うとくとこ決めとかんと」

「もう決まってるんや」

サヨが意味ありげに鼻をうごめかせた。

「どういうことや。さっぱり分からん」

圭介はずだ袋から氷を出すのをためらっている。

「その大きさやったらちょうど入りそうやな」

サヨはずだ袋の大きさを目で測っている。

「もしかして、ここに氷を？」

圭介が高い声を裏返すと、サヨがこっくりとうなずいた。

「入れてみてくれる？」

サヨが上段の扉を開くと、圭介は急いで氷をずだ袋から出した。

「佳運多にも驚いたけど、この車簞笥にはもっと驚かされたわ」

圭介が持ち上げた氷は、すんなりと氷簞笥におさまった。

「扉があんじょう閉まりますように」

サヨがそっと扉を閉めると、カチリと音がした。

「やった。大成功」

サヨが抱きつくと、圭介は目をぱちくりさせて頰を真っ赤に染めた。

「なんや夢見てるみたいや」

背中に手をまわして圭介がつぶやくと、サヨはあわてて離れた。

「すんまへん。つい興奮してしもて」

サヨはうつむいてほつれた髪をかきあげた。

「ぼくのほうこそ。びっくりしてしもうて」

圭介は肩を狭くして、ぼそぼそとつぶやいている。

「さあて下の扉のなかに何を入れよかな」

息苦しさから逃れようと、サヨは明るい声を上げながら下の扉を開けた。

「こんなんどこで見つけてきたん？　メリケン屋敷《やしき》にはこういうもんがあるて聞いたことがあるけど、実物を見るのは初めてや」

圭介も我に返ったかのように装っているようだ。

「ここの普請をしてくれはった棟梁と左官はんが作ってくれはったんや」

「高う付いたやろ」

「それがお金は要らんて言わはるねん。せやからタダ」

「うそやん。て言うかそれはあかんで。絶対なんか下心があるに決まってる。お金は要らん代わりに……て言うてきたらどないするんや」

圭介は真顔になって語気を強めた。

「大丈夫やて。留蔵はんも勘太はんもそんなひとと違うし」

真剣そのものの圭介を見て、サヨが苦笑いした。

「甘いなぁ。サヨちゃんはひとがええさかい。誰が見返りもないのに、こんな立派なもんを作るねんな。最初はそういうふうに甘いこと言うといて、いざとなったらサヨちゃんのことを狙うとるんや。京に住んどる男はみんなそんなもんやねんで。サヨちゃんが知らんだけで」

「ふうーん。圭ちゃんもそうなん?」

サヨは上目遣いに圭介の表情をうかがった。

「とんでもない。ぼくはそんなことぜんぜん」

圭介は顔の前で何度も手のひらを横に振った。

「圭ちゃんは京に住んどる男と違うん?」

サヨが食い下がった。

「そんなイケズ言わんといてぇな」

降参したとばかりに圭介が甘え声を出した。

「冗談はこれぐらいにしといて、ほんまにおおきに。これがあったら、あんな料理ができる、こんな料理もできる、て夢がふくらむいっぽうや」

氷簞笥を撫でながらサヨが目を輝かせる。

「よかったなぁ。けど礼を言うんやったらこの氷簞笥を作ってくれはったふたりにやで。下心がなかったら、ていう条件付きやけどな」

圭介が片眼《かため》をつぶった。

「まだ言うてはるわ」

サヨが声を上げて笑った。

ずだ袋を荷車に括《くく》りつけ、片づけを終えた圭介は奨められるまま、高椅子に腰かけた。

「今日はほんまにおおきに。なによりの贈りもんどした。一杯どうぞ」

圭介の前に白磁の猪口を置き、サヨは鶴首《つるくび》の徳利を手にした。

「おおきに。遠慮のういただくわ」

なみなみと注がれた酒を圭介が一気に飲み干した。

「さ、さ、どんどんいっとぉくれやす」

すかさずサヨが酒を注いだ。

「ええ酒やなぁ。けど、まさかこないしてサヨちゃんと差し向かいで飲む日が来るやなんて、草津におるときは思いもせなんだなぁ」

圭介がゆっくりと杯をかたむけた。

「こないだ『竹葉』はんでご一緒したやないですか。忘れはったん？」

サヨは徳利を佳運多に置いた。

「違うやん。こないだはまわりにようけやはったし。こないしてふたりきりで……」

圭介はサヨに流し目を送った。

「たしかにこの茶屋ではうちらふたりだけやけど、地続きのお坊にはお住すさんやら、寺方のおかたがようけおいやすさかいに」

サヨは視線をはずし、釘を刺すように言った。

「そ、そうやったな」

圭介は肩を落として、杯を手にした。

「おにぎり作るさかい、ゆっくり飲んでてな」

サヨは櫃のふたをはずし、海苔の缶を開けた。

圭介はサヨの仕事ぶりを目で追いながら、なめるようにして酒を飲んでいる。

「すっかり茶屋の女将さんになってるんやなぁ」

「そんなことあらへん。まだまだ新米の女将どす」

サヨは手際よくおにぎりをむすんでいる。

「女の子のほうが早ぅおとなになるて言うけど、ほんまにそのとおりやな」

圭介が手酌した。

「そうなんかなぁ。こないして見たら圭ちゃんはあんまり変わってへんな。苦労してへんのと違う？」

「なに言うてんねんな。どれだけ苦労してるか。友禅の職人てきつい仕事なんやで。朝は早いし、昼かてなかなか休まれへん。やっと仕事が終わった思うたら、今度はかわら版の仕事せんならん。働きづめや」

「そっかぁ。圭ちゃんは苦労を表に出さへんひとなんや」

サヨは赤絵の中皿におにぎりをふたつ載せて、圭介の前に出した。

「これが噂のおにぎりか。美味しそうやな。いただくで」

圭介は海苔を巻いたほうを手に取った。

「どうぞ食べてみとぉくれやす」

「ええ匂いがしとる」

鼻に近づけてから、圭介はおにぎりにかぶりついた。

「ちょっとしたもんしかないけど、おかずを出すさかいゆっくり食べてな」

「旨い。これ、なにが入ってるんや？」

圭介はかじったあとのおにぎりをしげしげと眺めている。

「お鯛さんの身をバタとお醤油で焼いたんが具になってる。うちの人気商品」

サヨが鼻を高くした。

「へえ。あのバタを使うてるんか。高いやろ。どないして手に入れたんや？」

「錦市場の『魚源』の源治はんがくれはったんや。これで三回目かなぁ」

「なんやサヨちゃんのまわりには、いろんな世話をしてくれるひとがおるんやな。ほんまに下心ないんかいな」

圭介はもうひとつのおにぎりを手に取った。

「圭ちゃん、そればっかり言うてるけど、うちのまわりにはそんなひとやはらへん思うえ」

「そうかなぁ。京へ出てきてから、ようけそんなひと見てきたさかい、疑《うたぐ》り深《ぶこ》ぅなってるのかもしれん」

首をすくめて、圭介はおにぎりを頬張った。

「もしかして下心のあるおんなのひとにつかまったんと違う？」

サヨは包丁を使いながら圭介の顔色をうかがっている。

「そんなことあらへん」

圭介はおにぎりを喉に詰めかけ、咳きこんでいる。

「やっぱりなぁ」

サヨが意味ありげに笑った。

秀乃の顔が浮かんだ。

秀乃の言葉が聞こえてくるような気がした。

『大村屋』の跡取りになる。秀乃が言っていたことをたしかめたい。ばかばかしい。どうでもいい話ではないか。それがほんとうだったとしてもとやかく言う筋合いではない。勝手な秀乃の思いこみだったなら、それはそれでいいし。

おそらく圭介はほんとうのことは語らないだろう。問いかけたとして、返ってきた答えを信じるのか疑うのか。どちらにもなりそうな気がする。

「このおにぎりも変わってるな。食べたことない味や」

わずかに残ったおにぎりをしげしげと見つめながら、圭介は杯の酒を飲み干した。

「卯花熬卵《うのはないりたまご》ていう卵料理を具にしてるんよ。美味しいやろ」

「なんとのう卵やろなぁとは思うたけど。ようこんな料理を思いつくな」

圭介は残りを口に入れた。

「思いついたんと違うて、〈卵百珍〉ていう本に書いてあったんを真似ただけや」

「その本、うちのかわら版屋で見たことある。〈豆腐百珍〉と一緒に置いてあった」

「二冊ともうちの料理の先生みたいなもんや」

「熱心なんやな。けど、それにはええ卵やら豆腐が要るやんか。それもまた、どこぞの男が持ってきてくれるんか？」

圭介は指に付いた飯粒をなめた。

「険のある言い方やなぁ。もうお酒出さんとこかしらん」

サヨが頬をふくらませた。

「冗談やがな。ヤキモチ妬いてるだけや」

「圭ちゃんこそ……」

言いかけてあとに続く言葉を呑みこんだ。秀乃という名前はのどまで出てきていたが、サヨはそれが忌み言葉でもあるかのように押しもどした。

「なに？　ぼくがどないかしたんか？」

「なんでもない。そんなことより、圭ちゃんは番付の仕事で美味しいお料理屋はんをようけ知ってるんやろ？　その話を聞かせてえな」

　サヨが話の向きを変えた。

「知ってるのは知ってるけど、ぼくは付き添いみたいなもんで、お店のことをあれこれ書くだけなんや。お店によっては食べたり飲んだりもさせてもらうけど、それもしょっちゅうやないしな」

「棒鱈《ぼうだら》を炊いたんやけど、味見してくれる？」

　サヨが小鉢を出した。

「もちろん。子どものときから棒鱈は好物やねん。お正月にはかならず出てきたやろ」

「そうなんや。うちはお正月はお客さんで忙しかったさかい、うちではごちそう出てきいひんかった。京に出てきてから覚えたんよ」

「美味しい炊けてる。ほっくりやわらこぅて、味もようしゅんでるし」

「おおきに。手間のかかるもんはやっぱり美味しいな」

　サヨは切れ端を菜箸でつまんで手のひらに載せた。

「番付の前頭筆頭に載ってるんやけど、八坂はんの奥に『平野家《ひらのや》』ていうお店があってな、そこの名物は〈いもぼう〉て言うんや」

「〈いもぼう〉？　初めて聞いた。もしかしてその〈ぼう〉は棒鱈のこと？」

「当たり。この棒鱈の煮付けと海老芋《えびいも》の炊いたんを一緒にして〈いもぼう〉ていうわけや。サヨちゃんも真似してみたら？」

「けど海老芋は高いしなぁ。うちらにはめったにまわってきぃひんさかい、小芋でやってみるわ。やっぱり圭ちゃんお料理屋はんのこと詳しいやんか」

サヨは手酌で湯呑に酒を注いだ。

「たまたまや。小結より上の店ではめったに食べられへん。親方が付いてきはるさかいな」

圭介が苦笑いした。

圭介がほんとうのことを言っているとすれば、『大村屋』では料理を食べていないことになる。それで跡取りに入ることなどあるだろうか。

圭介の言葉で心を軽くしている自分に気づき、サヨはあらためて驚いている。

「それでええやん。うちらには小結より上の店やなんて、一生縁がないと思うし」

「こんなん言うたらなんやけど、この茶屋やったら小結までいけるかもしれんで」

「おおきに。そう言うてもらえるだけでありがたいわ。うちが小結やなんてとんでもないていうことは、ようよう分かってます。お次はあっさりと湯やっこはどうですやろ」

「お世辞やないんやけどなぁ。お豆腐も好きやねん。いただくわ」

「すぐにできるし」

サヨは雪平鍋を竈の火に掛けた。

「豆腐はどこで仕入れてるんや？」

「あちこち。近所のお豆腐屋はんで順番に買うてるんやけど、どこも似たかよったかやわ」

サヨは湯を張った鍋にそっと豆腐を沈めた。

「よかったら友だちの豆腐屋を紹介しよか。熱心なやつでな、〈豆腐百珍〉を読みあさっては、いろんな豆腐を試作しとるんや」

「紹介して。明日の朝にでもすぐ買いに行くわ。どこら辺のお店？」

「下鴨神社《しもがもじんじゃ》はんの近くや。『すがい』ていう店なんやけど」

「それやったら近くやんか。地図描いてくれる？」

サヨは信楽焼の角鉢に湯やっこを盛って、圭介の前に出した。

「鴨川をずっと上がっていったらええわ。ここから一里とちょっとぐらいやと思う」

「そない近いんや。そしたら『本満寺』はんの丑の妙見はんに寄ってから行くわ。そや。たしか圭ちゃんは丑年やったな？」

「そうや。よう覚えてくれてたな。けど、この前『竹葉』でも妙見はんのこと言うてたけど、よっぽど信仰が篤《あつ》いんやな。うちの親でもそこまでとは違うたような気がするで」

『竹葉』で言いそびれた妙見との出会いを、サヨはすんなりと語りはじめた。圭介は近江草津へあまり帰っていないだろうから、両親に伝わることを心配しなくてもいいと思ったのと、圭介にはなんでも話しておいたほうがいい、と思ったからだ。

『日體寺』での不思議な体験から、今日に至るまでの妙見詣りのご利益まで、包み隠さず話した。

「にわかには信じられへんけど、サヨちゃんがうそをつくような子やないのは、ようよう知ってるさかい、きっとほんまのことなんやろなぁ。そんなことがあるんか」

圭介はしきりに首をかたむけている。

「うちも最初は信じられへんかったんやけど、ぜんぶほんまのことやねん」

「ほんまのことやさかい、こないして奇跡みたいなことが起こるんやろ。そうでなかったら『菊屋旅館』の女将が世話してくれはったり、こんな佳運多やとか氷箪笥を作ってくれるひとが現れるわけないわ」

「こないして貴重な氷を持ってきてくれるひともな」

サヨが圭介の目をまっすぐに見た。

「ぼくはむかしからの友だちやさかい、当然のことをしてるだけや」

圭介があわてて目をそらせたのは、ただ照れているからのことなのか、それともサヨの視線を受けとめられないわけでもあるのか。サヨには判別できなかった。

おにぎりにはじまり、サヨが出すままに料理を食べ、三合ほども飲んだだろうか。そろそろ潮時とばかりに圭介が勘定を願い出た。

「なにを言うてるん。こないだ『竹葉』はんでごちそうになったし、こないして氷も持ってきてもろてるのに、お代なんかもらえるわけないやんか」

サヨは何度も手を横に振った。

「お勘定してくれへんかったら、次が来にくいし。頼むさかい取っといてえな」

圭介が食い下がる。

「そしたらこの次からはちゃんともらうことにする。今日はほんまにええて。圭ちゃんの注文を聞いたわけやのうて、こっちから押しつけた料理やし。しかも明日のための試作品ばっかりやったんやから。こないだのお返しにもならへんぐらいや。それと圭ちゃん、今度から氷代もちゃんと取ってな。うちは商売してるんやし」

「分かった、ほな次からはお互いにちゃんと払うことにして、今日のとこはありがとうごちそうになっとくわ。おおきに、ごっつぉさん」

手を合わせて圭介が高椅子から立ちあがった。

「そのことやけど、うちのほうから氷を注文してもええやろか？」

「もちろんやん、て言いたいとこやけど、なかなか安定して入ってきいひんみたいやし、注文どおりに持ってこれへんかもしれんで。できるだけがんばるけどな」

「おおきに。それで充分や。この氷簞笥もどれぐらい融けんと持つか分からへんさかい。様子見い見い注文させてもらうわ。て、圭ちゃんがどこにいるのか聞いてへんかった。どこに住んでるか教えて」

「そうやったな。うっかりしてた。前にも言うたと思うけど、石崎さんていう友禅作家さんの寮に住まわせてもろてるんや。工房とお店と寮はおんなじ敷地やさかい便利でええんよ。そやそや『すがい』さんとこの地図を描くのを忘れてた。なんか書くもんあるか」

「品書きを書く道具でええかな」

サヨが書き道具を圭介の前に並べる。

「こんなええ紙にもったいないな。墨も上等やんか」

圭介が墨を磨りはじめた。

「みんなフジはんにもろた。よう考えたら茶屋のなかはもらいもんばっかりや」

サヨが声を上げて笑った。

「けっこうなこっちゃないか。それだけひとに慕われてるていうことやし。えーっと、ここがこの茶屋。ここが『佛光寺』。これが鴨川。で、これが四条大路でこれが京極小路《きょうごくこうじ》と。ちょっと広ぅ描きすぎたかな。堀川《ほりかわ》がこう流れてて、ここが村雲御所《むらくもごしょ》はん。備前池田《びぜんいけだ》はんのお屋敷とのちょうど真ん中へん。石崎はここ。大きな工房やさかいすぐに分かると思う。職人さんに沖田圭介に用があるて言うてくれたら取り次いでくれはる」

描き上げた地図を圭介が佳運多に広げた。

「圭ちゃんはむかしから絵も字もじょうずやったけど、また上達してるやん」

上から見まわしてサヨが感嘆の声を上げた。

「そらまぁ、いちおう友禅の職人やさかいな。絵を描くのは仕事や。青花で下絵を描いて細ぅに糊《のり》を置いていって、水通しして青花を消したら糊糸目だけが残る。この糸目糊をおんなじ細さできれいに描くのがほんまに難しいねん」

「聞いてるだけで大変な仕事なんやてよう分かる。そんなんしながらかわら版屋の仕事もして、ほんで氷まで届けてくれてるんや。おおきに。ありがとうさんどす」

サヨが深々と頭をたれた。

「そんなあらたまらんといてぇな。修業中の職人やったらあたりまえのことなんやし」

圭介は照れ笑いを浮かべて頭をかいている。

「職人はんに比べたらうちなんか甘いもんやな。もっと気張らなあかんわ」

「サヨちゃんもようがんばってるやんか。料理人の仕事はぼくらよりもっとキツイんと違うか。男でも大変やて聞いてるで」

「うちは修業らしい修業もしてへんさかい、ほかの料理人はんがどんな苦労をしてはるのかぜんぜん知らんねん。清水はんの茶店で奉公してたときは、料理のりの字もさせてもらえへんかったし、『菊屋旅館』はんでも好きなことさせてもろてたしな」

「やっぱり妙見はんのおかげかなぁ。ぼくもお詣りにいかんとあかんな。そうや。サヨちゃんは西洋料理に興味あるみたいやから、長崎から大坂へ出てきはった料理人さんを紹介するわ。ここに連れてきてもええか？」

「もちろんですがな。長崎ていうたら西洋料理の本場やさかい、いろいろ教えてもらわんと」

「そうやねん。草野《くさの》はんていうんやけど、ええひとなんや。なんでも長崎では大成功しはったらしいて、今度は大坂で西洋料理の店を出さはるみたいや」

「西洋料理だけのお店どすか？」

「そうらしい」

「初めてバタをなめたときに、いつかは外国料理専門のお店ができるんやろなて思うたけど、もうそんな時代が来たんや。おちおちしてられへん」

サヨは湯呑の酒をあおった。

「どういうこと？　なんでサヨちゃんが張り切らんとあかんのや？」

圭介が高椅子に座りなおした。

「今でもそうなんかもしれんけど、これからはなんでも外国との戦争になると思うんやわ。攘夷やとか倒幕やとか言うて、今は日本のなかで戦うてはるけど、それて外国から船が来たりしたさかいやろ。メリケンさんやとかがいろんなもんをうちらの国に持ち込もうとしてはるて聞いた。うちらみたいなとこにまでバタが入ってくるんやさかい、もうすでにいろんなもんが入ってきてるはずやんか」

サヨは通い徳利から湯呑に酒を注いだ。

「そらそうやな。江戸やら長崎では西洋の服を着て歩いてるひともよう見かけるらしいし、ちょんまげ切ってしもたひともいるらしぃ」

「そやろ。ここを板前茶屋、この長板を佳運多て名付けてくれはった麟太郎はんていうお客さんは、船に乗ってメリケンへ行ってきはったんやけど、国も広いしいろんなもんが揃うてて、うちらとはぜんぜん違うらしい。そんな国から大勢のひとが来はって商売しださはったら、うちらはすぐに負けてしまうんと違う？　料理かてそうやで。へたしたら外国の料理ばっかりになって、日本の料理はなくなってしまうかもしれんやん」

語気を強めて、サヨは湯吞をかたむけた。

「まさか。日本の料理がなくなるやなんて、そんなアホな」

圭介が一笑に付した。

「圭ちゃんはのんき過ぎるわ。うちに来はるお客さんはちょっと変わった、ていうかとんがったひとが多いさかい、これからの日本がどうなるんかを案じてはるんや。聞いた話やと世界はとてつものう広ぅて、日本てちっぽけな国やそうやないですか。そない小さいとこで日本人どうしで戦うてたら、そのあいだに外国から攻め込まれてしまうんと違うやろか。料理ひとつとってもおんなじや思うえ」

酒の勢いも借りてサヨが熱弁をふるう。

「サヨちゃんはえらいなぁ。そないなこと考えてみたこともなかったわ。そういうたら石崎はんもときどき嘆いてはる。これから洋服が流行るようになったら、友禅染の着物は消えていくかもしれん、て。そんなアホな、と思うて聞いてたけど、サヨちゃんの話聞いてたら、石崎はんが案じてはってもおかしいないのかもしれんと思うようになったわ」

「こないな話をするとは思うてへんかったんやけど、圭ちゃんの顔見てたら、ついこんなけったいなことを言うてしもて。うち、どないしたんやろ。今日はヘンやな」

サヨは顔中を紅く染めて、しきりに首をかしげている。

「いや。ものすごだいじなことやと思う。たしかにサヨちゃんが言うように、狭い世界で争うたり競うたりしてるときと違うんやろな。都料理屋番付の仕事してて、ときどきむなしいなるのは、そういうことやったんかもしれん。十年先にも番付があるとしたら、西洋料理やとか卓袱《しっぽく》料理の店が大関になってるような気がしてきたわ」

「圭ちゃんはほんまに甘いな。十年どころか三年、いや一年先にはそないなってるかもしれんえ。しっかり時代に付いていかんと取り残されてしまうで」

「なんや、サヨちゃんがおねえちゃんに見えてきたわ」

圭介が両目を手のひらでこすると、サヨはむくれ顔で言った。

「ようそんな失礼なこと言うわ。うちは圭ちゃんの四つ年下やし」

「そういう意味と違うやん。しっかりしてる、ていうことや」

「分かってるけど……」

サヨは口をすぼめ、すねたような顔を圭介に向けた。

「美味しかったし、なにより愉しかった。これでまた明日からがんばれるわ。近いうちにまた来るしな」

名残《なご》りを惜しみながら圭介は板前茶屋を出て、荷車を引きながら参道を歩いていく。

「きっと。きっとまた来てや」

サヨは目を潤ませてその後ろ姿を見送った。

〈さげ〉

氷簞笥が届いたもんの、肝心の氷がないことには意味がおへん。ただの食品貯蔵庫になるやもしれんと思う間ものう、きっちり氷が届くんですなぁ。やっぱりこれも妙見はんのご利益ですやろか。

それはええとして、いよいよサヨと圭介の距離が縮まってきましたな。

夜の茶屋でふたりきりでハグしとる。えらいこってっせ。お寺の境内でっさかい、よもやとは思いますけど、一時はどないなるんやろてハラハラしましたがな。

初々しいと言えんこともおへんけど、ふつうやったらもうちょっとロマンティックになりまっしゃろ。床屋やないんやから、そんなとこで日本の将来の話持ち出してどないするねん、と思いますけど、まぁ、時代が時代ですさかいに、それも無理からんことなんかもしれまへんな。

しかしサヨの先見性には驚かされます。よう先を見とる。明治になるとすぐに肉食も解禁になりましたし、西洋料理もどんどん入ってくる。日本料理もおちおちしとられん時代になる、てそのとおりになりましたがな。

さて板前茶屋もだいぶ形が整うてきました。
氷簞笥があって氷が届いて、準備万端整うたところで、いよいよ芸妓はんを連れて
フジはんが晩飯食いにやってきます。どないなりまっしゃろな。

第五話

和魂洋才

〈まくら〉

小鍋茶屋の大福帳っちゅう古本をわしが手に入れたことで、わしの創作落語にいっそう磨きが掛かりました。

て、誰も言うてくれんので自分で言うとります。

ほんまにこの古本に出会えてよかったですわ。もちろん落語家という仕事にとっもですけど、なによりおもしろいんですわ。へたな小説よりよっぽどおもろい。

漠然と幕末の時代っちゅうのを思い描いとったんですけど、この古本を読んどるといろんなもんがはっきり分かるようになりました。

もやもや〜としとったもんがクリアに見えてくるという感じですかな。

言うまでものう、幕末っちゅうのはお侍さんの時代が終わるときですわな。

江戸から明治へ年号が変わるだけやのうて。日本っちゅう国が大転換する、ちょうどその境目が幕末というわけです。

わしらも年号が変わる瞬間を体験しました。

昭和から平成、その次は令和と年号が変わるたんびに、その時々の官房長官かなんやしらん政治家が真剣な顔して額を持って発表してましたなぁ。

年号が変わったさかい言うて、体制が変わるわけやなし、暮らし向きが変わるてなことはいっさいありまへん。こんなん言うたら叱られるかもしれまへんけど、年号が変わるとややこしいことが増えます。

わしらは昭和生まれで、ずっと昭和という年号で育ってきましたさかい、平成になってからは、昭和に置き換えて、平成何年は昭和何年てなことをしばらく続けとりました。

やっとそれが頭に入ってすんなり分かるようになったと思うたら、今度は令和ですわ。こないなったら西暦に置き換えるしかしょうがありまへんがな。

そんなことをぶつくさ言うとるぐらいで、年号が変わったさかいいうてたいした変化はありまへんでした。

それと比べるのもなんですけど、慶応から明治に年号が変わるときっちゅうのは、地球がひっくり返るくらいのことやった思います。

なんもかもが変わるんですさかいに。これまで東洋やったんがいきなり西洋に様変わりする。そんな感じやったんでしょう。

ちょんまげ切って、洋服着て、となると当然言葉つきも変わったんですやろな。

ちょんまげ結うとるさかい、――さようでござる――やとか、ナントカ殿、とか言うても様になっとったけど、洋服には似合いまへんがな。

とおんなじように、料理も大きい変わったんやろうと容易に想像つきます。

箸一辺倒やったんが、徐々にスプーンとかが入ってきたやろし、ぼちぼちナイフ・フォークも使うようになってきましたやろ。

道具だけと違いまっせ。食材やら調味料やらも、ばんばん海外から入ってくるんですさかい、料理も店も劇的に変わりましたんやろな。

早い話が居酒屋ですわ。今でこそあたり前みたいにして、カウンターで酒飲んでメシ食うてますけど、江戸時代まではそんなもんなかったんですな。

カウンターのない居酒屋て、考えられしまへんやろ？　床几並べてそこで酒飲むやなんて、花見かいなて思うてしまいますし、床几というたら団子やとか饅頭《まんじゅう》を食う茶店を思い浮かべますがな。

そう言うたらテレビや映画の時代劇でも、居酒屋らしい店はよう出てきまっけど、カウンターらしいもんは見たことおへんな。

今の食堂みたいな四人掛けくらいのテーブルがあって、縄で編んだ四角い腰掛けに座って酒飲んどりますわな。

　これが料亭やと座敷ですわ。それも個室ですな。床の間があって屏風《びょうぶ》が置いてあって、脇息《きょうそく》っちゅうんでしたかいな、あのひじ置き。あれにひじ突いて、分厚い座布団にあぐらかいて、隣の芸妓はんが、──おひとつどうぞ──てなこと言うて酌をしよる。ほんで脚付きの膳に料理が並んどる。そんな感じですわな。

　今でも料亭というたらそんな設えですやろけど、居酒屋のほうはすっかり様変わりしました。その切っ掛けを作ったんが、どうやらサヨみたいです。

　というわけで、おおげさに言うたらこの古本は日本の食文化の転換点を書き残したもんなんですわ。読んでて、いちいち合点《がてん》がいきます。

　なるほど、そうやったんか。なんべんもひざを打ちましたがな。

　ここまでいろんな客が来て、いっしょうけんめいサヨが料理作っとりましたけど、それはあくまで江戸料理の範疇《はんちゅう》を越えんもんやったように思います。たしかにバタやとかを使うて西洋料理のかけらぐらいは取り入れてましたけど、革新というほどには至りませんでした。

　それが、ここからいっぺんに進化しよるんです。切っ掛けはやっぱり佳運多ですやろな。カウンター席を作ったことで、ぐっと現代に近づきよる。それに加えて氷箪笥。この存在も大きいんと違いますかな。さぁこれからエンジン全開、っちゅうとこです。

サヨの板前茶屋が本格始動する、記念すべき最初の客はフジはんと芸妓はん。ゆうべはよう眠れんかったようで、サヨは赤い目をこすりながら昼のおにぎり茶屋の客を迎える支度をしとります。

そこへやってきたんが『杉源』の源治はん。トロ箱をかついで茶屋の木戸を叩いとります。

どんな魚を持ってきよったんですやろ。サヨと源治のやりとりから話がはじまります。

1

「どちらさんです？」

木戸に耳を当ててサヨが訊いた。

「源治や。開けてくれるか？」

「すぐに開けます」

サヨは錠前をはずし、勢いよく木戸を開けた。

「おはようさん。遅うなってすまなんだな」

「おはようさんどす。ちっとも遅いことあらしまへん。どうぞ入っとぉくれやす」

サヨが手招きすると、源治はトロ箱を肩にかついで敷居をまたいだ。

「ここんとこ海がしけとったさかい、あんまりええ魚が入ってこなんだんやが、今日はええのが届いとる。たしか今夜はだいじな客が来るんやったな」

源治がトロ箱を床に置いた。

「そうですねん。『菊屋旅館』のフジはんが芸妓はんを連れてきはるんです。おおかたの献立は考えたんどすけど、肝心の主菜というか目玉がおへん。源さんのお魚を首を長ぅして待ってましたんえ」

「サヨちゃんの期待に応えられたらえんやけど。若狭の甘鯛、越中の南蛮海老、明石のタコとアナゴ、播州《ばんしゅう》のカキと、こんなとこやけど、どれがええ？」

トロ箱のふたを開けて、源治が魚鉤《さかなかぎ》で順に指した。

「こんだけいろいろあったら目移りしますなぁ。どれもみな欲しいとこやけど、お客さんは女のひとがふたりやし、そない食べられへんやろなぁ」

「氷室でもあって氷で冷やしとけたら日持ちするけどな。なんぼ冬やいうてもすぐに傷んでしまいよるわ」

「そや。氷どないなってるやろ。源さん、ちょっと見とぉくれやすか。こんなもんを作ってもろたんでっせ。こっちこっち」

サヨは源治の袖を引っ張り、氷簞笥の前まで連れていった。

「これはひょっとして……」

源治が目を白黒させている。

「東西東西、よ〜くご覧《ろう》じろ」

芝居がかった口調で、サヨが氷簞笥の扉を開けた。

「やっぱり」

なかを覗いて源治がうなった。

「やっぱり、て氷簞笥のこと知ってはったんですか？」

サヨが訊いた。

「見るのは初めてやけど、西洋にはこういうもんがあるて聞いたことがあるんや。長崎のオランダ屋敷にもあるらしい」

源治は扉を開け閉めしながら、目をこらしてなかの様子を見ている。

「勘太はんと留蔵はんが作ってくれはったんやけど、どっかで見はったんやろか」

「さぁ、それは分からん。もしかしたら図面を見てはったかもしれんな。それにしてもようできてる。この氷は朝届いたんか？」

「いえ、ゆうべ持ってきてくれはったもんです」

「ゆうべ？　ほなもっと大きかったんか？」

「あんまり変わってへんように思いますけど」

サヨが氷の寸法を手で測った。

「そやな。これ以上大きかったらここに収まらんわな。よっぽど気密性が高いんや。保冷性も」

源治が四方から氷簞笥を見まわしている。

「ほんまですな。氷が融けた水はこの桶に溜《た》まるようになってますねんけど、あんまり溜まってしまへんな」

「高ぅついたやろ」

「それが、お金要らんて言わはって」

「これをタダで？」

源治が素っ頓狂な声を上げた。

「へえ」

サヨが遠慮がちに答えた。

「サヨちゃんはほんまに恵まれとるな。こんな氷箪笥やったら十両出してでも欲しい店はいくらでもある」

「へ？　じ、十両どすか？　買うたら高いもんやろなとは思うてましたけど。ほんまに感謝せんとあきまへんな」

サヨは氷箪笥に向かって両手を合わせた。

「下の扉のなかに魚やらを入れとくんやな。まだようけ空いてる。ぜんぶ置いていこか？」

源治は冗談とも本気ともつかないようなことを言いだした。

「そうしたいとこどすけど、支払いが……」

サヨが顔をゆがめて笑った。

「なにを水臭いこと言うてるんや。留蔵さんらに負けてられん。氷簞笥設置祝いということで、要るぶんだけ置いていく。どれがええ？」

源治が二の腕をこぶしで叩いた。

「おおきに。うれしいお言葉どすけど、源さんが商うてはるもんやさかい、タダでもらうわけにはいきまへん。お代金はちゃんと払わせてもらいます。明石のタコとアナゴ、播州のカキをもろときます」

「サヨちゃんもがんこになったもんや。よっしゃ、分かった。言うとおり代金はもろとこ。ぜんぶで五十文にしとくわ。いつもとおんなじ月払いの末〆でええやろ」

「五十文て、そない安ぅしてもろたらあきまへんて。もっと高ぅ仕入れてはるやろに」

サヨがかぶりを振った。

「値付けするのは売るほうやがな。買う側は余計な口出しせんといてや」

トロ箱から出して、源治は順に氷簞笥に仕舞っていく。

「おおきに。ほなお言葉に甘えさせてもらいます」

サヨは源治の背中に両手を合わせた。

「留蔵はんやら勘太もそうやと思うけど、わしらはサヨちゃんの応援団やて思うとる。もちろん商売やさかい、なんでもっちゅうわけにはいかんけど、できるだけのことはするさかい遠慮せんとき。その代わりサヨちゃんが大店の女将にでもなったときには、しっかり儲けさせてもらうさかい覚悟しときや」

源治はトロ箱をひょいと肩にかついだ。

「もちろんですがな。いつになることやら分かりまへんけど」

サヨはぺろりと舌を出した。

「愉しみにしとるで」

源治がサヨの肩を二度ほど叩いて茶屋をあとにした。

サヨは屈みこんで氷箪笥の下の扉を開けた。

殻付きのカキが十個、アナゴが五本、赤子とおなじくらいの頭を持つタコが一匹、氷箪笥に入っている。

さてこれをどう料理しようか。地べたに座りこんでサヨは頭を悩ませている。

「カキはこのまま焼くのが一番ええやろな。アナゴは煮るか焼くか、天ぷらにするのも悪ぅないし、タコはどないしようかしらん。茹《ゆ》で立てをお酢のもんにして食べてもらおか。いやいや、それでは芸がないわ。なんか目新しいことせんと」

サヨは腕組みをして考え込んでいた。

「サヨちゃんいてるか？」

表から聞こえてきた声は勘太のようだ。

「勘太はんどすか？」

用心深いサヨは木戸に耳を当てた。

「そや。氷箪笥がどんな具合か気になってなぁ。棟梁に様子見てこいて言われたもんで」

「おおきに」

錠前をはずしてサヨが木戸を開けた。

「どないや？　あんじょういっとるか？」

勘太が木戸の外から奥を覗きこんだ。

「おかげさんで按配よういっとります。ちょっと見とぉくんなはれ」

「ほな、ちょっと見せてもらうで」

勘太が敷居をまたいだ。

「うまいこと、ゆうべ氷が届きまして、お魚もさっき届いたんどす」

サヨは上下の扉を一緒に開けた。

「おお。これはこれは。うまいこといき過ぎやないか。氷はゆうべ届いたて言うたな。元はどれくらいの大きさやったんや?」

勘太が氷を見まわした。

「おんなじこと訊かはる」

サヨがくすりと笑った。

「おんなじて、なんのことや」

「さっき来はった源さんもおんなじこと訊かはったんどすけど、ゆうべとあんまり変わってしまへん。わずかしか融けてへんように思います」

「ほんまや。上出来やったな。棟梁に報告したらきっとよろこばはるわ」

勘太が氷箪笥の扉を閉めた。

「ほんまにおおきに。これで美味しいもんがたんと作れるようになりました。留蔵はんには、くれぐれもよろしゅうお伝えください」

送りに出てサヨが深く頭を下げた。

こうしてまわりのみんなが自分のことを気に掛けてくれていることに、サヨは胸を熱くしながら昼の支度を続ける。

今日のおにぎりはいつもどおりに二種類用意している。海苔で巻いたほうは、すぐき漬けを醤油おかかで和えたもの。巻かないほうは卵の味噌漬け。冬場に人気のおにぎりだ。

慣れた手つきで五十組をむすび終えたサヨは、夜の料理に取りかかった。

アナゴは天ぷらと箱寿司にすることにした。

まずは下ごしらえ。小出刃で腹を開きていねいにワタを取る。沸かしておいた湯をまな板に寝かしたアナゴの皮目に掛けてぬめりを取る。包丁の背をつかってヒレもしごき取る。

少し冷ましてからざるに並べ、布巾をかぶせて氷箪笥の下の段に入れる。

「なかはひんやりしてるわ。これやったら夜までこのまま持つやろ。ほんまにありがたいことや」

ひとりごちてタコを取りだしたサヨは氷箪笥の扉を閉めた。

タコにはたっぷりの塩を振り、力をこめてこすり合わせてぬめりを取る。まだ鮮度を保っているからか、吸盤が指に吸い付いてくる。はがそうとしてもままならず、また別の指に吸いついてくるのだ。

「やっぱりまずは桜煮やろなぁ。甘辛《あまかろ》ぅ炊いて黄柚子の皮をすって載せて、ほんで練り辛子をちょこんと。なんぼでも飲めそうやんか。て、自分のためだけかもしれん。これも天ぷらにしたいとこやけど、アナゴかどっちかにせんと。芸妓はんやったら重うないほうがええか。足は串に刺して炭火で炙ってもおもしろいかもしれんな」

ひとりごちながらサヨは仕込みを続けた。


わしねぇ、サヨのことを娘みたいに思うて応援してますねん。がんばれよ。へこたれたらあかんぞ、て大福帳を読みながらずっとエールを送り続けてきました。けどねぇ、この日の流れを読んどったら、なんやしらんイラッとしてきましたわ。わしが励まさいでも充分やっていけるやないか。っちゅうより、応援してもらわんならんのはこっちのほうやないか、と思いはじめましたんや。

なんでかて言うたら、こないうまいことといく人生てめったにありまへんで。わしら生まれてこのかた、こない次から次にひとからモノもろたり、格安で仕入れさせてもろたり、てふつうはありまへんやろ。

この逆はしょっちゅう経験してきました。友だちに貸した金が返ってきやへんとか、安モンを高ぅ売りつけられたとかは、日常茶飯事です。たいていのひとはそうと違いまっか？　そうですやろ。ひとを応援してる場合やない、っちゅうねん。へ？　なんですて？　娘やったら喜んでやらんかい、てでっか？　まぁ、そらそうです。喜んどります。娘のしあわせを願わん親はおりまへんさかいにな。分かってまんがな。頭では分かってますねんけど、わが身に重ね合わすとつい。

気を取りなおして、噺を続けることにしますわ。

この日の昼もおにぎり茶屋は絶好調。早々と五十組すべてが売り切れます。片づけを終えてからサヨは昼飯を食います。

なにを食うかていうと、昼はたいてい茶漬けみたいですわ。ちゃっちゃっと食えて手間も掛からんし、残りもんさらえにもなるし。わしもよう使う手です。わしの場合はふりかけやとか、昆布の佃煮《つくだに》やとかでっけど、そこはやっぱり料理人。残りもんを使いながら、サヨは上等の茶漬けを食うとります。

この日はマグロ茶漬け。刺身で残ったんを醬油漬けにしといたんですやろ。冷ご飯にマグロの漬けをどーんと載せて、上から刻み海苔振って、わさびを溶いてかっこんどるようです。

想像しただけでよだれが出てきます。さぞかし旨いんですやろな。

茶漬けのええとこはおかずが要らんということってす。さっと食えますわな。汁もんとご飯が一緒に食えるさかいあっという間に食い終わる。時間の節約にもなります。わしの場合は昼飯食うたら昼寝ですわ。昼寝っちゅうのはなんであない気持ちよろしいんやろな。昼飯食うて畳にごろんと寝ころんで、座布団を半分に折り曲げて枕の代わりにしたら、思わず——ゴクラクゴクラクー——と言うてすやすや寝てしまいます。

昼寝は最高のぜいたくと違いますかな。夜はいろいろ考えて眠れんということがたまにありますけど、昼寝は絶対そんなことはありまへん。すぐに寝てしまいます。なんでですやろな。

サヨもわしとよう似たタイプやとみえて、この日も茶漬けを食うてすぐに昼寝態勢に入りよりました。噺を続けまひょ。

2

マグロ茶漬けを食べ終えたサヨは流し場で洗い物をはじめる。

器を洗いながらの時間はいつも振り返りだ。

まかないとはいえ、茶漬け一杯でも客の立場に立って食べている。今日のマグロ茶漬けはどうだったか。完璧というにはほど遠く、しかしながらたいていの客なら喜んで食べるだろう。

何が足りなかったか。手を止めてサヨは思いをめぐらせている。

「そや。香りや。ワサビと海苔の香りばっかりが立ってしもうて、マグロらしい匂いが感じられへんかった」

サヨが思い至ったのは食材の香り不足である。

言うまでもなくマグロ茶漬けの主役はマグロであって、ワサビや海苔ではない。肝心の主役の影が薄いから印象が弱くなってしまったのだ。

日にちが経ったマグロだから香りが弱いのは当然のことである。へたをすると生臭くなってしまうのを防ぐために醤油に漬けたのだが、それがゆえにマグロそのものが持つ香りが消えてしまった。やむを得ないと言えば、やむを得ないことではある。そこは目をつぶるしかないのか。

いや、なにかいい方法があるはずだ。

サヨは洗い物を続けたが妙案は見つからない。手ぬぐいでていねいに手をぬぐって、サヨは佳運多の高椅子に腰をおろした。

魚の匂いはとかく悪者にされがちだが、ほんとうにいい魚は食欲をそそる香りを放つものだ。マグロの赤身などはその典型で、カツオとはまた違う潮の香りがする。茶漬けにしてもなんとかあの香りが出せないものか。

「そや、炙ったらえんと違うやろか」

サヨはこぶしで手のひらを打った。

すっくと立ちあがったサヨは小走りで氷箪笥の前まで行き、下の扉を開けた。

小鉢にはまだ少しマグロの醤油漬けが残っている。

金串にそれを刺し、炉の火にかざす。香りを引き出すためだけだから弱火の遠火だ。注意深く目をこらし、金串を火から遠ざけたり近づけたりしながら、うっすらと焦げめを付け、手早く金串を抜いた。

飯茶碗にひと口分の白飯をよそい、その上に炙ったマグロを載せて茶をまわしかける。

「うん。これや、この芳ばしい香り」

鼻を近づけてサヨは満足げにうなずいた。

ただ焦げた匂いだけではなく、マグロの身が本来持っている潮の香りが引き出されていて、赤身の魚を食べているという実感がある。これなら海苔やワサビはなくてもいい。好みに応じて添えればいい。

答えを見つけたサヨは急に睡魔におそわれ、佳運多につっぷした。

すやすやと寝息を立てはじめたサヨは、まさに夢見心地といった安らかな顔を佳運多に向けた。

外は寒いが茶屋のなかはあたたかい。冬の昼下がりは陽も照らず、しんとしずまった薄暗い茶屋に眠りを妨げるものはない。

深い眠りに就いていたサヨは、木戸を叩く音に薄目を開けた。

気のせいだったか。しばらく音は途絶えている。サヨはもう一度目を閉じた。

トントン。また聞こえた。やはり誰かが来ているようだ。

「なんや、今日はようひとが来る日やな」

大きな伸びをして立ちあがったサヨは玄関口へ急ぐ。

「どちらさんどす？」

目をこすりながらサヨは木戸に耳を当てた。

「『菊屋』の使いで来たもんです。わたしたいもんがあるんで開けてもらえますか」

『菊屋』はんのかたどしたか。すぐに開けます」

「おたくがサヨさんですか？」

木戸を開けると着流し姿の若い男が立っていた。

「へえ、そうどすけど。フジはんのお使いですか？」

サヨが木戸から首を出すと、男はいきなり襟首をつかんできた。

「ちょっとなかに入らしてもらうで」

「な、なにをしはるんです？　はなしてください」

サヨが顔をゆがめて声を上げると、男はサヨの口を手でふさいだ。

「えらいええ店やないか。ちょっとわしらも一杯飲ませてもらおか」

男はひとりではなかった。うしろに控えていた男がふたり、素早く茶屋に入り、木戸を閉めた。

「ほんまに『菊屋』はんの使いですか？」

後ずさりしてサヨは声をふるわせている。

「そんなこと言うたかいな。わしらは通りがかりのもんや。なんやええ匂いがするなぁと思うて来たんや」

「だまさはりましたんやね。ここはお寺でっせ。悪さしたら仏はんのバチが当たりますえ」

気丈にふるまっているものの、サヨは恐怖で足をすくませている。

「悪さやて？　どんなんが悪さなんか教えてもらおうやないか。おい、このお嬢さんに訊いてみ？　どんなことしたらバチが当たるんか」

兄貴ぶんらしき男があごをしゃくらせると、若い男がふたりにやつきながらサヨの前に立ちはだかった。

「よう見たらべっぴんさんですなぁ。悪さやのうて、わしらとええことしようやないか。愉しいことをたっぷりとな」

ふたりの男は舌なめずりしながらサヨの襟元に目をやった。

「おかしなことしはったら声上げまっせ。すぐに寺方のおひとが来はりますさかいに」

サヨは襟元を手で押さえながら声をふるわせた。

「あいにく寺は誰もおらんみたいやで。ここへ来るまえにたしかめといたんや」

兄貴ぶんらしき男は茶屋のなかを見まわしている。

「お金やったらわたします。いくら要りますねん？」

「うれしいこと言うてくれるやないか。行き掛けの駄賃っちゅう言葉もあるさかい、ようけ稼いでるんやろ」

用が済んだらそれももろていくわ。その年でこない立派な店を作るんやさかい、ようけ稼いでるんやろ」

男は佳運多のなかに入りこむ。右腕には鯉《こい》の刺青《いれずみ》が入っている。札付きの男なのだろう。

「そこへ入ってもろたら困ります。うちのだいじなもんがようけあるんですさかい」

サヨは涙目になって訴えた。

「これはなんや？　けったいな車簞笥やな」

刺青男が氷簞笥の扉を開けた。

「あきませんて言うてるでしょ。さわらんといてください」

「ほう。氷が入ってるやないか。こらまためずらしいもんや。ええ値で売れそうやな」

「ごたごた言うてんと、早いことわしらとええことしような」

若い男がサヨに抱きついた。

「やめてください、て言うてるでしょ」

サヨが必死に抵抗する。

「そのお嬢ちゃんの言うとおりや。そない急がんでもええやろ。愉しみはゆっくりで。まずは一杯もらおやないか」

通い徳利を手にした刺青男は、水屋から湯吞を三つ出して佳運多に並べた。

「せっかくやさかいべっぴんさんに注いでもらおか」

三人の男が湯吞を手にしてサヨに差しだした。

サヨはしぶしぶといったふうに通い徳利を抱え、それぞれに酒を注いだ。

「こらまた上等の酒やな。胃の腑に染みわたるで」

男たちは一気に飲み干し、お代わりを所望した。

「お酒でよかったらなんぼでも飲んどぉくれやす。よかったらアテでも作りまひょか」

サヨはここぞとばかりに流れを変えようとしている。

「そういうたら昼メシ食うてなかったな。なんぞ食わしてもらおかいな」

しめた。これで少しは時間稼ぎができる。サヨは機に乗じようと氷箪笥に向かい、扉を開けてカキを三個取りだした。

「美味しいカキを焼きまひょか」

「おお。こらえらい立派なカキやないか。姉さんのとこで食わしてもろてから、もう何年も食うとらん」

「わしらははじめて見ますわ」

「すぐに焼けますさかい、お酒でも飲んで待っててください」

流れを止めないようにとサヨはすぐにカキを炉の網に載せ、てきぱきと皿を並べた。

「行き掛けの駄賃もええもんやで。ほんまのごちそうはあとでゆっくりと味おうたらええ」

刺青男が好色そうな目つきでサヨの顔を見ている。

少なくともこれを食べ終わるまでは大丈夫だ。サヨはそう自分に言い聞かせ、つとめて冷静をよそおっている。

ふと気になったのは刺青男が言った姉さんという言葉だ。

ほんとうの姉のことなのだろうか。ふつうの家でこんなカキが出てくることはないだろうから、姉は料理人なのか。それとも魚屋か。

三人とも荒っぽい感じはするが、極悪人というふうでもない。堅気ではないだろうが、使い走りのような様子だ。いったいぜんたい何者なのか。

先に寺の様子を見ていたあたり、明らかにサヨに狙いを定めて押し入ってきたのは間違いないが、その目的はなんだったのか、いまいち判然としない。

金目当てだとすれば、水屋のなかなどを物色するはずだし、のんきに酒を飲んでカキを食べている場合ではないだろう。

ひと並みの器量だろうとは思うが、狙いを定めて押し込まねばならないほどの女ではないことは、サヨ自身が一番よく分かっている。

ならばただの嫌がらせなのか。それともどこかで誰かの恨みを買っていたのか。

思いをめぐらせても思い当たることはない。

三つのカキはほとんどどうじに殻を開けた。

だが酒を飲んでいる三人はそれに気づいていないようだ。ほんとうは今が一番食べごろなのだが、もう少し焼き続けよう。わずかでも時間をかせげる。

「もうすぐ焼き上がりますさかい、ちょっとだけ待っとぉくれやっしゃ」

いかにも焼き上がりが近いふうをよそおって、炭を足したり引いたりして間を持たす。

よくよく考えればなんとも不思議な時間だ。

何かしらの目的を持って押し入ってきた三人組が、酒を飲みながらカキが焼けるのを待っている。

もしも今この場を誰かが見たなら、ふつうの客にしか見えないだろう。

そうか。そう思えばいいのだ。

ひと筋の光明が差し込んできたような気がした。

少しばかり乱暴な三人の客が来たと思えば、いくらか恐怖感はやわらぐ。

この三人をどうもてなせば、おとなしく帰っていくだろうか。そう考えることにした。

とにもかくにも酒と美味しい食べものを出し続けるしかない。そのうちきっと満ち足りるだろう。問題はその先だ。酒の勢いで迫ってくるのか。満ち足りてあきらめるのか。いや、そんなことはないだろう。

サヨは近江草津の実家で幼いときに見た忌まわしい光景を思いだしてしまった。

まだ五歳くらいだったか。

実家である旅籠『月岡屋』で大きな宴会が終わったあとのことである。

おおかたの客が帰ったあと、縁側で眠り込んでいる客がいた。その客を起こそうとした仲居が襲われ、布団部屋へ連れ込まれた。たまたまその様子を見ていたサヨはただごとではないと察知し、男衆に伝えたことで間一髪ことなきを得たのだった。襦袢《じゆばん》一枚になった仲居が泣きながら布団部屋から飛び出してきたときのことは、サヨの目に焼き付いている。

子どもながらに男とは怖いものだと思い、今になって色恋沙汰に奥手なのもそれが一因となっているような気がしている。

自分は今まさにあのときの仲居とおなじ立場にいる。そう思うと足が震えてくる。少しでも時間を取ろうとしてきたが、いくらなんでも焼きすぎ、このままだと身が縮むいっぽうだ。いくら身の危険を感じているとはいえ、料理人としての矜持《きようじ》がある。ぎりぎりを見計らってサヨはカキを皿に載せた。

「どうぞ召しあがってください。熱いさかいやけどせんように気ぃつけてくださいね」

三人の前に出すと、そろって手でつかんだ。

「熱いやないか」

刺青男は顔をしかめ手を引っ込める。

「熱おっせて言うてましたがな」

間抜けな男の様子にサヨは小さく笑った。

カキを味わっている男たちを横目で見ながらサヨは違和感を持った。いったいなにが目的でこの男たちは押し入ってきたのだろう。おなじ疑問が繰り返し湧いてくる。

うまくすれば切り抜けられるのではないだろうか。夢中でカキを食べている三人を見ているとそんな気がしてきた。

「美味しおすやろ。もっと焼きまひょか」

「おお。ええなぁ、もっと焼いてくれ」

思惑どおりだ。サヨは氷簞笥から三個カキを出し、炉の網に載せた。

「お酒は足りてますか？」

「あるだけ飲むで」

「ほな徳利ごと置いときますさかい、好きなだけ飲んどぉくれやす」

サヨは通い徳利を佳運多の上に置いた。

ますます狙ったとおりの展開になってきた。

すきを見て逃げ出すことはできないだろうか。サヨは目で探り模索してみた。

佳運多のなかから飛び出したら、すぐに追いかけられるに違いない。錠前がおろされているから、それをはずしてから木戸を開けるとなると、間違いなく捕まってしまうだろう。

そうなると男たちはきっと、逃げ出させないように危害を加えてくるはずだ。逃げるのは危険すぎるという結論に至った。

カキの殻が開いたが、男たちはまるで気づいていない。炭を減らして火を弱くすることで時間を稼ぐ。しばらくはこれで様子を見るしかない。とにかく食べさせて飲ませることで、少しでも先延ばしできれば助かる道があるに違いない。そう信じてサヨはカキを焼き続ける。

「酒がないぞ」

刺青男が通い徳利を振って見せた。

「ただいま」

サヨは急いで甕《かめ》の酒を通い徳利に移す。

もっと飲め。たくさん飲んで眠れ。祈る気持ちで通い徳利に酒を満たし、佳運多に置いた。

「カキも焼きあがりましたえ」

火ばさみでカキをつかみ、それぞれの皿にゆっくりと載せる。

「なんかほかにつまむもんはないんか？」

いい流れだ。このままずっと飲みつづけ、食べつづけろ。サヨは茹《ゆ》でたタコをぶつ切りにして二杯酢を掛け、たっぷりと中鉢に盛った。

「どうぞ召しあがってください。よかったらおにぎりでもどうどす？」

「そやな。腹が減っては戦ができん、て言うさかいな。しっかり食うとこやないか」

酒を片手に舌なめずりしながら、男たちの視線がいっせいにサヨに注がれる。しまった。余計なことを言ってしまったか。悔いながらサヨは櫃の飯をしゃもじでかき混ぜた。

蛇の生殺しという言葉が浮かび、サヨは顔をゆがめた。

こんなことをしていても、いつかはこの男たちの餌食になるのか。

ならば、さっさと済ませてしまったほうがいい。そうも思うようになった。

男たちの望みを叶えてやれば、それ以上の危害を加えることはないだろう。

サヨの思いは千々に乱れ、泣きたくなるのを抑えるのが精いっぱいだった。

そうだ。妙見さまがきっと助けてくれる。いざとなれば妙見さまが守ってくれる。すっかりそれを忘れていた。でも、妙見さまは気づいてくれるのだろうか。助けてくださいい妙見さま。サヨは胸のうちで呪文のように何度も唱えた。

気が付くと六個もおにぎりをむすんでいた。このまま出してもいいのだが、わずかな時間でも遅らせようとして、海苔の缶を開けて一枚ずつ海苔を切っていく。ひとつずつゆっくりと海苔を巻く。とは言ってもたいして時間は掛からない。こうなったら開き直るしかないのだろう。

「お待ちどおさん。よかったらまだおにぎりはできますし」

三人の前におにぎりを出した。

空腹だったのだろう。三人はおにぎりを手づかみし、むさぼるように食べている。そんなに急いで食べなくてもいいのに。サヨの祈りもむなしく、三人はあっという間におにぎりを平らげた。

「さぁ、腹もふくれたことやさかい、ぼちぼちええことしよか」

刺青男がふたりに目くばせした。

もうこれ以上の手立てはない。あらがっても無駄だろう。けがをしないようにだけ気をつけよう。サヨは覚悟を決めた。

「兄さん、お先にどうぞ」

ふたりが小上がり席を指した。

「よし。お前らちょっと外に出て待っとれ」

「承知しました。ごゆっくりどうぞ」

意味ありげににやりと笑ってから、ふたりは錠前をはずして表に出ていった。

「あばれたりしたらけがするさかい、おとなしいしときや。命まではとらん」

刺青男はサヨの胸ぐらをつかみ、小上がりのほうへ引きずっていく。

もはやこれまでか。小上がりにころがされたサヨは、かたく唇を結んで目を閉じた。

目を閉じると子どものころ、火事に遭ったときの思い出が浮かんできた。

寝入りばなだった。寝ぼけまなこに炎が見え、あっという間に煙に包まれた。旅籠の調理場から出た火が母屋に燃え広がったのだった。

とにかく逃げなければ、と思いながらも、たいせつにしていた人形やおもちゃが気にかかり、持てるだけ持って部屋を出ようとしたとき、父に怒鳴られた。

――身体ひとつで出るんや。余計なもんは持つな――

あまりの剣幕に、泣く泣くそれらを残して部屋を出、なんとか逃げ延びることができた。

焼け落ちる母屋を茫然と見つめていると自然と涙があふれでた。あの人形やおもちゃは焼けてしまったのだ。

かたく手を握っていた父は、諭すように言った。

——ええかサヨ。世のなかに命よりだいじなもんなんかひとつもない。命さええあったらあとはなんとかなる。どんなだいじなもんでも、命を落とさんで済むんやったら捨てたらええ。たいしたことやない。一生このことは忘れたらあかんで——

父の瞳には燃え盛る炎が映り、やがて涙となって流れ落ちた。きっと父は自分にも言い聞かしていたのだろう。

そうだ。なにがあってもたいしたことではないのだ。命さえ守ることができればそれでいい。

石のようにかたまっていた身体と心がゆるゆると解けていく。

刺青男の顔が間近に迫ってきて、荒い息遣いが頬に当たってもサヨは平然としてあらがおうとはしない。

「ええ覚悟しとるやないか」

刺青男がサヨの帯に手を掛け、解きはじめたそのときだった。勢いよく木戸が開き、刺青男は思わず振り向いて怒鳴り声をあげた。

「入ってくるな。外で待っとけて言うたやろ」

「なにをしとるんや」

目を開けると藍の羽織を着た年輩の男が立っていた。父とおなじくらいの年恰好《としかっこう》だが、ぎょろりと開いた目は威厳を感じさせる。

「お、親方、なんでここへ」

刺青男はサヨを突き飛ばすようにして、尻もちをついた。

「なにをしとるんやて訊いてるがな。答えんかい」

いかにも大店の主人といった風情を漂わせている男は、刺青男をにらみつけた。

「ちょ、ちょっとヤイトすえたろ、と」

尻もちをついたまま、顔をひきつらせた刺青男は後ずさりしている。この年輩の男が親分なのだろうか。サヨは座りなおして襟元を整えた。

「あんたがサヨか？」

「へえ。月岡サヨどす」

戸惑い気味にサヨが答えた。

「こわかったやろ。すまんこっちゃったな」

年輩の男はサヨの手を取って立ちあがらせた。

「なんでおたくが謝らはるんどす？」

サヨは思いのままを訊いた。

「わしは『大村屋』の主人、大村秀一郎や。こいつらは秀乃の手下みたいなことをしとる。秀乃の気を引こうとしてこんなことをしでかしよったんや。そやな秀乃。そんなとこに引っこんでんと、お前もこっち来てサヨさんに謝らんかい」

大村が振り向くと、秀乃はしぶしぶといったふうに敷居をまたいで茶屋に入ってきた。

「秀乃はん。どないしはったんです？」

サヨはまだ事情を呑み込めずにいる。

「すんまへんでした」

秀乃がちょこんと頭を下げると、大村がその頭を押さえつけた。

「なんや、その謝りかたは。もっとていねいに謝らなあかんやろ。わたしが要らんことを言うたばっかりにこんなことになって、て。そこに土下座せい」

大村が語気を強めると、秀乃は鼻をゆがめながら床に正座した。

「勘違いさせてしもてすんまへんどした」

秀乃は手をついて深々と頭を下げた。

「うちにはなんのことやら、よう分からへんのどすけど」

サヨは何度も首をかしげている。

「秀乃。サヨさんにちゃんと説明せんか」

大村は秀乃の襟首をつかんで立ちあがらせた。

「こんなはずと違うたんや。調子に乗ってるさかい、ちょっとヤイトをすえたらんとあかんなぁ、て。それだけしか言うてへんのに、こんな大事にしてしもてからに」

秀乃がにらみつけると刺青男はひざまずいて、うつろな目を床に落とした。

「表におるふたりとこの男は、言わば『大村屋』の用心棒みたいなもんや。近ごろは物騒な世のなかになってきたさかい、なんぞあったときのためにと思うて雇うとったんやが、こんな荒っぽいことをするとは思うてもいなんだ」

大村が険しい顔を秀乃に向けた。

「この茶屋の評判をよう聞くようになってきた。たかが女料理人の分際で何さまやと思うてるんやろ。いっぺんヤイトすえたらんとあかんな、てこのひとらの前で言うたもんやさかい、勝手にこんなことしよったんや」

秀乃がさげすむような目つきで見ると、刺青男は舌打ちをして顔をそむけた。

「秀乃に気にいられようとして、こんなアホなことしよったんやろけど、秀乃から話を聞いて飛んできてよかった。取返しがつかんことには違いないが、ここで止められたんはせめてもの救いや」

「この女になんの恨みもないけど、わしらは姉さんの代わりにヤイトをすえたろと思うただけですがな」

刺青男が言い訳をした。

「アホ。誰がここまでせいて言うたんや。ヤイトすえる程度と違うやないか。お縄に付くようなことせいて言うわけがないやろ」

秀乃は強い口調で言い返した。

「そうかて、わしらは姉さんのために」

刺青男は未練がましく口先を尖らせた。

「もうええ。どっちみち『大村屋』の暖簾にきずをつけたことには間違いない。取返しのつかんことをしでかしてくれたんや。秀乃はとうぶんのあいだ謹慎や。お前らはお奉行さんにあずける。ええな」

「それだけはかんにんしてくださいな。牢屋《ろうや》はもうこりごりや」

刺青男が泣きを入れる。

「こんだけのことをしといて、ただで済むわけがないやろ。サヨさんはきっと心に深い傷を負うてしもた。取返しがつくわけない」

大村がつきはなした。

「そんな殺生な。泣くに泣けまへんわ」

「泣くに泣けんのはこっちのほうや」

大村が刺青男の頭を叩いた。

「やっと分かりました。そういうことやったんですか。うちはちょっとも調子に乗ってる気はなかったんどすけど、お嬢さんからはそう見えてたんかもしれまへん。おかげさんでようけのひとに助けてもろて、ここまで来れたあいだに、どなたかのお気持ちを疵付《きずつ》けたりしてたんかも分かりまへん。これからは気を付けるようにします。大村の旦那はんのお言葉で救われました。おおきに、礼を言います」

サヨが大村に向かって頭を下げた。

「とんでもない。サヨさんから礼を言うてもらうやなんて筋違いもええとこや。娘が犯した罪は、このわしが生涯をかけて償うさかい、かんにんしたってや」

大村が秀乃の頭を押さえながら深々と腰を折った。

「今まで生きてきたなかで、一番怖い思いしましたけど、こないして無事でいられるんやさかい、忘れることにしますわ。このひとらをお上に突きだすのはやめたげてください」

吹っ切ったような顔でサヨが言った。

「こないひどい目に遭わせといて、そんなありがたい言葉をもろうてもええんかいな」

大村は目をうるませている。

「その代わり、このひとらには一筆書いてもらいます。二度とこないなことはせえへんて、約束してもらうのが条件です。こんなことだけやのうて、ひとを脅したり傷つけたり、一生悪さはせん。そう誓《ちこ》うてください。うちみたいな怖い思いをほかのひとに絶対味わわせとうないんです。もしも約束破ったら死んで詫びてもらいますさかい」

サヨが鋭い視線を刺青男に向けた。

「ほんまにありがたい。こいつらは雇い止めにしようと思うとったんやが、わしの目の届くとこに置いて、サヨさんとの約束を守らせます。こいつらだけやのうて、わしも秀乃も一筆書かせてもらいますわ。ええな」

大村の言葉に秀乃と刺青男はそろってうなずいた。

「なんや力が抜けてしもうたわ」

サヨはへなへなとその場に座りこんでしまった。

「だいじょうぶですか」

大村が慌てて傍に屈みこんだ。

「さいぜんまで命さえ助かったらそれでええと決死の思いやったんで。ほっとして腰が抜けてしまいました」

サヨは目を白黒させて床に座り込んでいる。

「ほんまに悪いことやったなぁ。あらためて詫びを言います」

大村がサヨの肩に手を置いた。

「さてさてと。ぼちぼち夜のお客さんの準備に掛かりますわ」

ゆっくりとサヨが立ちあがる。

「お約束どおり、一筆したためて、あらためてお詫びにうかがいます。お仕事の邪魔をしたらいかんので、今日のとこはこれで失礼します。こいつらが飲み食いした分のお代をお支払いさせてもらいますんで、いつでもご請求ください」

大村が頭を下げると、秀乃と刺青男があわててそれに続いた。

一行が出ていくとサヨは木戸の錠前をおろし、ゆっくりと高椅子に腰かけた。

長く深いため息をついたサヨは佳運多に顔を伏せ、目をかたく閉じた。

「悪い夢を見てたんかなぁ」

薄目を開けると酒盛りしたあとが見える。

「やっぱり夢と違うたんか。なんとかこないして無事でいられたんも妙見はんのおかげなんやろなぁ」

妙見への感謝の気持ちはもちろんあるが、思いだすのも忌まわしい体験をさせたのも妙見のせいだったような気もしている。

出る杭《くい》は打たれる。そんな言葉をすっかり忘れ去っていたサヨに、妙見は試練を与えたのかもしれない。

たしかにひともうらやむことがずっと続いていた。

なにもかもがうまく運んでいた。それらはすべてまわりのひとたちと妙見のおかげだと感謝していたが、それでは足りなかったのかも。

うまくいかないひとたちの気持ちにもなるべきだった。

京に出てきてから、幾度も耳にした言葉。おすそわけということを自分はしてこなかったように思う。けっして何もかもをひとり占めしてきたつもりはないが、それでも受けた恩を返すより、ため込んでいるほうが圧倒的に多い。

自分だけがうまくいっても、それは世のなかから恨みや妬みを買ってしまうことにつながっていくのだ。

では、どうすればいいのか。考えをめぐらせても簡単に答えは出てこない。

とりあえずは今夜の客をもてなさなければならない。高椅子から立ちあがって、サヨは支度に取りかかった。

いやぁ、びっくりしましたな。まさかこないなことが起こるとは。そらまぁ幕末てな時代は、どこでなにが起こってても不思議やないし、よう考えたら寺の境内とはいえ、無防備な茶屋で若い女がひとりでいるんやさかい、予測が付かんことやないんやけんど、まさか、と油断してましたな。サヨも油断しとったやろけど、わしも油断しとりました。

万事休す。もはやこれまで、とわしも目をつぶりましたけど、まぁ、ようこないうまいこと助けが入るもんですな。これはやっぱり妙見はんのお力ですやろ。秀乃っちゅうお嬢はなんぞしでかしよるやろなぁ、と薄々気づいてはおりましたけど、まさかこんなことをしよるとは。ムカムカしますな。まぁ秀乃じたいはそれを指示したわけやなし、ただヤイトすえたれて言うとっただけかもしれまへんけど、結果責任は負わんといけまへん。

「ちょっとヤイトすえといたれ」て、わしらは言いますけど、ふつうはお灸《きゅう》ですな。お灸をすえるていうのが標準語で、ヤイトすえる、は関西弁です。調子に乗っとるやつがおったら、ちょっとこらしめてやれ、ていう意味で使いますわな。問題はその程度ですわ。

ふつうは戒めるっちゅうか諭す意味合いが強いはずでっさかい、秀乃が言うように、そこまでするとは思わなんだ、というのはあながち間違うてはいまへん。けど秀乃は心の隅っこのほうで、こういう事態も予測しとったんやて思います。恋敵《こいがたき》でもあるんやさかいそうなってもええ。どっかでそれを期待しとったフシもあります。けど、よう考えたら、こら大事になるやもしれんと思いなおして、父親に打ち明けたんですやろ。

時代劇を見とったら、よう出てきますがな。手籠《てご》めにする、っちゅう言葉。秀乃の話を聞いた大村はんはすぐにその言葉が浮かんだんですやろ。そんなことになったら娘の秀乃は罪に問われるやもしれん。そう思うて駆けつけたんですな。

ほんまに無事でよかった。みなそう思うてましたやろ。刺青男はどやったかしれまへんけどな。

なんやかんや言うて、今回もサヨのファインプレーやったんと違いまっか？　引き延ばし作戦が効いたんでっせ。もしもあの引き延ばしがなかったら、未遂では済まんかったように思います。

なんにしても事なきを得てよかった。わしもホッとして、サヨみたいに腰が抜けそうになりました。

こんなことがあっても、サヨはちゃんと夜の客をもてなすことができるんでっしゃろか。わしやったらあきまへん。きっと寝込んでますわ。それか酒をあおって飲みつぶれるか。どっちかです。

自慢やないけど、自転車でこけただけでも、その日の高座を休んだくらいですさかいな。

サヨがどないしよるか。お手並み拝見ですな。

3

陽が落ちると急に冷え込んできた。

火を使っているせいで茶屋のなかは暖かいが、一歩外に出ると身震いするほど寒い。

路地行灯《あんどん》に火を入れて、サヨは茶屋のなかに戻った。

佳運多の奥に立ち、茶屋のなかをぐるりと見まわして、準備万端整ったことをサヨは確信した。

昼間のできごとはもう遠いむかしのように思いこもう。もう覚えていないのだ。もうすべて忘れた。

意識的に繰り返したおかげで、あの忌まわしい光景は夢のなかのできごとだと思えるようになってきた。振り向いたってなにもいいことはない。前を見て進もう。一歩でも二歩でも前へ。

そう言い聞かせたサヨは若草色のタチカケを着けて、ふたりの到着を待った。

冬ともなると界隈の静けさは怖いぐらいだ。時折りフクロウの啼《な》く声が聞こえ、木枯らしが枝葉を揺らす音が響く。

トントン、トントン。木戸を叩く音が聞こえた。

昼間のことがあったせいで、サヨは用心深く木戸に耳を当てて声を掛けた。

「どちらさんどす？」

「うちどす。フジどす」

間違いない。フジの声だ。

サヨは素早く錠前をはずし、ゆっくりと木戸を開けた。

「ようこそおこしやす。寒おしたやろ」

「こんばんは。遅ぅなりましたな。こちらは三本木《さんぼんぎ》で芸妓をしてはる松子《まつこ》はんや」

フジが紹介すると、紫色の道行を着た松子はかすかな笑みを浮かべて膝を曲げる。

「こんにちは愉しみにしてまいりました。松子と申します。どうぞよろしゅうに」

「こちらこそよろしゅうおたの申します。さ、どうぞお入りください」

サヨがふたりを招き入れた。

ふたりは順に敷居をまたぎ、薄暗い茶屋に入った。

脱いだ道行をえもん掛けに掛けるなり、フジがいきなりサヨを強く抱きしめた。

「よかったなぁ無事で」

フジは涙声になっている。

不意をつかれて、サヨはただ茫然と立ち尽くしている。

「ほんまによろしおした」

松子にやさしいまなざしを向けられると、身体中の力がすべて抜けた。

言葉を返そうとしても声が出ない。動こうとしても動けない。サヨはちいさく嗚咽《おえつ》をもらしはじめた。

「怖かったやろうに、ようがんばったなぁ。ほんまにサヨは強い子や」

フジは手に力をこめてサヨの頭を引き寄せた。

「お、おおきに。おおきに」

フジの胸に顔を寄せたサヨが出せる精いっぱいの言葉だった。

あのときから気丈にふるまってはいたものの、何度もくずおれそうになった。なぜこんな目に遭わないといけないのか。ただただ好きな仕事を続けてきただけなのに。

こんなことになるのなら、いっそやめてしまおうか。そうも思った。この先どうしていけばいいのか。すべてが白紙に戻ってしまったような気になった。

なにもかもがいやになってしまいそうだ。

泣けば楽になる。大声をあげて泣きたい。

泣いたら負けだ。絶対泣くものか。そう思って強がってきた。

そうか。今は泣いてもいいのだ。堰《せき》を切ったように涙がとめどなく流れ、サヨはフジにしがみついた。

また小さいころの記憶がよみがえる。

五つになったばかりの夏。草津川で遊んでいたサヨは悪ガキにいじめられ、深みにはめられて危うく溺れそうになった。必死の思いで岸までたどりつき九死に一生を得た。滝つぼのような深みから浮き上がると、悪ガキたちがげらげら笑っているのが水にゆがんで見えた。

どんなに哀しくてもつらくても、そんな様子はおくびにも出さず、平然とした顔つきで家に帰りつくと、母の徳子《とくこ》がちからいっぱい抱きしめてくれた。

──よう帰ってきたなぁ──

なにも話していないのに、なぜ?

不思議でしかたがなかった。サヨが草津川でおぼれかけていたとき、母はずっと『月岡屋』にいたはずだ。

なのになぜ母はあんなことを言って抱きしめてくれたのだろう。

ひどい目に遭ったことを泣きながら話そうとすると、母は口に指を当ててそれを止めた。

——なんにも言わんでええ。済んだことはもう忘れなさい。どんなときもわたしが見守ってるんやさかい安心おし——

そう言いながら背中をやさしくなで続けてくれた。

今こうしてフジが抱きしめてくれているのも、あのときとまったくおなじだ。

昼間のできごとを知ってなぐさめてくれているのだ。

張りつめていた糸がいっぺんにゆるんでしまうと、なかなかもとに戻せない。サヨはまるで赤子のように声を上げて泣きつづけ、フジはそんなサヨを片ときもはなすことなく、ずっと抱き続けた。

「気の済むまでずっとお泣き。泣くだけ泣いてみんな忘れてしまい。なにもかも済んでしもうたことや。サヨのことは、このフジがずっと見守ってるさかい安心したらええ」

トントンとやさしく背中を叩きながら、フジは母徳子とおなじようなことを言う。

あのときと違うのは、初めて会う松子が傍らでずっとやさしいまなざしを向けていることだ。

「どんなときも無事が一番どす。よろしおしたな」

言葉を返そうとしても声にならない。

「ほんまによう無事でいられたもんや」

フジは力を込めてサヨを抱きしめる。

「なんとか逃げられへんやろかと思うたんですけど」

サヨが声を絞りだした。

「逃げられへんときもありますわな。けど、こないして無事でいられたんやさかい、逃げきれたもおなじどす」

松子がそう言うとフジは意味ありげに笑みを浮かべた。

「こんなときですさかい、八坂はんのほうにでもご飯食べに行きまひょか。サヨさんのお料理をいただくのはまた今度にしたらどないです？」

松子がフジに訊いた。

「ええ考えやな。さすがは松子はん。ようけの男はんが惚れはるだけのことはある。サヨ。松子はんの言葉に甘えて、今日のとこは……」

フジが両肩を持ってそう言いかけたのを、サヨは毅然とした顔つきでさえぎった。

「とんでもおへん。せっかくお越しいただいたのに、このままお帰りいただいたりしたら、板前茶屋の名がすたります。おふたりのために支度した料理も泣いて悔しがる思います。どうぞお食べやしとぉくれやす。精いっぱいやらせてもらいますので。どうぞお願いします」

フジから離れたサヨはふたりに頭を下げた。

「サヨさんのほうが一枚上手どしたな。余計なことを言うて失礼しました。ほな遠慮のう一席おたの申します」

松子が礼を返した。

「一人前の立派な料理人になったんやなぁ。サヨがまぶしいわ」

満面に笑みを浮かべてフジが高椅子に腰かけると、松子が続いた。

「ちょっと待っとぉくれやす。こんな顔で板場に立ったらお客さんに失礼どっさかい、紅ぐらいは差してきます」

佳運多のなかのサヨが背中を向けた。

「そんな気ぃ遣わんでもよろしいで。どっちみち芸妓はんには勝てへんのやさかい」

フジが笑った。

「きついことお言いやすな。いつものフジはんに戻らはっただけやけど」

背中を向けたままサヨが言葉を返した。

「サヨもいつものきつい返しをしてきて、ホッとしたわ」

「そんなやり取りされたら芸妓の入るすきがあらしまへんがな」

松子が言葉をはさんだ。

「お待たせしました。まずはお酒どすな。どないしまひょ。燗付けますやろ？」

「そうどすな。あんまり熱ぅせんといとぅくれやすな。うち猫舌どすねん」

松子は佳運多の奥を覗きこんでいる。

「承知しました。フジはんは？」

「わたしもぬる燗にします」

「すぐにアテをご用意しますさかい、品書きを見てお食べになりたいもんがあったら言うとぉくれやす」

サヨは燗の支度をしてから氷箪笥の扉を開けた。

「それが噂の氷箪笥どすか。えらい立派なもんどすなぁ」

腰を浮かせて松子が興味深げに覗きこむ。

「こない立派なもんを作ってもろて、ほんまにありがたいことやと思うてます」

サヨは氷箪笥から小鉢をふたつ取りだして、ちろりと一緒にふたりの前に置いた。

「アナざくどす」

「アナざく？」

フジと松子が高い声をそろえた。

「うざくは鰻ですやろ。これはアナゴやさかいアナざく」

ちろりの酒を杯に注ぎながらサヨが答えた。

「もうちょっと洒落《しゃれ》た名前付けなはれな」

フジは松子に同意を求めるような苦笑いを向けた。

「ほんまどすな。うざくて言うたら、鰻もキュウリもざくざく切るさかいに付いた名前どすやろ。単純すぎますやんか。そうどすねぇ、きざみ明石てな名前にしたらどないです？」

「やっぱり熟練の芸妓はんは違うなぁ。じょうずに言わはること。きざみ明石。そう呼びなはれ」

杯をかたむけてフジが言葉を足した。

「おおきに。きれいな名前付けてもろてうれしおす」

サヨは目で書き道具のありかを探している。

「それぐらいここに叩きこんどきなはれ」

フジが指で頭を指した。

「すんまへん。つい忘れてしもうたりするもんやさかい。フジはんにはかないまへん。なんでもお見通しや」

サヨが舌を出した。

さっきまでの重苦しさはどこへやら。芸妓の存在も相まって、茶屋のなかには一気に華やいだ空気が漂いはじめた。

「このぷちぷちした食感はなんどす？」

フジが訊いた。

「シソの実どす。塩漬けにしといたんを和えてます」

「明石に大原が加わるんどすな」

フジが松子に言った。

「なるほど。そういうふうに言うたらええんですね。大原ていうたらシソの名産地ですもんね。このシソの実も大原の農家さんからわけてもろたんです。ほんまに勉強になります。お品書きにもそんなふうに書いたほうがええんですやろな」

サヨが綴《と》じ帳《ちょう》を水屋から出してきた。

「それはなんどす？」

腰を浮かせてフジがサヨの手元を覗きこんだ。

「大福帳どすねん。ほんまはお商売用の帳面なんですけど、余計なことをいろいろ書き足してるうちに日記みたいになってしもうて」

　サヨが大福帳を繰って見せた。

「ひゃ、おもしろおすな。ちょっと見せてもろてもよろしい？」

　松子が立ちあがった。

「ひとさんにお見せできるようなもんと違いますえ」

　言いながらサヨが大福帳を佳運多に置いた。

「サヨは書のけいこをせなんだんかいな」

　フジが眉をひそめた。

「すんまへん、きたない字ぃで。おけいこせなあかんて、お住すさんにもいっつも言われてますねんけど、時間が足りんで」

「時間は自分で作るもんどす。こういう店は品書きの字で格が決まります。書の先生を紹介するさかい、ちゃんとおけいこしなはれ」

「はい」

　神妙な顔つきをしてサヨが背筋を伸ばした。

「字ぃはともかく絵はおじょうずですやんか。かわら版の戯《ざ》れ絵《え》みたいどす」

「小さいときから絵を描くのは好きやったんですけど、いっぺんもちゃんと習うたことはないんです。お恥ずかしいことです」

松子にほめられてサヨは照れ笑いを浮かべている。

「ちょっとその筆をお借りしてもよろしい？」

「どうぞ」

松子は手早く品書きに書き足した。

「きれいな字。書の先生みたいや。きざみ明石の大原寄り道。なるほどなぁ」

「京の街ではな、ちょっと遠回しに言うたほうがなんでもきれいに聞こえるんや。そこが大坂と違うとこなんえ。別に大坂を悪ぅ言うてるんと違うんやけど」

フジが言葉を足した。

「そこにサヨさん得意の絵を描きたさはったらどうどす？　お料理いただく前に品書き見て愉しませてもらえますやん」

松子が提案するとフジは即座に手を打った。

「そうしなはれ。そんな品書きはどこの料理屋もやってへんさかいよろしいがな」

「分かりました。ちょっと考えときます」

サヨが生返事をするとフジが叱責した。

「思い立ったが吉日っちゅう言葉がある。考えとくんやのうて、今からすぐやりなはれ。うちと松子はんやったら客のようで、客やない。ためすのには絶好の機会やないか。ええと思うたことは、なんでもすぐにやらんとあかん。明日やろう、明後日《あさって》やろうて言うてるうちに気持ちが萎えてしまいまっせ」

「すんまへん。おっしゃるとおりです」

サヨは両肩を狭め、上目遣いにフジを見た。

「ほんまにこの大福帳おもしろおすな。かわら版屋はんに言うて出版したらどうどす？　売れると思いますえ」

「松子はん、そらなんぼなんでも持ち上げすぎどっせ。お金出して読まんならんほどのことはおへんやろ」

フジは松子の提案を今度はやんわり否定した。

「お客さんのことまで書いたぁるさかい、売ったらあかんかもしれまへんな」

松子はよほど大福帳を気に入ったとみえ、杯片手に読みふけっている。

「それはゆっくりあとで読んだらよろしいがな。先にお料理を注文してやらんと」

「そうどした。あんまりおもしろいもんやさかい、ついつい」

松子は大福帳を伏せて、品書きを手に取った。

「いちおうサヨのお奨めを聞いときまひょか」

フジが横から品書きを見ている。

「ぜんぶお奨めどすけど、強いて言うたらカキどす。焼き立ては美味しおすえ。あとはタコの桜煮なんかどないですやろ。やらこう炊けてますよって。そうそうタコの足を串に刺して焼きまひょか。仕上げに西洋のバタを塗りますさかい、オランダゼリと一緒に召しあがってもろたらお酒によう合う思います」

「どれもみな美味しそうで迷いますなぁ」

松子が品書きを食い入るように見ている。

「迷うことおへん。順番にみな食べたらよろしいがな」

「そないようけ食べられしまへんえ」

松子が腹を押さえた。

「ちょびっとずつにしたらええ。な？」

フジが顔を向けると、サヨはすぐ首を縦に振った。

「そないしまひょ。ひと口ずつ召し上がってください。カキは一個ずつ焼かしてもらいます。桜煮は豆皿に載せて、タコの足は一本焼いておふたりで半分こしてください」

サヨが目を輝かせて支度をはじめた。

目からうろことはこういうことなのか。サヨは胸をたかぶらせた。

板前茶屋としてあれこれ手探り状態で続けてきたが、ようやく料理の本筋が見えてきたような気がする。

そうか。量目を減らせばいいのだ。料理屋というのは不思議なもので、端から一人前という分量を決めてしまっていて、それを出さないと店として成立しないと思いこんできた。

だがこの板前茶屋という枠組みなら、なにも一人前という決まった分量にこだわらなくてもいいのだ。

ならば食材を客の目の前に並べてもいいかもしれない。

それを見て客が注文する。

――この鯛の腹の身をちょこっとだけ造りにして――

といったふうに。

煮物やなんかの仕込んである料理は皿や鉢に盛り付けて佳運多に並べておくのもいい。そこから客の好みの量だけを小皿や小鉢に取り分けて出す。

これだ。これからはこうしよう。いや、フジに言われたことを早速実践しよう。思い立ったが吉日なのだから。

サヨはタコの桜煮を中鉢に盛って佳運多に置いた。

「美味しそうやこと」

松子が目を細めると、サヨは豆皿を手にして、菜箸を持ったまま訊いた。

「三粒ほどにしときまひょか」

「小さいのを五粒ほど」

「承知しました」

サヨは菜箸でタコを取り、きざみショウガを天盛りにして豆皿を松子の前に置いた。

「おおきに」

松子が目を輝かせる。

「練り辛子をちょこっと載せてもろたら美味しい思います。フジはんはどれぐらいしましょ？」

サヨがフジに顔を向けた。

「うちは三粒で充分や」

「ほな足の先の細いとこを三粒。こんなんでよろしいやろか」

「おおきに」

フジが豆皿を受けとった。

「ほんに。やらこう炊けて美味しおす」

松子がサヨに笑みを向けた。

「おおきに」

笑みを返しながらサヨはカキを炉の網に載せた。

「料理するとこをこないして目の前で見せてもらうのもええもんどすな。じょうずかへたかすぐ分かる」

フジがサヨの手元に目をやった。

「怖いこと言わんといてくださいな。カキを焼くのはまだ慣れてしまへんのやさかい」

ちろりを入れ替えてサヨが顔をゆがめた。

「これ、もしかして……」

大福帳の綴じ目を手のひらで開いて、松子が目を近づけた。

「なんかありました？」

炉に炭を足してサヨが松子に向き直った。

「うちのひとやろか」

松子がぽつりとつぶやいた。

「どれどれ？」

フジが横から覗きこむ。

「このお坊さんと並んで酒飲んでるひと。ほんまよう似てる」

松子がけらけらと声を上げて笑った。

「ほんにそっくりどすがな、小五郎はんに」

フジもつられて笑った。

「たしかにお住すさんと小五郎はんです。間違いありまへんけど、今、うちのひとて言わはりませんでした？」

菜箸を持ったままサヨが訊いた。

「そうや。松子はんと小五郎はんは夫婦やねんで。それも新婚」

フジが声をひそめると、松子は照れたように笑った。

「そうどしたんか。ちっとも知りまへんどした。小五郎はんにはたんと食べてもろうて、おおきに、ありがとうございました」

サヨが頭を下げた。

「旨いもんたんと食うて飲んで、えらい愉しませてもろたて、あの日は上機嫌どしたえ」

「よろしおした。そない言うてもろたら料理人冥利につきます」

サヨは胸を熱くしながらカキを網からおろし、藍の染付皿に載せた。

「あんな旨い鱧を食うたことがない、松子にも食わしてやりたい、て言うてはりました」

松子はカキを目で追っている。

「源平に焼かせてもろたら、えらい喜んでくれはって」

言いながらサヨは焼カキをふたりの前に出した。

「そうそう。それでよろしいのやがな。タレ焼きと白焼きてな無粋なこと言わんと源平焼、それでこそ京の料理どす」

「そう言われたらそうどしたな。なるほど、なんでもそないなふうに料理を言うたらええんですな」

サヨは大福帳に書きつけた。

「これ、ほんまにおもしろおす。毎日書いてはるんやね」

松子が大福帳を返した。

「しょうもないことばっかり毎日書いてます。今日はようけいろんなことがあったさかい、なにをどう書こうかしらんて迷います」

サヨは揚げ豆腐をまな板の上に置いた。

「それ、うちのひとの好物どす」

中腰になって松子が指さした。

「揚げ豆腐を焼いてショウガ醤油で食べるのがお好きやて言うてはりました。ちょこっと焼きまひょか」

「いただきます」

「わたしももろてみよかしらん」

フジが松子に続いた。

「これはどんな名前にしたらよろしいやろ？」

サヨがふたりに訊いた。

「信太《しのだ》のもみじでどうどす？」

松子が即答するとフジが手を打った。

「やっぱり都一番の芸妓はんはたいしたもんや。それしかおへん」

「信太のもみじ……」

サヨは左右に首をひねっている。

「あのな、油揚げのことをキツネて言うやろ」

「へえ。それは知ってます」

「大坂のほうの信太の山にはキツネが住んでてな、それが葛葉《くずのは》という女に化ける話があるんや。――恋しくばたづね来てみよいづみなる――の続きを」

　フジが振ると松子が続く。

「――しのだの森のうらみ葛の葉――哀しいおはなしどす。お揚げさんはキツネ、キツネは信太、それが色づくのがもみじ、ていうわけどす」

「ただただ感心するばっかりです。ほんまにうちは学がないさかいにあきまへん」

　サヨが大福帳に書きつけた。

「誰でも最初から学があるわけやおへん。毎日ちょっとずつ本を読んだり、浄瑠璃やら歌舞伎を見て勉強するんです。松子はんなんかどない勉強してはるか」

　フジが水を向けた。

「芸妓ていうのはいろんなおかたをおもてなしせんなりまへんやろ。たいていのおかたはようものを知ってはるし、そのお話に合わせんなりまへんさかい、必死どすわ。勉強してもしても追いつきまへん。お茶やお花のおけいこもあるし、絵や書も学ばんとあきまへん。けど、愉しいもんどすえ。学んでるうちにいろんなことが身に付きますさかいな」

松子はいかにも芸妓らしい、やわらかい語り口でサヨを諭している。

「さてと。あとはなにをいただこうかしらん。白菜の唐辛子漬け、大根のべっこう煮、かぼちゃのいとこ煮、棒鱈の煮付け、若狭鰈の風干し、〆鯖、干し肉。言うたら悪いけど、どれもありきたりやな」

フジがむくれた顔をサヨに向けた。

たしかにフジの言うとおりだ。フジが手に持つ品書きを横目で見ながら、サヨは首をかしげた。おかしい。こんな献立ではなかったはずだ。卯の妙見、亥の妙見から教えを乞うたものはどこへ行ったのか。

氷簞笥が届いたり、昼間の事件があったりして、すっかりそのことを忘れ去っていた。

しまった。肝心かなめの料理がすべて抜け落ちてしまっていた。どうしよう。気持ちがあせるばかりで、なにをどうすればいいか分からない。

淡雪卵をまず作ろうか。いやいや、きっとフジは満足しないだろう。ミカンやクリ、カキにナシなど、仕入れておいたが、今からそれをどう料理できるだろう。

氷簞笥さえあればなんとかなる。そう思ってしまっていた。新しい料理を生みだすことが頭のなかから消え去っていたのだ。

昼間の事件さえなければ、もう少し早くそのことに気づいていただろうに。氷箪笥のなかに材料はそろっている。いっそそのまま出してみようか。きれいに切って、妙見の指示どおり紅葉のひと枝でも飾れば、なんとかごまかせるのではないか。

そう簡単なものではないだろう。このふたりならきっと見透かしてしまうはずだ。なぜこんなことになってしまったのか。悔やんでも悔やみきれない。

サヨはまな板の前で茫然と立ち尽くしている。

「どないしたんや？」

フジの声で我に返ったサヨは、あわててカキのヘタを取った。

「カキのお料理どすか？　海のカキのおあとは山のカキ。粋な趣向どすやんか」

松子がほめるものの、このカキをどう料理するかまったく浮かんでこない。とりあえず身をくりぬいてから考えよう。注意深く包丁を使う手元を、フジは穴が空きそうなほどじっと見つめている。

「どなたかお見えになってるんと違うか？」

フジが木戸のほうを振り向いた。

「こんな時間にどなたもお見えにならへんと思いますけど」

サヨは佳運多のなかから背伸びして木戸に目をやった。

「なんや木戸を叩く音がするような気がするんやけど」

「うちが見てきまひょ」

立ちあがって松子が木戸に耳を当てた。

「なんぞご用どすか？」

応答があったようだ。

「けいすけはんて知っとおいやすか？　若い男はんやと思いますけど」

松子がサヨに訊いた。

「圭ちゃんやと思います。今ごろなんの用事やろ。すんまへん、ちょっと失礼させてもろてよろしいやろか」

佳運多のなかから出てきたサヨは木戸に向かう。

「用心しなはれや」

フジが念を押した。

「サヨどす。圭ちゃんどないかしたん？」

「届けもんやねん。わたしたらすぐに帰るさかい開けてくれるか？」

圭介の声は茶屋のなかに届き、フジがうなずいたのを見て、サヨが木戸を開けた。

「こんな時間にごめんな。急いでわたしたかったさかい。前に話してた西洋料理の草野はんにサヨちゃんの話したらえらい興味持たはって、これを使うてみてくれて。西洋料理に使う調味料やねんて。使い道を草野はんが書いてくれてはるけど、それにとらわれんと好きなように料理に使うてみてくれて言うてはった。お客さんやったんか？　邪魔して悪かったな。ほなこれで」

風呂敷《ふろしき》包みを手わたして圭介が立ち去ろうとした。

「待ちなはれ。沖田の圭介やろ。フジどす。顔ぐらい見せなさい」

フジが声をかけると、あわてて圭介は敷居をまたいだ。

「女将さんやったんですか。沖田圭介です。おくつろぎのところ、大変失礼いたしました」

圭介が腰を折った。

「ご無沙汰やな。こちらは三本木の松子はんや」

フジが松子を紹介した。

「沖田圭介と申します。菊屋の女将さんにはたいそうお世話になっとります」

「松子どす。圭介はんは染めもんのお仕事をしとぉいやすのか？」

「そうですけど、なんでそれを？」

圭介は目を白黒させている。

「お指を見たら分かります。友禅やっとぉいやすのか？」

「はい」

圭介は両手の指が薄青く染まっているのを見つめている。

「友禅に専念したらええもんを、この子はかわら版の仕事に手ぇ出したりしてるんでっせ」

フジが眉をひそめた。

サヨが口をはさんだ。

「圭ちゃんもほんまはそうしたいんやけど、それだけでは暮らしていけへんさかいに」

「サヨちゃん、余計なこと言わんでええ」

圭介がむくれ顔をした。

「それだけやないんです。うちらにはもったいないような氷を持ってきてくれはるし。こないしてめずらしいもんもくれはる。圭ちゃんがかわら版の仕事してくれてはるさかい、うちのお店はものすご助かってるんです」

サヨがそう訴えると圭介は顔を赤らめ、恥ずかしげにうつむいている。

「ちょこちょこ耳に入っとります。圭介はん、サヨがこない言うてるんや。一杯飲んでいきなはれ」

フジがちろりを掲げると、圭介は松子のほうに顔を向けた。

「どうぞどうぞ。おなごばっかりより、若い男はんがやはったほうがよろしい」

松子がフジとのあいだにある高椅子を奨めたが、圭介はまだためらっているようだ。

「おふたりがこない言うてくれてはるんやからお掛けやすな」

サヨの言葉にようやく圭介は心を決めた。

「ほな失礼してご一緒させてもらいます」

圭介は遠慮がちにフジと松子のあいだに座った。

「お若いひとは燗をつけへんほうがええのと違います？」

松子が訊くと圭介があわててかぶりを振った。

「なんでもいただきます」

圭介はサヨから手わたされた杯を松子に向けた。

「サヨもどないや？」

「おおきに。待っとりました」

サヨは湯呑をフジに差しだした。

「飲みすぎたらあきまへんえ。これから美味しいもんを作ってもらわんとあかんのやさかい」

フジが湯呑の半分ほどに酒を注ぐと、サヨはうらめしそうに肩をすくめた。

「酔っぱらわへんうちに、さっきわたしたもんを説明しとくわ。勝手なことですんません」

圭介は両隣に軽く会釈した。

「なんやちょっとけったいな匂いがしますな」

風呂敷包みを佳運多に置いたサヨは顔をしかめる。

「持ってくるときもずっとそう思うてたんや。けど西洋料理ではこういうもんをふつうに使うみたいやで。開けてみて」

圭介にうながされ、サヨはおそるおそる風呂敷をほどいた。

「これを料理に使うんどすか？」

サヨが大きく目を見開くと、松子が小さな包みを手に取った。

「ええ匂いしてますな。これはペパーと違います？」

「ようご存じですね。西洋料理ではこれを一番よう使うんやて聞きました」

「松子はんのご主人の小五郎はんはメリケンやらオランダのことをよう知ってはるさ

かいになぁ」

フジが横から覗きこんだ。

「だいぶ日本でも広まってきましたけど、西洋のひとらは牛の肉を好んで食べはります。そのお肉にお塩とこのペパーを振って焼くだけで美味しいなるんどすえ」

松子が言葉を足した。

「そうやったんですか。しばらく前に源さんが牛のお肉を持ってきてくれはって、お塩振って焼いたんですけど、なんやしらん獣くさい感じがして、こんなんを西洋のひとはお好きなんやろかて不思議に思うてましたんや」

「その黄色い粉はウコンか？」

フジが訊いた。

「これはカリーて言うんやそうです。エゲレスやらインドではこの粉をよう料理に使うそうです」

圭介が紙包みを手わたすとフジは顔をそむけた。

「やっぱりうちらと西洋のおひとでは好みがぜんぜん違うんどすな。麟太郎はんの話ではメリケンさんは鶏の骨付き肉にかぶりつかはるんやとか聞きましたえ。身震いしますわ」

「あれま。フジはんともあろうおかたがそんなこと言わはってどないしますのん。そんなん言うてたら西洋のおひとにええようにされてしまいまっせ、て小五郎はんのうけうりどすけど」

松子が苦笑いした。

「ご夫婦仲のよろしいことでけっこうでございます」

フジが皮肉っぽい言葉を返した。

ちろりはすぐ空になった。フジの指示を受けてサヨは甕から通い徳利に酒を移し、佳運多に置いた。

「これも小五郎はんのうけうりどすけど、西洋のおひとから見たら、わたしらが生のお魚を好んで食べることに驚かはるらしいです。なんとおぞましいことやて言うて、今のフジはんとおんなじどす」

松子が付け加えた。

「そう言われたらそうかもしれまへんな。西洋のひとが見はったら、着物着て腰に刀差して歩いてるお侍さんなんか不思議に思わはるやろな。うちらから見たら洋服て窮屈そうでけったいに見えますけど」

サヨが話をつないだ。

「けど、うちの親方の話やと、あと何年もせんうちに日本人はみな洋服着るようになって、着物が急速にすたっていくみたいです」

圭介が口をはさんだ。

「そんなことありますかいな。わたしは死ぬまで洋服てなもん着まへんえ」

フジが反論した。

「うちは圭介はんの親方が言うてはるとおりや思いますえ。着るもんだけやのうて食べるもんも西洋式に変わっていくような気がします」

松子とフジの言い分は平行線をたもったままだ。

「むずかしいことはよう分かりまへんけど、西洋のもんでもええもんは、どんどん取り入れていったらええし、合わんもんは使わなんだらええ。そう思うてますけど」

サヨがあいだを取ろうとした。

「ちょうどええ機会ですがな。このうちのどれかを使うて即興で料理してみなはれ」

フジが提案した。

木の実や果物を準備しておいたものの、まったく調理法を考えていなかったサヨにとっては渡りに船だった。

「かしこまりました。やってみます」

神妙な面持ちを作ってサヨが承諾した。

「なんやおもしろい展開になってきましたなぁ。こういうの大好きどすねん」

松子が通い徳利を両手に持ち、圭介の杯に注いだ。

「おおきに」

圭介は顔を紅く染めてそれを受けた。

あらためて見てみると、松子はすこぶるつきの美人だ。上品な顔立ちに流れるような黒髪がよく映える。べっこうの笄《こうがい》はきっと高価なものだろう。小五郎の妻だからと安心してはいるが、圭介がだらしなくにやけているのが気になる。

秀乃には抱くことがなかった嫉妬心が芽生えたのはなぜなのだろう。

「これを使うことが一番多いらしいで」

圭介が黒い液体が入った小瓶を手に取った。

「お醤油みたいどすな」

松子が手を重ね、サヨは顔をそむけた。

「ソースとかいうもんどすやろ。きつう濃い味がしまっせ」

フジは相変わらず否定的だ。

「ちょっとおもしろそうどすな」

サヨが圭介の手から取って瓶のふたを開けた。

「使えるもんなら使うてみなはれ。わたしはよう食べんと思いますけどな」

フジが冷《ひや》やかに言って、そっぽを向いた。

サヨがひらめいたのは海と山のカキを使った料理だ。

ふたつだけ残っていた海のカキを殻からはずし、細かく刻んだ。くりぬいておいた果物のカキもおなじように細かく刻む。

客席の三人はその様子をじっと見つめている。

サヨは卵を二個割って菜箸で溶き、そのなかに海のカキと山のカキを混ぜ入れ、油をひいた雪平鍋に落とすと出し汁を少し足してあたためはじめた。

「海のカキはともかく、山のカキに火ぃいれてどないしますんや」

フジが目をそむけると、サヨは不敵な笑みを浮かべた。

「うちにも分からしまへんけど、妙見はんの好物と違うやろかと思うてますねん」

おおむね卵がかたまりだしたところへ、サヨは醬油を垂らし、さらにソースを数滴垂らした。

一気に芳ばしい香りが漂い、それは松子の鼻先にも届いた。

「嗅いだことおへんけど、なんやええ匂いしますやん」

「ほんまに」

圭介が鼻をうごめかせた。

果物のカキを釜に見立て、ふたつのカキに卵焼きを詰めて、取っておいたヘタでふたをし、染付皿に載せてふたりの前に出した。

「どうぞ召しあがってください。フジはんにはなんぞ別のもんをお出ししまっさかい、ちょっと待っとぉくれやすな」

「なんぼでも待ちまっせ」

ふたりに出された料理を横目で見ながらフジはやせ我慢をしているように見える。

「いただきます」

松子と圭介はどうじに箸をつけた。

「美味しおす」

先に声を上げたのは松子だった。

「ほんまに。こんな味食べたことない。いやな味がするんかと思うたけど、ぜんぜんせえへん」

圭介が続く。

「びっくりどすな。くだもんのカキを焼くやなんて、どないなるかて思うてましたけど。日本の食材でも西洋の調味料を使うたら、がらっと味が変わるんどすな。小五郎はんが食べはったらきっと喜ばはるやろなぁ」

「おおきに。初めて作った料理をそないほめてもらえるやなんて」

サヨはフジを横目に見て、皮肉っぽい笑みを向けた。

「食べてみられたらどうですか？『菊屋旅館』さんもこれから間違いなく西洋人の客がたくさん来ると思いますので」

圭介が奨めると、しぶしぶといったふうにフジが箸をつけた。

「ふ～ん。思うたほど悪ぅないな」

「美味しおすやろ？もうちょっと素直にならはったらよろしいのに」

松子がフジに顔を向けた。

「この歳になったら素直になれるほうがおかしいんでっせ」

三人の客を前にして、ようやく板前茶屋らしくなってきたと、サヨは感慨を深くしている。

ひとかたならぬ世話になっているフジ。以前に来た客の連れ合いである芸妓の松子。そして幼なじみの圭介。

家族でもなく、仕事もそれぞれに異なる三人が佳運多という一枚の板に並び、酒と料理を愉しみながら会話を交わしている。

こういう場を作りたかったのだ。

一座建立《いちざこんりゆう》。サヨは以前宗和から聞いた言葉を、しみじみと噛みしめながら包丁を握っている。

思い立って、サヨはアナゴの天ぷらに取りかかった。

ぬめりを取り、臭みを抜いたアナゴを煮付けて棒寿司にしようと思っていたが、圭介が持ってきた西洋料理の調味料を目の当たりにして、冒険しようと思い立ったのだ。

小麦粉に多めの卵を溶き、ごま油で揚げる。

「ただの天ぷらですかいな。なんぞ変わった西洋料理を出してくれるのか思うてましたのに」

フジは恨めしそうな顔で油の入った鉄鍋を一瞥《いちべつ》した。

「まぁ、そうおっしゃらんと。ただの天ぷらやおへんさかい」

そう言いながらサヨは、塩を空煎りしはじめる。

「お酒が足らんのと違うか」

料理に期待するのはあきらめたとばかり、フジは杯を一気にかたむけた。

サヨは菜箸でアナゴをつかみ、油のなかを泳がせている。

海と山のカキを合わせてソースなるものを味付けに使ったさっきの料理もそうだが、なにひとつ美味しくなる根拠もないまま作っている。

これまでには考えられないことだ。どちらかと言えば慎重派に入るだろうと思っているし、今までのサヨなら味見もせず客に出すなど絶対にしなかったに違いない。

だが不思議なことに、確信とまでは言えないものの、なんとなく自信がある。きっとこのアナゴの天ぷらもフジは満足するはずだ。

なにがサヨを変えたのか。まったく分からない。

サヨは圭介の手元にあったカリーの紙包みを取って、煎った塩と混ぜはじめた。

「ん？　まさかそれを女将さんに？」

圭介が小さく声を上げた。

「さっき、きつう嫌がってはりましたえ」

松子が言葉を加えると、フジはあからさまに顔をゆがめた。

「アナゴの天ぷらです。このカリー塩をつけて食べてみてください」

織部の角皿に懐紙を敷き、その上に一匹のアナゴの天ぷらが横たわっている。紅葉が描かれた京焼の小皿にカリー塩が盛られ傍らに添えられている。

「なんや。嫌がらせかいな」

「まぁ食べてみてくださいて。美味しなかったら土下座して謝りますさかい」

サヨは自信満々だ。

「そこまで言うんやったら」

箸を取ったフジは、アナゴの天ぷらをつまみ、尾っぽの先にカリー塩を付けて口に運んだ。

サヨはもちろん、圭介も松子もじっとフジの顔色をうかがっている。

目を閉じて噛みしめ、味をたしかめていたフジは、残ったアナゴにカリー塩をまぶしつけて口に入れた。

そしてまた目を閉じ、ゆっくりと噛みしめながら味わっている。

三人がひと言も発することなく言葉を待っていると、箸を置いてフジが手を合わせた。

「ええ冥途の土産ができました。醍醐味《だいごみ》っちゅうのはこういうことを言うんやろな」

フジがにっこり笑った。

「おおきに。なんやまた力が抜けてしもうて」

ホッとしたような顔つきでサヨがその場にしゃがみこんでしまった。

「大丈夫かサヨちゃん」

慌てて立ちあがった圭介は佳運多の向こうに回りこみ、サヨを抱きかかえた。

「今日はよう腰が抜ける日どすわ。緊張してたんがフジはんのお言葉でいっぺんにゆるんでしもうて」

サヨが泣き笑いをしている。

「びっくりするがな」

ようやく立ち上がったサヨの背中を圭介が支えている。

「気ぃつけなはれや」

その様子を見ていたフジが、ホッとしたようなため息をつき、ゆっくりと高椅子に腰をおろした。

「お若いひとはよろしいな」

ふたりを見ながら松子が目を細めた。

「ほんまにお口に合いましたやろか。お世辞やおへんな」

圭介に背中を支えられたサヨはフジの目をまっすぐに見つめた。

「わたしがサヨにべんちゃら言うてなんになりますのや。口に合うたさかいそのとおりに言うただけですがな」

フジがその目をきつく見返した。

「よかったぁ。フジはんにそない言うてもろて自信がつきました」

サヨはしゃんと背筋を伸ばした。

「意外と気が弱いんやな」

苦笑いして圭介がもとの席に戻った。

「意外と、て乙女に失礼なこと言わんといて」

サヨが唇を尖らせた。

「おふたりようお似合いどすやんか」

松子が圭介の杯に酒を注いだ。

「草津では近所のお兄ちゃんやったんです」

「おさななじみ、っちゅうやつやんな」

フジが横から言葉を足した。

「サヨちゃんがおしめしてるころから知ってますねん」

「またそんな余計なこと言う」

サヨが圭介をにらみつけた。

「夫婦にならはったらどないですのん。なんぼでもケンカできまっせ」

松子がそう言うと、圭介は真っ赤な顔を佳運多に向けた。

「サヨちゃんがどない言うか……」

うつむいたまま、ぼそぼそとつぶやいた。

「圭ちゃんは立派な友禅職人にならなあかんし、うちもこの板前茶屋をもっともっとええ店にしていかなあきません。夫婦になるやなんてとんでもおへん」

サヨがあっさりと否定した。

「て言うことやそうです」

圭介が消え入るような声で松子に言った。

「一生のことやさかい、ゆっくり時間掛けて進めなはれ。男はんは一にも二にも押しがだいじどっせ」

フジにはげまされたものの、圭介は力なくうなずいている。

「さてと、お次はなにをお出ししまひょかいな」

ふたりの縁話を打ち切るように、サヨが話の向きを変えた。

「お若いお兄さんはお腹が空いとぉいやすやろ。なんぞ腹持ちにええもんを作ったげはったらどないどす？」

松子がサヨに言った。

「圭ちゃんの干支はたしか丑やったな？」

「そや。よう覚えててくれたな」

顔を明るくして圭介が答えた。

「干支を覚えてるやなんて、脈ありでっせ。しっかりしなはれや」

フジが耳元でささやくと、圭介はうれしそうにうなずいた。

「丑年ということは土の性やな。土もんの芋を使おか。お芋さんと地べたをはい回ってる鶏さんのお肉を一緒に炊いてバタで味付けしよ」

サヨはひとりごちて氷簞笥から鶏肉を取りだした。

「ちょっと時間掛かるさかい、和えもんでも食べて待っとってや」

「なんぼでも待ってる」

圭介が首を伸ばして板場のなかを覗きこむ。

「うちらもお相伴させてもろてもよろしいんやろか？」

松子がサヨに顔を向けた。

「もちろんですがな。たんと飲んで待っとってください」

鉄鍋を手にしてサヨが声を張り上げた。

長いような短いような一日だった。

きっと生涯忘れられない日になるだろう。まだまだ短いが、サヨの人生を象徴するような日だった。

何もかも順風満帆に見えて、しかし少しでも波をかぶれば沈んでしまう。そんなときでも助けの手を差し伸べてくれるひとがいて、また無事に明日を迎えられそうな気がする。

これから先、圭介はどうかかわってくるだろうか。自分でもまだ予測がつかない。なによりも気持ちがかたまっていない。夫婦になるかどうかなんて考える余裕がない。今は美味しい料理を作って、それを食べる客の喜ぶ顔を見たいだけなのだ。

――それでええ。しばらくは料理のことだけ考えとったらええ。ほかのことはもっと先や。サヨにはわしが付いとるんやさかい――

聞きなれた妙見の声が天から降ってきた。

「はい。よろしゅうお願いします」

サヨが頭を下げる。

「ん？　こちらこそ」

あわてて圭介がおなじ仕種をする。

「圭ちゃんに言うてるんと違うの」

サヨが首を横に振るとフジと松子は声を上げて笑った。

〈さげ〉

いやはや、サヨの言うとおり、ほんまに長いようで短い一日でしたな。思いもよらんことが起こって、絶体絶命のピンチに陥ったんやが、すんでのとこで助かりよった。よろしおしたなぁ。まだ昼間のことが頭からはなれまへん。一時はどないなるか思いましたで。

それをなんとか乗り越えての夜。

やっぱりこいつが出てきよりました。圭介。

それもええ役回りですがな。圭介が持ってきた西洋料理の調味料がなかったら、ちょっと難儀なことになっとったんと違いますか。

お昼間にあんなことがあったんやさかい、当然やていうたら当然でっけど、肝心の妙見はんお奨めの料理をころっと忘れとったんですし。

いずれにしても、このままではおさまりまへんやろな。サヨと圭介。

友禅職人と料理人。どっちかがあきらめんと夫婦にはなれんような雰囲気でっけど、折れるとしたら圭介のほうや思います。

明治になってみなが洋服を着るようになったら、着物はすたれていきますわな。そうなったら友禅は斜陽産業になります。職人の域を超えて作家にでもなったら別ですけど、料理人とどっちが将来有望かて言うたら、料理人のほうに決まってますわな。サヨが主人で圭介はマネージャーていうとこですやろか。そんな二人三脚の店になるのか、はたまた、サヨひとりで踏ん張りよるのか。この先がますます愉しみになってきました。

月岡サヨの板前茶屋の一席はこれにて。おあとがよろしいようで。

解説

小柳《おなぎ》治宣《はるのぶ》（日本大学名誉教授・文芸評論家）

本シリーズを、時代小説と言えば言えなくもないのだが、そうしたジャンルに囚《とら》われない型破りな小説と言った方が適切なのかもしれない。「面白さ」の質が、既存の時代小説とは一線を画していると言ってもよい。

では、どこが違うのか。それは、本書の第一話を見れば瞭然である。〈まくら〉で始まり、〈さげ〉で終わるのだ。これは、シリーズ一冊目の型を踏んでいることは言うまでもない。開巻早々いきなり〈まくら〉とくるのだから、「？」と思いながらも、いったい何が始まるのだろうという、大いなる興味もわく。一気に読者を物語の世界に引き込むことになるわけだ。『鴨川食堂』（小学館文庫）をはじめとする多くの人気シリーズの書き手ならではの手腕ではあるのだが、本シリーズは、作者の小説群の中の新機軸と言えるものではなかろうか。そればかりか、時代小説の世界に一石を投ずるシリーズへと成長する予感すら抱かせるのである。

それでは、その「新機軸」たる由縁《ゆえん》を探ってみよう。

〈まくら〉と〈さげ〉からも想像できるように、「月岡サヨ」シリーズの語り手は、桂飯朝という現代の落語家である。そしてヒロインの月岡サヨは幕末に生きた女料理人だ。この二人が時空を超えた出会いをする経緯は、第一話の〈まくら〉で簡単に述べられているのだが、改めて紹介するとこういうことである。

京都在住の桂飯朝が、創作落語のネタ本として竹林洞書房なる古本屋で求めた古書がそもそもの発端である。それは本と言うよりも、『小鍋茶屋の大福帳』と書かれた表紙が付いた日記のごとき帳面であった。同じような帳面が十冊ほどひと束《たば》になっている。それを書いたのが、月岡サヨだったのである。

桂飯朝は、この『大福帳』を読み解き、サヨを主人公とした創作落語を作っていくことになる。すでに『大福帳』の一冊目をもとに、五話の落語が作られており、前巻『京都四条月岡サヨの小鍋茶屋』としてまとめられている。本巻は、『大福帳』の二冊目をもとにした五話ということになるわけである。

十五歳のときに近江草津《おうみくさつ》から京へ出てきて、清水寺境内《きよみずでらけいだい》の茶店で働いていたサヨが、四年後には独立して自分の店を持つに至る経緯は、前巻に詳しく書かれている。

清壽庵という寺の境内の店で、昼はおにぎりを売り、夜には一組だけの客に創作料理を提供するというスタイルで、すべてをひとりで切り盛りしていた。

これまでに、今からみれば幕末の著名人と思われる人たちも、客としてサヨの前に現れていた。だが、彼らがのちに歴史に名を残す人物になることなどサヨに分かるはずもない。前巻に登場する土佐の「楳太郎」、薩摩の「吉さん」、江戸から来た「カッチャンとトシ」、江戸育ちの「麟太郎」といった面々の正体は、合間合間に顔を出す桂飯朝の解説によって想像がついてくる。

だが、飯朝ははっきりとあの人物だと断定はしない。そこが逆に、もしかするとあの人物もサヨの絶品料理に舌鼓を打ったのかも、と思わせてしまうのだ。このあたりに、私は京都人特有の絶妙な語り口の旨さを感じ取ってしまう。

本書でも、前巻に登場した人物と関わりをもつ女性や、再度登場する人物もいるので、作者ならではの世界をじっくりと楽しめるはずである。

というわけで、本シリーズは、多重的な味わいが楽しめる作品ということになる。

まず最大の興味を引かれるのが、サヨの創作料理であろう。訪れる客に応じて、サヨがどんな素材を使い、客の意表をつくような、いかなる料理を供するのか。そして、その料理を味わう客とサヨとの間に交わされる、絶妙なコミュニケーション。料理を媒介として生み出される、その小気味好《よ》い呼応関係に酔わされてしまう。読んでいる自分も食べ、呑んでいる気にさせられてしまうのだ。

しかも、サヨの相手にする人物は皆只者《ただもの》ではないので、温《ぬく》もりの中に、どことなく緊張感も漂ってくる。場が締まるのである。だからであろうか、サヨの前にだけ妙見様が姿を現すという常識では考えられない場面に出くわしても、読者はそれを当然の如く受け入れてしまうのかもしれない。サヨという娘には、そこまでの魅力が備わっているということでもある。

そのサヨが、周囲（妙見様も含めて）の人たちの応援を得ながら、一人前の女料理人へと成長していく過程を見守るという楽しみが、そこに加わってくる。前巻では押し込みに襲われるという事件に遭遇したが、本巻でも信頼していた人物からの手厳しい一言が、店を続けることを困難にするほどサヨを悩ませたり、サヨをライバル視する老舗《しにせ》料亭の娘が罠を仕掛けたりと、予期せぬハードルが待ち受けている。

それらを乗り越えた時、サヨの作る料理にどんな変化が起こるのか。おそらくサヨ自身の顔付きも、良い意味で変わってきているはずなので、その姿を想像することは楽しいはずだ。今後のシリーズの展開とともに、その楽しみはまだまだ続くことになりそうではあるが。

サヨの創作料理、幕末の著名人とのコミュニケーション、そしてサヨの成長していく姿と、本シリーズの多重的な面白さを見てきたわけだが、もう一つ忘れてはならないのが桂飯朝の存在である。現代の視点で語られる飯朝の蘊蓄《うんちく》、最初のうちは少々目障りに感じられるこの飯朝の「解説」が、次第に「面白く」なってくるから不思議である。サヨの存在が生き生きとリアリティをもって立ち上がってくる上で、桂飯朝の役割は小さくない。先に触れた「新機軸」の源泉もそのあたりにあると言える。

余談だが、桂飯朝が『小鍋茶屋の大福帳』を手に入れた「竹林洞書房」だが、オカルト風味のある『カール・エビス教授のあやかし京都見聞録』（小学館文庫）に登場する川嶌葉子が経営する古書店と同じ名前なのである。ということは、エビス教授と葉子、この二人が馴染みにしている〈小料理フミ〉に、桂飯朝も出入りしているのではあるまいか。カール・エビス教授は英国では著名なミステリー作家でもあるので、飯朝とは飲み仲間かもしれない。などと、どうでもいい空想に浸ることができるのも、柏井壽ファンならではの楽しみの一つである。

ところで、サヨが大切にしている『豆腐百珍』なる料理本がある。天明二年（一七八二）に刊行されたものなので、サヨの時代よりも八十年も前のものだ。『豆腐百珍続編』さらに『豆腐百珍余禄』と続き、三冊シリーズで二七八種の料理が紹介されている。そのころから料理本は人気で「百珍ブーム」なるものも起きており、調べてみると、『鯛百珍料理秘密箱』、『甘藷《いも》百珍』、サヨも手に入れている『卵百珍』、『海鰻《はむ》百珍』、そして時代が少し下ると『蒟蒻《こんにゃく》百珍』といったものも刊行されている。海鰻とは真穴子のことである。寛永二十年（一六四三）刊の『料理物語』にはじまり、江戸時代を通じて出版された料理本は、なんと約一二三〇種にものぼるのだそうだ。サヨも『大福帳』をもとにして料理本を出版すれば、ベストセラーになっていたかもしれない。

では、本書に戻ることにしよう。前巻の最後のあたりで、サヨは客の接待《せったい》の質を向上させるべく店の改装を考えてはいたものの、そのためにはかなりの費用がかかるため即座には無理だと覚悟していた。ところが、その費用が思わぬところから舞い込んできた。まさに、〈禍《わざわい》を転じて福となす〉とはこのことか、と言えるようなことになったのだ。本巻では、その念願の改装がいよいよ実現し、最初の客となったのが前巻からサヨとは顔馴染みとなっていた麟太郎である。アメリカでの経験をもとに、彼は、改装された店のシンボルである長板を「佳運多《かうんた》」と命名する。現代の板前割烹《かっぽう》の魁《さきがけ》とも言えるものだ。ところが、そのあとサヨにとっては青天の霹靂《へきれき》のような根本問題に直面することになるのだ。この問題が何なのかは、ここでは秘しておこう。

だが、本巻第五話「和魂洋才」の最後に近いあたりで、三人の客を前にしたサヨが抱く感慨がすべてを物語っている、と言えるのではなかろうか。

〈家族でもなく、仕事もそれぞれに異なる三人が佳運多という一枚の板に並び、酒と料理を愉しみながら会話を交わしている。

こういう場を作りたかったのだ。

一座建立《いちざこんりゅう》。サヨは以前宗和から聞いた言葉を、しみじみと嚙みしめながら包丁を握っている。〉

本巻をじっくりと味わい尽くしながら、サヨの思いを存分に感じ取っていただきたい。

次巻ではサヨがいかなる料理を、どのような客の前に供するのかが最大の関心事ではあるが、幼馴染みの沖田圭介との仲が、どう発展していくのか、これも大いに気になるところである。

本書は、二〇二二年十月に小社より刊行されたものです。

|著者| 柏井 壽　1952年京都市生まれ。'76年大阪歯科大学卒業。京都を舞台とした小説や京都の魅力を伝えるエッセイなどを多数執筆し、テレビ・雑誌などで京都特集の監修を務め、京都のカリスマ案内人とも称される。ドラマ化された「鴨川食堂」シリーズ、「京都下鴨なぞとき写真帖」シリーズ、「祇園白川 小堀商店」シリーズ、『カール・エビス教授のあやかし京都見聞録』『海近旅館』『京都四条 月岡サヨの小鍋茶屋』などの小説を多数発表。エッセイに『日本百名宿』『京都力』などがある。近著に『鴨川食堂ごほうび』『おひとり京都の晩ごはん』がある。

京都《きょうと》四条《しじょう》 月岡《つきおか》サヨの板前茶屋《いたまえぢゃや》

柏井《かしわい》 壽《ひさし》

講談社文庫
定価はカバーに
表示してあります

2024年11月15日第1刷発行

KODANSHA

発行者——篠木和久
発行所——株式会社 講談社
東京都文京区音羽2-12-21 〒112-8001
電話 出版 (03) 5395-3510
販売 (03) 5395-5817
業務 (03) 5395-3615

Printed in Japan

デザイン—菊地信義
本文データ制作—講談社デジタル製作
印刷———株式会社KPSプロダクツ
製本———株式会社国宝社

ISBN978-4-06-537628-7

講談社文庫刊行の辞

二十一世紀の到来を目睫に望みながら、われわれはいま、人類史上かつて例を見ない巨大な転換期をむかえようとしている。

世界も、日本も、激動の予兆に対する期待とおののきを内に蔵して、未知の時代に歩み入ろうとしている。このときにあたり、創業の人野間清治の「ナショナル・エデュケイター」への志を現代に甦らせようと意図して、われわれはここに古今の文芸作品はいうまでもなく、ひろく人文・社会・自然の諸科学から東西の名著を網羅する、新しい綜合文庫の発刊を決意した。

激動の転換期はまた断絶の時代である。われわれは戦後二十五年間の出版文化のありかたへの深い反省をこめて、この断絶の時代にあえて人間的な持続を求めようとする。いたずらに浮薄な商業主義のあだ花を追い求めることなく、長期にわたって良書に生命をあたえようとつとめるところにしか、今後の出版文化の真の繁栄はあり得ないと信じるからである。

同時にわれわれはこの綜合文庫の刊行を通じて、人文・社会・自然の諸科学が、結局人間の学にほかならないことを立証しようと願っている。かつて知識とは、「汝自身を知る」ことにつきていた。現代社会の瑣末な情報の氾濫のなかから、力強い知識の源泉を掘り起し、技術文明のただなかに、生きた人間の姿を復活させること。それこそわれわれの切なる希求である。

われわれは権威に盲従せず、俗流に媚びることなく、渾然一体となって日本の「草の根」をかたちづくる若く新しい世代の人々に、心をこめてこの新しい綜合文庫をおくり届けたい。それは知識の泉であるとともに感受性のふるさとであり、もっとも有機的に組織され、社会に開かれた万人のための大学をめざしている。大方の支援と協力を衷心より切望してやまない。

一九七一年七月

野間省一

講談社文庫 最新刊

講談社文芸文庫

高橋源一郎

ゴヂラ

解説=清水良典　年譜=若杉美智子、編集部

なぜか石神井公園で同時多発的に異変が起きる。ここにいる「おれ」たちは奇妙なものに振り回される。そして、ついに世界の秘密を知っていることに気づくのだ！

978-4-06-537554-9
たN6

古井由吉

小説家の帰還

古井由吉対談集

解説=鵜飼哲夫　年譜=著者、編集部

長篇『楽天記』刊行と踵を接するように行われた、文芸評論家、詩人、解剖学者、小説家を相手に時に軽やかで時に重厚、多面的な語りが繰り広げられる対話六篇。

978-4-06-537248-7
ふA16

講談社文庫 目録

神楽坂 淳 ありんす国の料理人 1
神楽坂 淳 あやかし長屋〈嫁は猫又〉
神楽坂 淳 妖怪犯科帳〈あやかし長屋2〉
神楽坂 淳 夫には 殺し屋なのは内緒です
神楽坂 淳 夫には 殺し屋なのは内緒です 2
加藤元浩 捕まえたもん勝ち！〈七夕菊乃の捜査報告書〉
加藤元浩 量子人間《クォンタムマン》からの手紙〈捕まえたもん勝ち！〉
加藤元浩 奇科学島の記憶〈捕まえたもん勝ち！〉
梶永正史 銃の啼《な》き声〈潔癖刑事・田島慎吾〉
梶永正史 潔癖刑事 仮面の哄笑《こうしょう》
川内有緒 晴れたら空に骨まいて
柏井 壽《ひさし》 月岡サヨの小鍋茶屋〈京都四条〉
神永 学 悪魔と呼ばれた男
神永 学 悪魔を殺した男
神永 学 青の呪い〈心霊探偵八雲〉
神永 学 心霊探偵八雲 INITIAL FILE〈魂の素数〉
神永 学 心霊探偵八雲 INITIAL FILE〈幽霊の定理〉
神永 学 心霊探偵八雲1 完全版〈赤い瞳は知っている〉
神永 学 心霊探偵八雲2 完全版〈魂をつなぐもの〉

神津凛子 スイート・マイホーム
神津凛子 ママ
神津凛子 サイレント 黙認
加茂隆康 密告の件、Mへ
柿原朋哉 匿《とく》名《めい》
川和田恵真 マイスモールランド
垣谷美雨 あきらめません！
岸本英夫 死を見つめる心〈ガンとたたかった十年間〉
北方謙三 試みの地平線〈伝説復活編〉
北方謙三 抱影
菊地秀行 魔界医師メフィスト〈怪屋敷〉
桐野夏生 新装版 顔に降りかかる雨
桐野夏生 新装版 天使に見捨てられた夜
桐野夏生 新装版 ローズガーデン
桐野夏生 OUT (上)(下)
桐野夏生 ダーク (上)(下)
桐野夏生 猿の見る夢
京極夏彦 文庫版 姑獲鳥《うぶめ》の夏
京極夏彦 文庫版 魍魎《もうりょう》の匣《はこ》

京極夏彦 文庫版 狂《きょう》骨《こつ》の夢《ゆめ》
京極夏彦 文庫版 鉄《てっ》鼠《そ》の檻《おり》
京極夏彦 文庫版 絡新婦《じょろうぐも》の理《ことわり》
京極夏彦 文庫版 塗仏《ぬりぼとけ》の宴《うたげ》―宴の支度
京極夏彦 文庫版 塗仏の宴―宴の始末
京極夏彦 文庫版 百鬼夜行―陰
京極夏彦 文庫版 百器徒然袋―雨
京極夏彦 文庫版 百器徒然袋―風
京極夏彦 文庫版 今昔続百鬼―雲
京極夏彦 文庫版 陰摩羅鬼《おんもらき》の瑕《きず》
京極夏彦 文庫版 邪《じゃ》魅《み》の雫
京極夏彦 文庫版 今昔百鬼拾遺―月
京極夏彦 文庫版 鵼《ぬえ》の碑《いしぶみ》
京極夏彦 文庫版 死ねばいいのに
京極夏彦 文庫版 ルー=ガルー〈忌避すべき狼〉
京極夏彦 文庫版 ルー=ガルー2〈インクブス×スクブス 相容れぬ夢魔〉
京極夏彦 文庫版 地獄の楽しみ方
京極夏彦 分冊文庫版 姑獲鳥《うぶめ》の夏 (上)(下)
京極夏彦 分冊文庫版 魍魎《もうりょう》の匣《はこ》 (上)(中)(下)

講談社文庫　目録

京極夏彦　分冊文庫版　狂骨《きょうこつ》の夢《ゆめ》(上)(中)(下)
京極夏彦　分冊文庫版　鉄鼠《てっそ》の檻《おり》　全四巻
京極夏彦　分冊文庫版　絡新婦《じょろうぐも》の理《ことわり》　全四巻
京極夏彦　分冊文庫版　塗仏《ぬりぼとけ》の宴《うたげ》　宴の支度《したく》(上)(中)(下)
京極夏彦　分冊文庫版　塗仏《ぬりぼとけ》の宴《うたげ》　宴の始末《しまつ》(上)(中)(下)
京極夏彦　分冊文庫版　陰摩羅鬼《おんもらき》の瑕《きず》(上)(中)(下)
京極夏彦　分冊文庫版　邪魅《じゃみ》の雫(上)(中)(下)
京極夏彦　分冊文庫版　ルー＝ガルー〈忌避すべき狼〉(上)(下)
京極夏彦　分冊文庫版　ルー＝ガルー2〈インクブス×スクブス　相容れぬ夢魔〉(上)(下)
北森　鴻　親不孝通りラプソディー
北森　鴻　花の下にて春死なむ〈香菜里屋シリーズ1〈新装版〉〉
北森　鴻　桜　宵〈香菜里屋シリーズ2〈新装版〉〉
北森　鴻　螢　坂〈香菜里屋シリーズ3〈新装版〉〉
北森　鴻　香菜里屋を知っていますか〈香菜里屋シリーズ4〈新装版〉〉
北村　薫　盤　上　の　敵〈新装版〉
木内一裕　藁　の　楯
木内一裕　水の中の犬
木内一裕　アウト＆アウト
木内一裕　キ　ッ　ド

木内一裕　デッドボール
木内一裕　神様の贈り物
木内一裕　喧　嘩　猿
木内一裕　バードドッグ
木内一裕　不　愉　快　犯
木内一裕　嘘ですけど、なにか？
木内一裕　ドッグレース
木内一裕　飛べないカラス
木内一裕　小　麦　の　法　廷
木内一裕　ブラックガード
北山猛邦　『クロック城』殺人事件
北山猛邦　『アリス・ミラー城』殺人事件
北山猛邦　私たちが星座を盗んだ理由
北山猛邦　さかさま少女のためのピアノソナタ
北　康利　白洲次郎　占領を背負った男(上)(下)
貴志祐介　新世界より(上)(中)(下)
岸本佐知子　編訳　変《ヘン》愛《アイ》小説集
岸本佐知子　編　変愛小説集　日本作家編
木原浩勝　文庫版　現世《うつしよ》怪談(一)　主人の帰り

木原浩勝　文庫版　現世怪談(二)　白刃の盾
木原浩勝　増補改訂版　もう一つの「バルス」〈―宮崎駿と『天空の城ラピュタ』の時代―〉
木原浩勝　増補改訂版　ふたりのトトロ〈―宮崎駿と『となりのトトロ』の時代―〉
喜国雅彦　国樹由香　メフィストの漫画
喜国雅彦　国樹由香　本　格　力〈本棚探偵のミステリ・ブックガイド〉
清武英利　石　つ　ぶ　て〈警視庁　二課刑事の残したもの〉
清武英利　し　ん　が　り〈山一證券　最後の12人〉
清武英利　ト　ッ　カ　イ〈不良債権特別回収部〉
喜多喜久　ビギナーズ・ラボ
岸見一郎　哲学人生問答
木下昌輝　つ　わ　も　の
黒岩重吾　新装版　古代史への旅
栗本　薫　新装版　ぼくらの時代
黒柳徹子　窓ぎわのトットちゃん　新組版
倉知　淳　新装版　星降り山荘の殺人
熊谷達也　浜　の　甚　兵　衛
熊谷達也　悼　み　の　海
倉阪鬼一郎　八　丁　堀　の　忍
倉阪鬼一郎　八　丁　堀　の　忍(二)〈大川端の死闘〉

倉阪鬼一郎 八丁堀の忍㈢〈遥かなる故郷〉
倉阪鬼一郎 八丁堀の忍㈣〈隻腕の抜け忍〉
倉阪鬼一郎 八丁堀の忍㈤〈討伐隊、動く〉
倉阪鬼一郎 八丁堀の忍㈥〈死闘、裏伊賀〉
黒田研二 神様の思惑
黒木 渚 壁の鹿
黒木 渚 本性
黒木 渚 檸檬の棘
久坂部 羊 祝葬
黒澤いづみ 人間に向いてない
久賀理世 奇譚蒐集家 小泉八雲〈白衣の女〉
久賀理世 奇譚蒐集家 小泉八雲〈終わりなき夜に〉
雲居るい 破《は》蕾《らい》
鯨井あめ 晴れ、時々くらげを呼ぶ
鯨井あめ アイアムマイヒーロー！
鯨井あめ きらめきを落としても
窪 美澄 私は女になりたい
くどうれいん うたうおばけ
くどうれいん 虎のたましい人魚の涙
黒崎視音 マインド・チェンバー〈警視庁心理捜査官〉
決戦！シリーズ 決戦！関ヶ原
決戦！シリーズ 決戦！大坂城
決戦！シリーズ 決戦！本能寺
決戦！シリーズ 決戦！川中島
決戦！シリーズ 決戦！桶狭間
決戦！シリーズ 決戦！関ヶ原2
決戦！シリーズ 決戦！新選組
決戦！シリーズ 決戦！賤ヶ岳
決戦！シリーズ 決戦！忠臣蔵
決戦！シリーズ 風 雲〈戦国アンソロジー〉
小峰 元 アルキメデスは手を汚さない
今野 敏 ST 警視庁科学特捜班 エピソード1〈新装版〉
今野 敏 ST 警視庁科学特捜班 毒物殺人〈新装版〉
今野 敏 ST 警視庁科学特捜班〈黒いモスクワ〉
今野 敏 ST 警視庁科学特捜班〈青の調査ファイル〉
今野 敏 ST 警視庁科学特捜班〈赤の調査ファイル〉
今野 敏 ST 警視庁科学特捜班〈黄の調査ファイル〉
今野 敏 ST 警視庁科学特捜班〈緑の調査ファイル〉
今野 敏 ST 警視庁科学特捜班〈黒の調査ファイル〉
今野 敏 ST 為朝伝説殺人ファイル〈警視庁科学特捜班〉
今野 敏 ST 桃太郎伝説殺人ファイル〈警視庁科学特捜班〉
今野 敏 ST 沖ノ島伝説殺人ファイル〈警視庁科学特捜班〉
今野 敏 ST 化合 エピソード0〈警視庁科学特捜班〉
今野 敏 ST プロフェッション〈警視庁科学特捜班〉
今野 敏 特殊防諜班 諜報潜入
今野 敏 特殊防諜班 聖域炎上
今野 敏 特殊防諜班 最終特命
今野 敏 茶室殺人伝説
今野 敏 奏者水滸伝 白の暗殺教団
今野 敏 同期
今野 敏 欠落
今野 敏 変幻
今野 敏 警視庁FC
今野 敏 カットバック 警視庁FCII
今野 敏 継続捜査ゼミ
今野 敏 エムエス〈継続捜査ゼミ2〉
今野 敏 蓬莱〈新装版〉

2024年9月13日現在